KB064339

한성 프리메이슨

한성 프리메이슨

서양인 연쇄 살인사건

정명섭 지음

마카롱

❀ 목차 ❀

대한제국 광무 10년(1906년) 4월, 한성

"젠장, 안개가 지독하군."

안개 낀 밤이었다. 한미전기에서 일하는 마크 트래비스는 조선 사람들이 시계집이라고 부르는 사무실을 나섰다. 회사는 한성의 가장 큰 번화가인 종로에 있지만 밤이 깊어서인지 인적이 드물었다. 코트 깃을 세운 그는 왼쪽 안주머니에 넣어둔 리볼버 권총을 슬쩍 만졌다. 지팡이처럼 보이는 스틱 안에도 칼이 숨겨져 있어 여차하면 무기로 쓸 생각이었다.

시계를 보는 척하며 조심히 주위를 살핀 그는 근처의 전차 정류장으로 향했다. 그러면서도 계속 뒤를 돌아보던 중 마침내 전차 불빛이 보이자 스틱을 움켜쥐고 힘껏 뛰었다. 간신히 전차에 올라타서는 차창 밖부터 살폈다. 곰방대를 입에 물고 가죽 배낭을 멘 경성우편국 우전인(郵傳人)이 그를 빤히 바라보고 있었다. 하지만 전차에 따라 타지 않아 일단 한숨 돌렸다. 갑자기 나타나 전차에 마지막으로 올라탄 양복 차림의 동양인도 의심스러웠지만 사람이 많은 이곳에서는 아무 일도 일어나지 않을 것이었다.

마크는 요금을 치르고 창문과 칸막이가 있는 일등칸으로 들어갔다. 얼마 후 목적지인 경운궁 대안문 앞에서 내렸다. 안개는 여전했지만 전등이 경운궁 주변을 환하게 밝히고 있어 조금 안심이 되었다. 재작년 큰 화재로 거의 잿더미가 된 경운궁은 얼추 제 모습을 찾아가는 중이었다. 그 옆의 정동은 외국인들이 많이 거주하는 구역으로 마크의 집도 그곳에 있다. 그는 어서 빨리 집으로 가 부인 제니와 함께 남은 밤을 보내고 싶었다. 발걸음을 서둘렀지만 눈앞의 안개는 경운궁 맞은편의 담장을 넘을 만큼 자욱했다. 조금 더 걷자 경운궁과 맞은편을 이어주는 운교가 보였다. 이제 집에 거의 다 왔다는 사실에 자신도 모르게 안도의 한숨이 나왔다. 그때 어둠 속에서 누군가가 불쑥 나타났다.

"누, 누구야!"

하마터면 비명을 지를 뻔한 마크가 코트 안의 리볼버를 꽉 움켜쥔 채 소리쳤다. 앞을 가로막은 것은 검정 제복을 입은 순검 둘이었다. 안개 때문에 가까이 온 것을 몰랐던 것이다. 맥이 풀린 마크가 영문을 모르겠다는 순검들에게 영어로 욕설을 퍼붓고는 발걸음을 옮겼다. 운교를 지나자 정동교회 첨탑이 안개 위로 솟아오른 게 보였다. 그의 집은 정동교회 왼쪽 언덕에 있는 배재학당 옆이었다. 오르막길을 오른 그의 눈에 아내가 기다리는 집이 보였다. 선교사가 거주하던 곳이라 크지는 않아도 사는 데 불편함이 없는 집이다. 무엇보다 낯선 땅에 온 아내 제니가 적응하는 데 큰 도움이 되었다. 그가 늦게 퇴근할 때면 아내가 현관문 밖에 켜두는 석유등의 불빛이 안개 속에서 희미하게 빛났다. 나무로 짜놓은 대문을 열고 들어선 마크는 현관문을 열면서 소리쳤다.

"제니!"

집 안은 어둠과 고요뿐이었다. 뒤늦게 현관문이 잠겨 있지 않았다는 사실을 깨달은 마크는 황급히 코트 안의 리볼버를 꺼내 들면서 외쳤다.

"여, 여보!"

어둠은 그에게 아무 대답도 하지 않았다.

　이준은 정직 중이지만 평리원에 계속 출근했다. 자신은 잘못한 게 없다는 항의의 표시이자 법관으로서의 자존심을 지키는 방법이었다. 헌정연구회*에서 한참을 공부하고 평리원 검사에 임명된 그는 꿈에 부풀었다. 열강처럼 법에 따른 통치를 한다면 백성에게 큰 도움이 되리라 믿은 것이다. 하지만 러일전쟁 이후 통감부가 설치되면서 평리원 역시 일본인 감독관의 간섭을 받았다. 부당한 지시에 항거하던 이준에게 평리원은 상관을 모욕했다는 혐의로 정직 처분을 내렸다.

　넓고 단단한 이마에 짙은 눈썹, 부리부리한 눈매를 가진 그는 작

---

* 개신 유학자들인 이준, 양한묵, 윤효정 등이 중심이 되어 1905년 서울에서 조직한 애국계몽 운동단체

년부터 독국* 황제의 것과 비슷한 수염을 길렀다. 덕분에 고집스러우면서도 영민한 그의 기질이 고스란히 드러났다. 사무실에 들어서서 옷걸이에 코트를 걸고 자리에 앉은 그의 눈에 책상 위 봉투가 들어왔다. 아무것도 쓰여 있지 않은 봉투는 봉인조차 되어 있지 않았다. 안에는 짧은 한문이 적힌 쪽지가 들어 있었다.

'貞洞 洋人刺殺(정동 양인척살)'

대체 무슨 일인가 싶어 눈살을 찌푸린 이준은 복도로 나와 때마침 그곳을 지나는 김씨 성을 가진 주사를 불렀다.

"내 방에 있는 이 봉투 누가 가져다 놓은 건가?"

"무슨 봉투 말씀이십니까?"

"이거 말이야."

이준이 손에 든 봉투를 보여주자 김 주사가 고개를 저었다.

"처음 보는 겁니다. 무슨 내용입니까?"

"정동에 사는 양인에게 무슨 일이 났다는 내용일세. 혹시 아는 게 있는가?"

"아까 담배를 피우러 나갔다가 정동에 순검들이 잔뜩 모여 있는 건 봤습니다."

"어느 쪽인가?"

이준의 물음에 김 주사가 복도 끝의 문을 가리키며 대답했다.

---

* 독일

"저기 배재학당 옆입니다."

"알겠네."

조끼 주머니에 봉투를 넣은 이준은 복도를 성큼성큼 걸어가 문을 열었다. 김 주사의 말대로 검은색 제복을 입은 순검들이 배재학당 근처 붉은 벽돌집을 둘러싸고 있었다. 그곳에 다다르자 순검 하나가 앞을 가로막았다.

"지금 이곳은 들어갈 수 없습니다."

"무슨 일인가? 난 평리원 검사 이준이라고 하네."

그의 신분을 들은 순검이 거들먹거리던 표정을 재빨리 바꿨다.

"이 집에 사는 양인 부부가 죽었습니다."

"두 사람 모두?"

"예, 여자는 칼에 찔렸고 남자는 머리에 권총을 쐈습니다."

"현장을 좀 살펴봐야겠네."

이준의 말에 순검이 우물쭈물하면서 옆으로 물러났다. 작은 지붕이 달린 현관을 통해 안으로 들어서자 피 냄새가 물씬 풍겨 왔다. 동시에 벽난로와 가죽 소파, 그리고 거울이 달린 서양식 가구들이 보였다. 벽난로 근처에 서 있던 체격 좋은 한 남자가 방금 들어선 이준을 보더니 표정을 구겼다. 이준 역시 상대의 얼굴을 알아보고는 눈살을 찌푸렸다. 하지만 순검들이 지켜보고 있기에 일단 모른 척하고 현장을 살펴보기로 했다. 그의 옆으로 다가간 이준이 무심코 중얼거렸다.

"을씨년스럽군."

이준의 혼잣말에 곁에 있던 경무사 한동욱이 고개를 돌렸다. 자신을 바라보는 한동욱에게 이준이 물었다.

"뭐가 불편하시오?"

"그런 건 아닙니다만, 괴상한 말을 하셔서 말입니다."

"괴상하다니, 경무사는 정녕 그 뜻을 모른단 말이오?"

이준이 한동욱을 무섭게 쏘아봤다. 을사년이었던 지난해, 아라사(俄羅斯)*와의 전쟁에서 승리한 일본은 황제 폐하를 겁박해 조약을 체결했다. 그날 이후 대한제국의 외교권을 박탈하고 통감부를 설치해 내정에 간섭했다. 쌀쌀하고 바람이 많이 불던 11월에 전해진 비극에 조선 사람들은 날씨가 조금만 안 좋으면 '을사년스럽다'라는 말을 하곤 했다. 그 말이 변해 '을씨년스럽다'가 된 것이다.

일본 유학을 다녀온 이준은 일찌감치 일본의 야욕을 간파했다. 그래서 공진회(共進會)**를 조직해 일본의 황무지 개척권 요구를 무산시키는 데 힘을 보탰고, 을사년의 조약 체결 당시에는 상소를 올리며 반대했다. 평리원 검사로 임명된 이후에도 친일파 상관과 일본인 관리의 간섭에 맞서 싸웠다. 그에 반해 경무사 한동욱은 일진회(一進會)***를 이끄는 송병준의 부하로, 알아주는 친일파였다. 그런 한동

* '러시아'의 음역어
** 1904년 보부상을 중심으로 황제권 옹호, 국권 수호 등을 위해 활동한 단체
*** 대한제국 말기에 친일에 앞장선 단체

욱이 을씨년스럽다는 말을 듣고 그냥 넘어갈 리 없었다.

"평리원 검사가 어찌 시정잡배나 쓰는 말을 하십니까?"

"나라를 팔아먹은 시정잡배들이 대신이니 총리로 있는 판국에 그게 무슨 상관이겠소."

두 사람의 신경전을 지켜보던 순검들이 숨을 죽였다. 이준은 씩씩거리는 한동욱을 무시한 채 거실의 벽난로로 시선을 돌렸다.

"참으로 괴이하군."

벽난로 앞에는 두 구의 시신이 나란히 누워있었다. 양복에 코트를 걸친 양인 남자와 드레스 차림의 양인 여자였다. 피투성이가 된 채 눈을 감고 있는 여인은 아랫배를 비롯해 팔과 어깨를 수차례 칼에 찔렸다. 옆에 누운 남자는 머리통 일부분이 날아가고 없었다. 원인은 왼손에 든 권총으로 보였다. 관자놀이 부근을 겨눈 권총에서 발사된 탄환에 눈썹 위가 완전히 박살났다. 카펫과 벽, 그리고 유리창은 피와 뇌수 범벅이었고, 바닥에는 부서진 뼛조각들이 굴러다녔다. 피와 뇌수로 얼룩진 유리창 밖으로 이 광경을 견디지 못하고 뛰쳐나간 순검이 구역질하는 모습이 보였다.

그 모습을 본 이준이 혀를 찼다.

"황제 폐하께서 계시는 황궁 근처에서 이리 참혹한 사건이 벌어지다니."

"사건이랄 게 있습니까?"

한동욱이 퉁명스러운 목소리로 비아냥거렸다.

"그게 무슨 말이요?"

"별일 아니라는 뜻입니다."

"양인 부부가 황궁 근처에서 참혹하게 죽임을 당했는데 별일이 아니라니!"

"양인 남자가 여자를 찔러 죽인 다음에 권총을 쏴 스스로 목숨을 끊은 것일 뿐입니다."

아닌 게 아니라 양인 남자의 왼손에 쥐어진 권총은 자신의 머리를 겨냥한 상태였다. 피와 뇌수가 튄 모양도 총구 방향과 일치했다. 눈살을 찌푸린 이준이 물었다.

"죽은 이들의 신원은 확인했소?"

한동욱이 헛기침을 하며 손에 쥔 쪽지를 펼쳤다.

"남자는 한성전기, 아니 재작년에 한미전기로 이름이 바뀐 회사에서 일하는 미리견(彌利堅)* 사람 마크 트래비스로 동대문 발전소에서 전기 기술자로 일했습니다. 부인 제니 트래비스 역시 미리견 사람이며 남편과 함께 이 집에 살았답니다."

"시신을 처음 발견한 건 누구요?"

"이 집에서 일하는 한애자라는 여인입니다. 오늘 아침에 일하러 왔다가 발견한 거죠."

"이상한 점은 없었답니까?"

---

* '아메리카'의 음역어

질문을 받은 한동욱이 고개를 갸웃거렸다.

"아침에 도착해 보니 평소와 달리 현관문이 살짝 열려 있었다고 합니다."

이준은 한동욱이 가리킨 현관문을 바라봤다. 양인들이 사는 집은 한옥과 달리 온돌을 깔지 않고 벽난로로 난방을 했다. 그리고 툇마루나 사랑채가 없는 대신 집 안에 거실이라는 것을 둬서 온 가족이 모였다. 부엌에서는 아궁이가 아닌 오븐이라는 것을 사용했다. 생각에 잠긴 이준을 향한 한동욱의 설명이 이어졌다.

"문을 열자마자 벽난로 앞에 나란히 놓인 시신을 보고 깜짝 놀라 비명을 지르면서 뛰쳐나왔다고 합니다. 마침 경무청 소속 순검들이 근처를 순찰 중이어서 저희도 바로 사건 현장으로 왔습니다. 그나저나 검사님께서는 어떻게 오신 겁니까?"

정중하지만 의심 가득한 한동욱의 질문에 이준이 대답했다.

"평리원이 바로 저쪽 언덕에 있는 걸 모르시오? 아침에 출근했다가 순검들이 모이는 걸 보고 심상치 않은 것 같아서 와봤소이다."

"평리원은 재판을 하는 곳이고 경무청은 사건을 조사하는 곳입니다. 그러니……"

"나서지 말라는 말을 하고 싶은 것이오?"

말을 가로챈 이준이 시신을 슬쩍 바라보고는 입을 열었다.

"황궁의 코앞인 정동에서 살인 사건이 벌어졌소. 그것도 미리견 사람이 참혹하게 죽은 일이란 말이오. 나라에 어떤 영향을 미칠지 모르는 중대한 일인데 누구 일인지 편을 가르는 게 말이 된다고 생각하오?"

"평리원은 무척 바쁜 곳이라 들었습니다만……."

"마침 징계 중이라 시간이 많소. 그리고 그동안 경무청이 처리하지 못한 몇몇 사건을 내가 해결했다는 사실을 잊은 건 아니겠지?"

그 말을 들은 한동욱의 얼굴은 노골적으로 불쾌함을 드러내고 있었다. 사실 한동욱의 말대로 살인사건은 평리원 관할이 아니며, 검사인 이준이 나설 일은 더더욱 아니었다. 이준도 애초에 나설 계획은 없었다. 하지만 한 가지가 계속 마음에 걸렸다. 벽난로 위의 벽에 피로 커다랗게 그려 넣은 문양이다. 그것은 분명 피가 튄 것이 아니라 누군가 의도적으로 새긴 모습이었다.

"알파벳 브이인가?"

아래는 V자 모양이, 위에는 그것을 뒤집은 것 같은 모양이 겹쳐 있고 가운데 공간에는 G로 보이는 알파벳이 적혀 있었다. 한참을 들여다보는데 순검 하나가 슬쩍 나섰다.

"위에 그려진 건 컴퍼스 같습니다. 검사 나리."

"그게 무엇이냐?"

이준의 반문에 순검이 뒤통수를 긁으면서 조심스럽게 말했다.

"원을 그릴 때 쓰는 양인들의 도구입지요. 젓가락 끝을 붙여놓은 형태인데 한쪽으로는 가운뎃점을 찍고 다른 한쪽을 휙 돌리면 동그란 원이 그려지지요."

설명을 들은 이준이 재차 물었다.

"위에 있는 게 컴퍼스라고 어찌 확신하느냐?"

"끝이 가늘어서 말입니다. 컴퍼스가 그렇게 생겼습지요."

"그런데 너는 컴퍼스라는 것을 어찌 알았느냐?"

"십수 년 전 강화도에 있는 통제영학당에 다닌 적이 있습니다. 거기서 해도(海圖)를 보고 거리를 잴 때 컴퍼스를 썼습죠."

"컴퍼스라……"

통제영학당*을 다녔다는 순검의 말대로 저것이 컴퍼스든 아니든, 양인 부부를 죽인 살인자가 남긴 것만은 분명했다. 왜 이런 흔적을 남겼을까? 분명 양인 부부의 죽음과 연관이 있을 것이다. 생각에 잠긴 이준을 깨운 것은 바깥에서 들려오는 소란스러움이었다. 순검들의 손길을 뿌리친 양인 노신사가 막 들어서는 참이었다. 갈색 양복에 검은색 중절모 차림의 그를 본 이준이 아는 척을 했다.

"헐버트 박사 아니십니까?"

노신사가 흠칫 놀라며 중절모를 벗었다. 짧고 단정하게 다듬은 반백의 머리카락과 염소수염이 중후한 인상을 줬다. 헐버트 박사는 20년 전 조선이 세운 외국어 학교인 육영공원에서 일하기 위해 건너왔다. 돈을 밝히거나 조선인을 깔보고 무시하는 양인들과는 여러모로 달랐던 그는 황제 폐하의 신임을 얻었다. 작년에 황제의 밀서를

---

* 고종이 설립한 한국 최초의 해군사관학교

가지고 미리견으로 건너갔다는 소식을 들은 게 마지막이었는데 뜻
밖의 장소에서 만난 것이다. 이준을 물끄러미 바라보던 헐버트 박사
가 경무사 한동욱에게 성큼성큼 다가가 우리말로 말했다.

"부하들을 데리고 모두 나가주시오."

"보시다시피 여긴 사건 현장입니다."

한동욱의 대답에 헐버트 박사가 고개를 저었다.

"마크 트래비스 씨와 아내의 사이가 많이 안 좋았습니다. 그래서
싸움을 하다가 우발적으로 아내를 죽이고 죄책감에 못 이겨 자살을
했을 겁니다."

헐버트 박사의 설명에 한동욱이 고개를 끄덕거렸다.

"저도 그렇게 생각했습니다. 그럼 뒷수습을 부탁드립니다."

한동욱이 눈짓을 보내자 순검들이 슬금슬금 밖으로 나갔다. 그들
을 바라보던 헐버트 박사가 그 자리에 서 있던 이준에게도 말했다.

"당신도 나가시오."

"왜 자살이라고 보십니까?"

이준의 물음에 헐버트 박사가 눈살을 찌푸렸다.

"방금 내가 얘기했지 않습니까. 부부 사이가 좋지 않아 싸우다가
우발적으로 죽이고 권총으로 자살했다고……."

"죽은 여인은 심하게 맞았습니다. 부부 싸움이라 하기엔 정도가
지나친 것처럼 보입니다. 상대를 죽일 정도로 싸웠다면 집안이 크게
어질러졌을 텐데 보시다시피 깨끗합니다. 거기다 여인은 칼에 찔려

서 죽은 것 같은데 이곳에는 칼이 없습니다."

이준은 한동욱에게 하려던 말을 그대로 쏟아냈다. 하지만 헐버트 박사는 들은 척도 하지 않았다.

"이건 우리 미리견 사람들 일이오. 그러니 검사는 참견 마시오."

"여기 죽은 여인의 손을 보셨습니까?"

이준이 시신 쪽으로 걸어가 여인의 손을 가리켰다.

"손톱 끝에 피가 묻어있고 손등에는 멍이 보입니다. 이건 여인이 죽기 전에 심하게 저항을 했다는 증거입니다. 그런데 보시다시피 죽은 남편의 몸에는 아무런 상처가 없습니다. 무슨 의미인지는 박사님도 잘 아시리라 생각됩니다."

헐버트 박사가 격분한 이준을 조용히 바라봤다.

"게다가 양인 남자는 권총을 가지고 있었습니다. 만약 우발적으로 부인을 죽인 것이라면 구태여 주먹이나 칼을 쓸 필요 없이 권총을 쏘면 그만입니다. 그런데도 남편이 아내를 죽였다고 쉽게 말할 수 있습니까?"

이준의 말을 들은 헐버트 박사가 잠시 머뭇거리다가 대답했다.

"더는 할 말이 없으니 나가주시오."

발끈한 이준이 반박하려고 했지만 헐버트 박사의 단호한 눈빛에 입을 닫았다. 황제 폐하가 특히 믿고 의지하는 양인이었기 때문이다. 현관문을 향해 걸어가던 이준이 문득 생각났다는 표정을 지었다.

"참, 저기 벽에 피로 새겨진 것은 뭡니까?"

그때서야 벽을 바라본 헐버트 박사의 표정이 굳어졌다. 그쪽으로 걸어간 헐버트 박사가 한참을 들여다보더니 고개를 저었다.

"나도 잘 모르겠소."

더 이상 대답하지 않겠다는 헐버트 박사의 눈빛에 이준은 현관을 나섰다. 돌아서서 문을 닫는 그의 눈에 들어온 것은 두 구의 시신 옆에 무릎을 꿇는 헐버트 박사의 뒷모습이었다. 사건이 일어난 주택 옆으로 선교사 아펜젤러가 세운 배재학당이 보였다. 언덕을 깎아 만든 운동장에는 교복을 입은 학생들이 모여서 체조를 하는 중이었다. 먼발치에서 그들을 지켜보던 이준이 중얼거렸다.

"아무래도 이상해."

자살로 보기 어려운 정황임에도 무언가 숨기려는 듯한 헐버트 박사부터 이런저런 의문점이 한둘이 아니었다. 게다가 아침에 '정동 양인척살'이라는 편지를 보낸 사람은 누구이며, 왜 보낸 것인지도 궁금했다. 더 조사해 봐야겠다고 생각한 이준은 인력거를 부르기 위해 큰길로 향했다.

✖ ✖ ✖

군부대신 이용익이 경운궁* 석조전 계단을 빠른 발걸음으로 올라

---

* 현재의 덕수궁

갔다. 어떤 사람들은 늘 서두르는 그의 모습에 체통을 지키지 않는다고 혀를 찼다. 하지만 빠른 발걸음이야말로 그가 여기까지 오게 된 첫 번째 이유였다. 단숨에 계단을 올라간 이용익은 기둥 사이에 서서 숨을 골랐다. 툭 불거진 눈에 두툼한 코, 그리고 짙은 구레나룻에서 턱까지 이어진 수염의 얼굴은 긴장감으로 가득했다. 마음은 아직 젊었지만 서양식으로 지은 석조전의 높은 계단은 쉰이 넘은 그에게는 버거웠다. 문을 지키던 시종장이 숨을 헐떡이는 그를 힐끔 보더니 큰 소리로 외쳤다.

"군부대신 이용익 입시*요!"

잠시 후, 양복 차림의 젊은 내관이 문을 열었다.

"폐하께서 서재에서 기다리고 계십니다."

"앞장서시게."

이용익의 말에 내관이 접견실 쪽으로 걸어갔다. 석조전의 홀은 매끈한 나무 바닥에 대리석으로 만든 벽난로와 금박으로 치장한 벽에 둘러싸여 있어 영락없는 서양의 궁궐처럼 보였다. 홀과 붙어 있는 대접견실에서 문관 대례복 차림의 신하 몇 명이 이야기를 나누는 모습이 먼발치에서 보였다. 접견실 뒷문으로 빠져나와 좁은 복도를 지나자 2층으로 올라가는 대리석 계단이 나왔다. 양복 차림의 또 다른 내관이 계단 위에서 두 사람을 지켜봤다. 이용익을 그곳까지 안

---

* 대궐에 들어가 임금을 뵙는 일

내한 내관이 돌아가자 이번에는 기다리고 있던 내관이 그를 황제의 서재로 안내했다. 그곳의 벽은 금박을 입힌 오얏꽃 문양이 가득했다. 노란색 커튼에도 오얏꽃 무늬가 새겨져 있었다. 잠시 후 침실과 연결된 문이 열리면서 황제가 모습을 드러냈다. 그 뒤로 내장원경 이도재가 따라 들어왔다. 이용익은 카펫이 깔린 바닥에 무릎을 꿇었다. 이도재는 문 옆에 서서 두 사람을 지켜봤다.

"폐하!"

"일어나게."

조심스럽게 몸을 일으킨 이용익이 의자에 앉은 황제를 바라봤다.

"보고드릴 일이 있사옵니다."

"그 일 때문인가?"

황제의 물음에 이용익이 조심스럽게 대답했다.

"오늘 오전에 경무청에서 보고가 올라왔습니다."

"누구 소행인지는 밝혀냈느냐?"

"경무사 한동욱이 조사차 나갔는데 자살로 추정된다고 보고했다고 합니다."

"자살?"

황제의 목소리가 조금 높아진 걸 느낀 이용익은 마른 침을 삼켰다.

"그리하옵니다. 양인 남자가 부인을 때려죽이고 권총으로 머리를 쏴서 자살했다고 하옵니다."

"한동욱이면 송병준의 부하가 아닌가?"

"그자의 측근입니다."

"재물이나 탐하고 일본에 빌붙는 자가 제대로 살펴봤을 리 만무하지."

"따로 조사를 하라 명할까요?"

잠시 창밖을 바라보던 황제가 이용익에게 물었다.

"죽은 양인이 그것을 가지고 있는 자가 맞느냐?"

"남자가 가지고 있습니다."

"이번 살인이 그것과 연관이 있는 건가?"

황제의 물음에 이용익은 잠시 주저하다가 입을 열었다.

"벽에 피로 표식이 새겨졌다 하옵니다."

"어떤 표식?"

이용익이 테이블 위에 손가락으로 표식을 그렸다. 황제가 눈을 찡그렸다.

"발각된 것인가?"

"그들은 비밀을 지키기로 맹세하면 죽음이 닥쳐도 결코 입을 열지 않는다고 합니다."

"허나, 죽음 앞에서 비밀을 털어놨을지도 모르지."

"설사 그렇다고 해도 아직 알아내야 할 것이 더 많습니다. 죽은 양인도 나머지는 알지 못했습니다."

"양인 부부를 살해한 자가 얼마나 알고 있는지가 관건이겠군. 이렇게 빨리 두 사람을 죽인 것을 보면 나머지를 알아내는 것도 시간

문제일 가능성이 크다네. 우리가 그들에게 맡긴 것이 어떤 의미인지는 그대도 잘 알지 않는가."

이용익은 고개를 깊숙이 숙이는 것으로 대답을 대신했다. 고개를 드니 황제가 다리를 꼰 채 한 손으로 수염을 만지작거리고 있었다. 중요한 결정을 내리거나 고민할 때면 보이는 습관이었다. 일본에 의해 경복궁에 유폐되어 있던 중 아라사 공사관으로 파천하기 전에도 이런 모습으로 한참 동안 창밖을 바라보곤 했다. 이때는 조용히 기다려야 한다는 사실을 이용익은 잘 알고 있었다. 얼마 후 깊은 한숨과 함께 꼬았던 다리를 푼 황제가 그를 바라봤다.

"통신원 7호는 지금 어디 있느냐?"

"제물포에 있습니다. 월미도 건을 처리 중입니다."

"그 일이 끝나는 대로 이번 임무에 투입하게. 배후가 누구인지 철저하게 밝혀내라고 해."

"제가 직접 만나서 전달하겠습니다."

"중요한 일이니 실수 없이 처리하라고 하게."

말을 마친 황제가 나가라는 눈짓을 했다. 주저하던 이용익이 입을 열었다.

"따로 보고드릴 게 있습니다."

"이번 일과 관련된 것인가?"

이용익은 눈에 힘을 준 채 고개를 끄덕거렸다. 황제가 말하라는 손짓을 했다.

"평리원 검사 이준이 현장에 나타났다 하옵니다."

"그자가 왜?"

"경무사의 보고로는 우연찮게 현장을 지나다가 들어오게 되었답니다. 경무사와 나중에 나타난 헐버트 박사가 자살이라고 했는데도 끝내 타살이라고 우겼다고 합니다."

"이준이라면 아라사와의 전쟁에서 다친 일본군 부상병을 위해 모금을 하다가 잡혔던 자가 아니냐?"

이용익은 황제의 놀라운 기억력에 속으로 혀를 내두르면서 대답했다.

"그렇사옵니다. 일본이 우리를 위해 싸운 것이니 마땅히 도와주어야 한다는 권고문도 발표했지요. 그 일로 민심을 어지럽힌다는 죄목으로 경무청에 체포된 적이 있습니다."

"그런 자가 이번 일에 끼어들다니, 심히 걱정스럽구나."

"그런 일이 있었지만 평리원 검사로 임명된 이후에는 또 다른 모습을 보여주고 있사옵니다."

"무슨 말이냐?"

"을사오적 중 한 명인 이근택을 칼로 찌른 기산도를 사면시키는 문제로 법부대신 이하영과 심하게 갈등을 빚고 있는 중입니다. 그 일로 현재 정직 처분을 받고 있기도 하고 말입니다."

"생각이 바뀐 건가?"

황제의 물음에 이용익이 잠시 생각하더니 대답했다.

"일본의 속셈을 눈치채고 돌아섰을 수도 있지 않겠습니까? 일단 무슨 의도인지 확인해보는 게 우선일 것 같습니다."

"7호에게 그자도 함께 조사하라 이르라."

"예, 폐하."

"안개 같은 세상일세. 길을 잘 찾아가려면 눈을 똑바로 떠야 하지 않겠나."

"신이 제대로 보필하지 못한 죄입니다. 기필코 이번 일의 진상을 밝혀내겠습니다."

"아무래도 부부의 죽음이 그것과 연관이 있는 것 같구나. 군부대신의 생각은 어떤가?"

황제의 질문에 잠시 주저하던 이용익이 말했다.

"신도 그 점이 염려스럽습니다."

"부디 잘 처리하게. 그래야 과인과 그대, 그리고 이 나라가 안개 속에서 길을 잃지 않을 걸세."

"명심하겠습니다."

알현을 마치고 서재를 빠져나온 이용익은 내관의 안내를 받아 아래층으로 내려왔다. 대접견실에 있던 신하들은 보이지 않았다. 황제가 만나주지 않자 돌아간 모양이었다. 이용익은 홀을 가로질러 밖으로 나왔다. 석조전 앞은 원래 넓은 호수였으나 재작년 대화재가 궁궐을 휩쓸면서 망가져 땅을 파 분수대를 만들었다. 함녕전과 중화전도 새로 지으면서 궁궐을 파괴한 화재의 흔적은 말끔하게 사라졌다.

하지만 큰불이 무엇 때문에, 누구를 죽이기 위해 일어난 것인지를 알고 있는 이용익으로서는 분수대를 볼 때마다 아픈 기억이 떠올랐다. 그는 길게 헛기침을 하고는 석조전 계단을 바쁜 걸음으로 내려갔다. 오늘도 해야 할 일이 많았다.

✖ ✖ ✖

인력거에서 내린 이준은 한미전기 건물을 올려다봤다. 종로 한복판에 벽돌로 만든 2층 건물은 눈에 잘 띄었다. 지붕에 작은 첨탑이 있고 그곳에 큼지막한 시계까지 박혀 있어 조선 사람들은 시계집이라고 불렀다. 원래 한성전기였던 이곳은 황제가 전차와 전기를 놓기 위해 만든 회사였다. 덕분에 한성에는 전차가 놓이고 전깃불이 들어왔다. 하지만 회사는 미리견 사람인 콜브란의 손에 넘어가고 말았다.

한때는 일본이 이런 승냥이 같은 양인을 몰아내줄 것이라 믿었다. 허나 진실을 깨닫는 데는 오랜 시간이 필요하지 않았다. 쓸쓸한 기억을 털어버린 이준은 한미전기 건물로 들어섰다. 타자기 소리가 울려 퍼지는 가운데 조선어와 영어가 뒤섞여 요란한 모습이었다. 문가까이에 있는 책상에서 일하던 조선인 직원이 고개를 들어 그를 바라봤다.

"무슨 일로 오셨습니까?"

"평리원 검사 이준일세. 콜브란 씨를 만나러 왔네."

"어떤 용무인지요?"

"여기에 마크 트래비스라는 양인이 일하고 있다고 들었네만."

그 이름이 울려 퍼지는 순간 사무실은 침묵에 휩싸였다. 뜻밖의 침묵과 맞닥뜨린 이준이 조선인 직원에게 재차 말했다.

"그자에 관한 걸 알아보러 왔네."

이준의 물음에 직원이 빠른 목소리로 말했다.

"콜브란 씨는 외출 중이십니다."

"어디로?"

"남산에 있는 통감부에 가셨습니다. 언제 들어올지는 모르겠습니다."

어서 나가 달라는 것 같은 상대의 말투와 눈빛에 이준이 마른 침을 삼켰다.

"마크 트래비스가 자주 가던 곳이나 친한 사람이라도 알려주게."

"친한 사람은 모르겠고, 손탁빈관과 정동구락부에 자주 들렀습니다."

"알겠네."

밖으로 나온 이준은 일이 쉽지 않다고 느꼈다. 누군가의 도움이 필요하다는 생각과 동시에 적임자가 떠올랐다. 그가 담배 파이프를 물고 힘껏 연기를 뿜어내는 사이 인력거 한 대가 한미전기 앞에 멈췄다. 웃통을 벗고 맨발로 다니는 조선인 인력거꾼과 달리 검은색 옷에 일본식 삿갓을 쓴 일본인 인력거꾼이 끄는 인력거에서 내린 것은 말쑥하게 차려입은 모던 보이였다. 반짝거리는 갈색 구두에 검은색 바지와 조끼, 그리고 제비꼬리처럼 끝이 늘어진 갈색 프록코트를 걸쳤다. 둥근 뿔테 안경에 가느다란 콧수염은 전형적인 일본인의 모습이었다. 이준이 옆으로 한발 물러나 길을 비켜주자 고개를 살짝 숙인 일본인 모던 보이가 성큼성큼 걸어서 안으로 들어섰다.

✖ ✖ ✖

안개가 아직 사라지지 않은 바다에서 짠 냄새가 희미하게 풍겨 왔다. 밀물이 들어왔는지 바닷물이 대아해운 사무실 바로 아래까지 차 있는 게 보였다. 물이 빠졌을 때 온전히 모습을 드러내던 잔교는 거의 물에 잠겼다. 그 위로 조선인 일꾼들과 청국인 쿨리들이 짐을 나르는 모습은 흡사 일개미의 행렬 같았다.

갈색 양복에 파나마모자, 그리고 흰 구두를 신고 장갑 낀 손에 스틱까지 쥔 남자는 돈 많은 신사처럼 보였다. 우뚝한 콧날에 날렵해 보이는 턱선, 차가움이 담긴 눈매가 몹시 매력적이었다. 길거리를 걷던 일본인 유녀들이 까맣게 물들인 이를 드러내며 노골적으로 추파를 던졌다.

인천의 일본인 조계지*는 맞은편 언덕에 자리 잡은 청국 조계지보다 조용한 편이었다. 청국인이 시끄럽기도 하거니와 그곳에는 청

---

* 외국인이 자유로이 통상 거주하며 치외법권을 누릴 수 있도록 설정한 구역

요릿집을 비롯한 음식점들이 많은 까닭이다. 인천항이 한눈에 내려다보이는 일본 조계지는 응봉산 자락의 일본 영사관을 시작으로 아래쪽에는 은행을 비롯해 해운회사와 호텔, 상점들이 빼곡하게 들어서 있다. 전봇대가 줄지어 선 거리는 일본식 주택과 양식으로 지은 건물로 채워졌다. 그 거리를 귀신처럼 화장을 하고 기모노를 입은 일본 여인과 양복 차림의 일본 사내들이 마치 제 세상인 양 으쓱대면서 걸어갔다.

일본인 사이를 조용히 걷던 남자는 발걸음을 멈추고 고개를 들었다. 목적지인 대불호텔이 보였다. 호리 히사타로가 세운 그곳은 장사가 잘되자 원래 있던 일본식 2층 목조 주택 옆에 3층으로 된 서양식 벽돌 건물을 올렸다. 경인선이 개통되면서 한풀 꺾이기는 했지만 여전히 손님들로 북적였다. 때마침 한 무리의 양인이 떠들썩하게 입구로 들어서는 중이었다. 주변을 슬쩍 살펴본 남자가 자연스럽게 대불호텔 안으로 들어갔다. 홀과 식당이 있어 떠들썩한 1층을 지나 태연스럽게 2층으로 올라갔다. 그리고 212호 앞에 멈췄다. 잠시 귀를 대고 인기척을 살핀 남자는 아무도 없는 것을 확인하고는 소매에서 꺼낸 작은 철사로 문을 열었다. 남자가 조용히 방 안을 둘러봤다. 곧이어 침대 옆 책상 서랍을 하나씩 열며 무언가를 찾던 남자의 손이 멈췄다. 복도에서 발소리가 들려왔기 때문이다. 주변을 살펴보던 그는 재빨리 거울이 달린 옷장 옆으로 몸을 숨기고 커튼으로 가렸다.

문이 열리고 두 사람이 들어왔다. 먼저 들어온 사람은 꽃무늬가 새겨진 갈색 유카타에 검은색 하오리를 입은 일본인으로 허리춤에 단도를 차고 있었다. 뒤따라온 사람은 양복바지에 흰색 저고리 차림이었다. 침대에 걸터앉은 일본인이 서툰 조선말로 저고리 차림의 사내에게 말을 건넸다.

"서류는?"

저고리 차림의 사내가 소매에서 서류 봉투를 꺼냈다.

"여기 있습니다."

숨어 있던 남자는 저고리 차림의 사내를 알아봤다. 궁내부*에서 황무지 개척과 관개시설 정비를 담당하는 수륜과 직원 황명륜이었다. 창백한 얼굴의 황명륜이 서류를 살펴보는 일본인에게 말했다.

"도장도 제대로 찍었고, 서류는 완벽합니다."

"요시!"

기분이 좋아졌는지 일본인이 손뼉을 쳤다.

"이걸로 월미도는 내 땅이 되는군."

서류 봉투를 품속에 넣은 일본인에게 황명륜이 얼굴을 찌푸리며 말했다.

"그 지계는 조선인에게 발급한 걸로 되어 있소. 그러니 직접 나서지 마시오."

"빠가야로! 나도 그 정도는 알지. 허수아비로 내세울 조선 놈도

---

* 조선 말기 왕실에 관한 여러 업무를 총괄하던 관청

이미 물색해 뒀어."

"월미도를 노리는 다른 일본인들도 있소."

"그건 하야시 상이 알아서 처리해 줄 거야."

남자는 하야시라는 낯선 이름이 누구인지 생각해내려 했지만 딱히 떠오르는 자가 없었다. 그사이 황명륜이 입을 열었다.

"아무튼 이제 나는 손 털 테니 어서 남은 돈이나 내놓으시구려."

침대에서 일어난 일본인이 남자가 숨어 있는 쪽으로 다가왔다. 숨죽인 남자의 옆에 있는 옷장에 달린 거울을 보며 만족스런 웃음을 짓던 일본인이 두툼한 봉투를 꺼내 황명륜에게 건넸다. 봉투 속 돈을 확인하는 황명륜에게 일본인이 말했다.

"약속한 나머지 돈이야. 기념으로 술이나 한잔할까?"

"일본인이랑 같이 있는 게 눈에 띄면 좋을 게 없습니다. 여기 있다가 내일 한성으로 올라갈 테니 그리 아시구려."

"나중에 또 인연이 있었으면 좋겠군. 그럼."

일본인이 방문을 나섰다. 홀로 남은 황명륜은 긴장이 풀렸는지 침대에 벌렁 누워 눈을 감았다. 커튼 뒤에 숨어있던 남자가 조심스럽게 모습을 드러냈다. 그리고 침대에 누워 있는 황명륜의 목을 움켜쥐었다. 갑작스러운 공격에 놀란 황명륜이 발버둥쳤지만 남자는 꿈쩍도 하지 않았다.

"지금부터 내가 하는 말에 제대로 대답하지 않으면 목을 부러뜨리겠다."

"다, 당신 누, 누구야."

황명륜이 간신히 물었지만 돌아온 건 주먹질이었다. 뺨을 한 대 맞은 황명륜이 신음소리를 내자 남자가 육혈포를 꺼내서 머리에 겨눴다.

"같은 질문 두 번하지 않을 거니까 잘 듣고 대답해. 알겠어?"

겁에 질린 황명륜이 고개를 끄덕거렸다. 남자가 물었다.

"아까 일본놈에게 건넨 서류가 월미도의 지계 맞나?"

"네."

"지계는 외국인에게 발급할 수 없는 걸로 아는데?"

"조선 사람 이름으로 했습니다. 오익태라는 사람으로요."

"저 일본인은 누구지?"

"요, 요시카와 사타로라는 자입니다. 일본 조계지에서 아편굴과 유곽을 운영하는 자입지요."

"그자가 왜 월미도의 지계를 받으려고 한 거지?"

"도, 돈이 되니까요. 제물포는 지금 땅이 부족해서 아우성이라서요. 월미도는 육지랑 가깝고 넓은 곳이라 많이 눈독을 들이고 있지요."

"그래서 가짜 지계를 발급해 일본 놈에게 넘긴 거야? 잘하면 나라도 팔아먹겠군."

"자, 잘못했습니다. 처자식 먹여 살리고, 윗사람에게 뇌물을 바치려면 이 방법밖에는 없었습니다."

"그 윗사람이 누구야?"

남자의 질문에 황명륜이 겁에 질려 눈을 크게 떴다. 육혈포를 머리에 바짝 가져간 남자가 재차 물었다.

"일개 직원이 지계를 맷대로 발급했을 리는 없고, 분명 뒤에 누가 있었을 거 아냐? 그자가 누구인지 말해."

"제발 살려주십시오. 돈은 전부 드리겠습니다."

남자는 애원하는 황명륜의 머리를 권총으로 후려쳤다.

"마지막으로 묻는다. 배후가 누구야?"

"비서원 경 어르신입니다."

"민영원 말이냐?"

황명륜이 고개를 끄덕거리자 남자가 육혈포를 거두면서 코웃음을 쳤다.

"황제의 외척이자 측근이라는 자가 돈에 눈이 어두워 나라 땅을 팔아 처먹었군."

"저, 저는 시키는 대로 했을 뿐입니다. 제발 살려주십시오."

남자가 애원하는 황명륜에게 말했다.

"용서해줄 테니 인천감리서로 가서 죄를 자복하고 처분을 기다려라."

"아이고, 알겠습니다요."

남자는 연신 고맙다는 말을 하는 황명륜을 뒤로 하고 호텔을 빠져나왔다. 그리고 제58은행 지점 쪽으로 걸어가는 요시카와 사타로를 발견했다. 주변에는 십여 명의 낭인이 칼을 찬 채 호위 무사처럼 지키고 있었다. 천천히 따라가던 남자는 주머니에서 양인들이 쓰는 작은 술병을 꺼내 한 모금 마신 다음 몸에 향수처럼 뿌렸다. 그러고는 샛길로 가로질러갔다. 일본어가 잔뜩 적힌 상점 간판 아래에서 기다리고 있던 남자는 요시카와가 다가오자 짐짓 취한 척 비틀거렸다. 크게 갈지자로 걸어간 남자는 앞을 막아서는 낭인들 사이를 지나치더니 요시카와와 부딪쳤다.

"스미마셍, 죄송합니다."

일본어와 조선어를 섞어가면서 횡설수설한 남자가 잽싸게 상대의 품속에 있던 서류를 빼냈다. 낭인이 그의 어깨를 확 잡아당겼다.

"재수 없는 조센진 같으니, 썩 꺼져!"

남자는 연거푸 미안하다는 말을 남기고는 비틀거리며 걸어갔다. 이제 끝났다고 생각할 찰나, 등 뒤에서 요시카와의 날카로운 목소리가 들렸다.

"내 서류! 저, 저놈 잡아라!"

남자가 뒤돌아보니 자신을 향해 손가락질하는 요시카와와 일제히 칼을 뽑아 든 낭인들이 보였다. 남자는 재빨리 내동 쪽으로 달렸다. 때아닌 추격전에 길을 오가던 행인들이 비명을 지르며 옆으로 물러났다. 무난히 따돌릴 수 있을 것이라고 생각한 찰나, 낭인 하나가 불쑥 나타나 허리춤을 부여잡았다. 아마 소변을 보느라 뒤처졌던 것 같았다. 동료들이 소리를 지르며 쫓아오자 낭인은 재빨리 칼을 뽑아 들었다. 남자는 비스듬히 날아드는 칼날을 피해 몸을 돌린 다음 상대의 발을 걸어서 넘어뜨렸다. 그사이 거리가 좁혀지고 말았다. 육혈포를 가지고 있지만 조계지에서 소동을 벌일 수는 없는 노릇이었다. 남자가 잠시 주저하는 찰나 길가의 수레를 밟고 날아오른 낭인 하나가 기합과 함께 칼을 내리쳤다. 살벌한 기세를 피해 옆으로 몸을 구른 남자는 재빨리 상대의 발을 걸어 넘어뜨렸다. 그리고 이발소 앞에 놓여 있던 나무 의자를 던져 뒤따라 덤비는 낭인을 쓰러뜨렸다. 고함을 지르며 칼을 휘두르는 다른 낭인을 피해 이발소 현관을 지탱하는 나무 기둥 뒤로 숨어 칼날을 피한 다음 상대의 옆구리를 발로 찼다. 그러는 동안 다른 낭인들이 남자를 포위했다. 어쩔 수 없이 남자는 이발소 안으로 들어갔다. 비명을 지르는 이발사와 손님을 헤치고 뒷문으로 나가 축대를 기어 올라갔다. 그리고 그곳에 쌓여 있던 나무 상자를 낭인들에게 집어 던졌다.

겨우 따돌리고 청국 조계지 방향으로 뛰어가던 남자의 앞을 낭인들이 다시 가로막았다. 칼을 뽑아 들고 거리를 좁히는 그들을 보면서 뒷걸음질 쳤지만 축대를 기어올라 쫓아온 낭인들이 뒤를 막았다. 요시카와가 외쳤다.

"팔이나 다리 하나 정도는 잘라도 좋다. 하지만 죽이지는 마라. 배후를 캐야 하니까."

거리를 좁혀오는 낭인들을 살펴보던 남자가 잽싸게 전신주로 기어 올라갔다. 그리고는 길가에 있는 일본식 주택의 2층 지붕 위에 올라섰다. 닭 쫓던 개꼴이 된 요시카와가 펄펄 뛰었다.

"저놈 잡아!"

남자는 지붕을 건너뛰며 내동 쪽으로 달렸다. 석탄을 파는 상점 지붕을 건너뛸 무렵, 한 낭인이 홈통을 타고 올라와 앞을 가로막았다. 두 사람은 기울어진 지붕 위에서 조심스럽게 움직였다. 먼저 균형을 잡은 낭인이 기합을 지르며 덤벼들었다. 죽이지 말라는 명령 때문인지 칼은 급소가 아닌 다리를 노렸다. 훌쩍 뛰어서 칼날을 피한 남자는 낭인의 등을 걷어찼다. 낭인은 비명을 지르며 지붕에서 굴러떨어졌다. 아래쪽에서 행인들의 비명소리가 들려오는 가운데 낭인들이 속속 지붕으로 올라섰다. 숨을 고른 남자는 앞을 가로막으려는 낭인을 피해 몸을 숙였다. 그러고는 다음 건물로 건너뛰었다. 비교적 평평했던 다른 지붕과 달리 경사진 모양을 하고 있어 엉금엉금 기어서 올라가야만 했다. 숨을 헉헉거리며 꼭대기까지 기어오른 남자는 낭인에게 발목을 잡히고 말았다. 단검을 뽑아 든 낭인이 외쳤다.

"꼼짝 마!"

몸을 돌린 남자가 다른 발로 낭인의 얼굴을 걷어찼다. 발목을 놓친 낭인이 벌떡 일어나 잡으려고 하자 몸을 살짝 뒤튼 남자는 상대를 쓰러뜨리고는 그대로 아래로 미끄러졌다. 두 사람 모두 아래로 떨어졌지만 남자가 낭인을 아래에 깔고 앉은 덕분에 상대적으로 충격이 덜했다. 다른 낭인들이 몰려오기 전에 재빨리 일어나 뛰기 시작했다. 지붕에서 뛰어내린 낭인들이 이를 악물고 쫓아왔다. 마침내 일본 조계지를 벗어난 남자는 숨을 몰아쉬며 여유롭게 뒤를 돌아봤다. 하지만 칼을 뽑아 든 낭인들은 멈출 기미를 보이지 않았다. 한숨을 쉰 남자는 다시 달리기 시작했다. 길거리에 앉아 짜장면을 먹는 쿨리*들을 스쳐지나간 남자는 힘껏 달음박질쳤다. 뒤에서 요시카와의 고함이 들렸다.

"놈이 감리서로 간다! 막아!"

추격하는 낭인들을 뿌리친 남자가 응봉산 자락의 감리서로 들어섰다. 사무실에서 부하들과 차를 마시고 있던 감리서의 책임자 남주태가 숨을 헐떡거리며 들어선 남자를 물끄러미 바라봤다.

"찾았나?"

남자가 대답 대신 고개를 끄덕거리자 남주태가 찻잔을 내려놨다. 그러고는 부하에게 조용히 귓속말을 했다. 고개 숙인 부하가 밖으로 사라졌다. 문이 닫히는 걸 확인한 남주태가 남자에게 앉으라고 손짓했다.

"설마 했는데 진짜로 해낼 줄이야. 그자가 거느리는 낭인만 해도 수십 명인데. 게다가 일본 조계지까지 들어가서 이걸 가져오다니."

"황제 폐하의 지엄하신 명이니 당연히 해내야지요."

남자의 말을 들은 남주태가 감탄한 표정을 지었다.

---

* 중국인 노동자

"제국익문사 통신원들은 일당백이라는 소문이 사실이었군. 그럼 이제 서류를 좀 볼까."

남주태의 말에 남자가 고개를 저었다.

"이건 제가 가져갈 겁니다."

"일단 문서를 확인해야 이사청에 통보해서 처벌할 거 아닌가."

남주태의 말에 남자가 피식 웃었다.

"고작해야 아랫놈 몇 명 처벌하고 말겠죠. 이번 기회에 뿌리를 뽑아야 합니다."

"그 뿌리란 게 어디까지 뻗어있을 것 같나? 가짜 지계를 발급받는 게 말단 직원의 힘으로 가능한 일이 아닐 텐데?"

"그래서 제가 온 겁니다. 감리서에 맡기지 않고 뿌리까지 남김없이 잘라버리기 위해서 말입니다."

잠시 침묵이 흘렀다. 깊은 한숨을 쉰 남주태가 찻잔을 들며 말했다.

"그게 말처럼 쉬운 줄 아는가?"

남주태의 말이 끝나기 무섭게 감리서 문이 열렸다. 그리고 상처투성이 낭인들과 요시카와가 모습을 드러냈다. 남주태가 찻잔을 내려놓으며 말했다.

"감리서도 조만간 없어질 것 같아서 말이야. 나도 따로 살 길을 찾아야 하지 않겠나."

씨근덕거리면서 남자에게 다가온 요시카와가 히죽 웃었다.

"여기로 올 줄 알았지. 그런데 어쩌나? 이 사람도 이미 우리 편인데 말이야."

요시카와의 말에 남주태가 점잖게 헛기침을 했다.

"우리 편이라니요. 그냥 아는 사이라고 해둡시다."

"그래 아는 사이지. 같이 목욕도 하고 오입질도 한 아는 사이. 지계는?"

"아직 안 내놨소."

남주태의 대답을 들은 요시카와가 의자에 앉아 있는 남자를 바라봤다.

"솜씨가 보통이 아니더군. 조선 땅에 너 같은 실력자가 있는 줄은 몰랐어."

남자가 침묵을 지키는 사이 남주태가 대신 대답했다.

"제국익문사 통신원이요."

"아하! 조선의 황제가 직접 양성했다는 그 닌자 말이군. 한번 보고 싶었는데 이런 데서 마주칠 줄이야."

요시카와가 입을 다물 기미를 보이지 않자 남주태가 짜증 난 표정으로 말했다.

"얼른 지계부터 빼앗고 데려가서 처리하시오. 보는 눈이 많은 감리서에서 이렇게 시간을 끌면 어떡하자는 거요."

남주태의 얘기를 들은 요시카와가 코웃음을 쳤다.

"하여튼 조선 놈들은 말이 너무 많아. 얌전히 지계를 내놔."

요시카와의 말에 남자가 일어섰다. 그리고 평온한 표정으로 남주태에게 말했다.

"지시받은 명령이 하나 더 있다는 걸 깜빡했군."

"그게 뭔가?"

"일본인과 손잡은 감리서 관리를 적발해 처벌할 것."

그 말을 들은 남주태의 얼굴이 흙빛으로 변했다. 반면 옆에 서 있던 요시카와는 껄껄 웃었다.

"그러니까 일부러 여기로 왔단 말이지. 혼자서 우리를 이길 수 있을 것 같아? 내 부하들로 말할 것 같으면……"

요시카와의 말이 채 끝나기도 전에 육혈포 소리가 사무실에 울려 퍼졌다. 남자가 의자 밑을 향해 육혈포의 방아쇠를 당긴 것이다. 남주태가 비명을 지르며 의자 뒤로 넘어갔다. 그의 한쪽 무릎에 피가 서서히 번져갔다. 벌떡 일어나 책상 위에 올라간 남자가 이번에는 낭인들을 향해 방아쇠를 당겼다. 어깨와 허벅지에 총상을 입은 낭인들이 비명을 지르면서 나뒹굴었다.

"이놈이!"

요시카와가 고함을 치며 칼을 휘둘렀지만 남자는 가볍게 피했다. 탄환이 떨어진 육혈포를 버린 남자는 양쪽 소매에서 날이 넓은 단검을 꺼냈다. 그걸 본 요시카와가 낭인들에게 외쳤다.

"죽여!"

남자는 덤벼드는 낭인들의 칼날을 능숙하게 피하면서 팔과 허벅지, 그리고 겨드랑이와 정강이를 찌르거나 베었다. 순식간에 10명이 넘는 낭인들이 모두 고통스러운 신음을 내며 바닥에 나뒹굴었다. 그 모습을 본 요시카와가 바닥에 떨어진 칼을 집어 들더니 마구 휘둘렀다. 단검을 모아 칼날을 막아낸 남자가 공격을 피해 옆으로 몸을 굴렸다. 책상을 밀어버린 요시카와가 칼을 휘두르면서 남자를 구석으로 몰았다. 그러고는 히죽 웃었다.

"내 쌍검을 피할 자는 이 조선 땅에 없지."

요시카와가 머리 위로 내리친 칼을 단검으로 막아낸 남자가 말했다.

"사무라이는 입으로 싸우나 보지."

얼굴이 붉어진 요시카와가 다른 손에 든 칼로 남자의 배를 노렸다. 하지만 남자도 다른 칼로 막아냈다. 잠시 힘을 겨루다가 떨어져 나간 두 사람은 서로를 노려보며 서서히 움직였다. 양손에 쥔 칼을 붕붕 돌리던 요시카와가 밀어붙이자 바닥에 쓰러져 있던 낭인이 뒤로 물러나던 남자의 발목을 잡았다. 순간 균형을 잃은 남자를 노린 칼날이 떨어졌다. 그때 남자가 가지고 있던 단검이 세 갈래로 갈라졌다. 칼날 사이에 끼어버린 요시카와의 칼은 옴짝달싹하지 못했다.

"비, 비겁한 놈."

칼을 바닥에 내동댕이친 남자가 대꾸했다.

"열 명이 넘는 부하들을 데리고 온 놈이 할 말은 아닌 거 같군."

조롱당한 요시카와가 남은 칼로 남자의 목을 노렸다. 하지만 이번에도 남자는 단검의 칼날을 펼쳐 능숙하게 막아냈다. 그리고 두 개의 단검 칼날을 이용해 칼을 부러뜨렸다. 빈손이 된 요시카와가 뒷걸음질 치자 남자가 바닥에 널부러진 의자를 발로 차 가볍게 넘어뜨렸다. 그리고 쓰러진 요시카와에게 말했다.

"왼쪽? 오른쪽?"

"뭐, 뭐가?"

"어느 쪽 귀를 자를지 묻는 거야. 이 칼이 양인들이 쓰던 패링 대거라는 무기인데 아주 잘 들거든."

"미, 미친놈!"

"대답하지 않으면 양쪽 귀를 다 자르지. 마지막으로 묻는다. 왼쪽? 오른쪽?"

"오른, 아니 왼쪽!"

요시카와의 대답을 들은 남자가 그의 왼쪽 귀에 세 갈래로 갈라진 단검을 가져갔다. 잠시 후 철컥 소리와 함께 칼날이 닫혔다. 동시에 피가 바닥에 튀면서 고통에 찬 요시카와의 비명이 들렸다. 유카타 소매에 단검에 묻은 피를 쓱쓱 닦은 남자가 말했다.

"다음에 또 허튼 짓을 하면 나머지 귀도 잘라주지."

몸을 일으킨 남자는 바닥에 떨어진 육혈포를 집어 들고 구석에서 끙끙대며 무릎을 움켜잡고 있던 남주태에게 다가갔다. 남자가 다가오자 남주태는 바닥을 기어서 도망치려고 했다.

"수륜과 직원이 배후를 밝혔다. 하지만 지계가 발급되는 과정을 일본인이 속속들이 알고 있고, 욕심을 낼 수 있었던 것은 조선인 조력자가 있다는 걸 뜻하지. 그게 누구일지 생각해 보니 딱 한 사람이 떠오르더군."

"나, 나는 그냥 돈만 받고 묵인해줬을 뿐이요."

"지계를 위조하고, 그걸 일본인에게 판 것은 심각한 죄야. 아마 너의 가족들도 곤욕을 치르겠지."

"제발, 가족만은 건드리지 말아주시오."

"가족을 살리고 싶으면 이번 일에 관여한 관리가 누군지 속속들이 털어놔."

"시, 시키는 대로 할 테니 제발 의원 좀 불러주시오. 다리가 너무 아파."

"그러지, 앞으로 나를 만날 일을 만들지 마. 그때는 이렇게 말로 끝내지는 않을 테니까."

말을 마친 남자는 바닥에 쓰러져 신음하는 낭인들 사이를 유유히 빠져나갔다.

✼ ✼ ✼

전차가 경운궁 대안문 앞에 멈추자 사람들이 우르르 내렸다. 칸막이가 있는 일등 객실에 앉아 있던 이준은 마지막으로 전차에서 내렸다. 대안문 앞은 갓과 도포를 입은 한 무리의 선비들이 차지하고 있었다. 상소라도 하는 건지 돗자리를 펴고 엎드린 그들 앞에는 총을 든 시위대원과 일본군이 서 있었다. 이준은 약속 장소인 팔레호텔로 향했다. 2층 벽돌 건물인 팔레호텔은 경운궁 바로 앞에 있는데 법국인* 마전이 운영한다고 해서 조선 사람들은 종종 법국호텔이라고도 불렀다. 2층 발코니에 서면 대안문이 내려다보이는 바람에 황제의 행차를 구경하던 관리가 처벌을 받기도 했던 곳이다. 팔레호텔 앞에서는 떠꺼머리총각 하나가 신나게 가위를 치며 엿을 파는 중이었다. 코흘리개 아이들이 지켜보는 가운데 총각이 신명 나게 어깨춤을 췄다. 멈춰서 그 광경을 구경하고 있던 이준은 등 뒤에서 들려오는 탁한 목소리에 흠칫 놀랐다.

"오랜만입니다."

탁한 목소리의 주인공 오경만은 키가 크고 바짝 말랐다. 앙상한 콧수염과 큼지막한 눈 때문에 사람들을 웃기는 재담꾼으로 종종 오인받기도 하지만 사실은 별기군** 출신의 잔뼈가 굵은 군인이었다. 그 전에는 여리꾼과 보부상으로 일하며 한성에 관해서는 모르는 게 없다는 평을 들었다. 이준이 한성재판소 검사보였던 십여 년 전에 그의 사건을 잘 처리해준 인연을 지금까지 이어오는 중이었다. 가래 섞인 기침을 하는 오경만을 바라보던 이준이 물었다.

"어디 있다 온 건가?"

---

* 프랑스인
** 우리나라 최초의 신식 군대

"되놈들 거리에 있다 왔습지요."

"또 아편을 피운 건가?"

"요즘은 돈이 없어서 아편도 못 피웁니다."

두 손을 싹싹 비빈 오경만의 비굴한 웃음에 이준이 혀를 찼다.

"밥은 먹었고?"

"어제저녁부터 굶었습니다."

"따르게, 보신각 쪽에 설렁탕 파는 곳이 생겼다더군."

"이문설농탕 말씀이십니까? 한번 가보고 싶었는데 나리 덕분에 가보네요."

이준은 오경만을 데리고 경운궁 담장을 따라 보신각 쪽으로 걸었다. 전차와 인력거가 지나가는 거리 옆으로 일본군이 무리 지어 이동 중이었다. 작년부터 익숙한 풍경이지만 그걸 보는 조선 사람들은 괜히 움츠러들 수밖에 없었다. 이문설농탕 근처에 도착하자 오경만이 코를 킁킁거렸다. 커다란 목판 위에는 소머리가 몇 개 놓여 있고, 대들보에 걸어놓은 갈고리에도 소고기가 주렁주렁 매달려 있었다. 두 사람이 자리를 잡자마자 솥에서 퍼온 설렁탕이 뚝배기에 담겨 나왔다. 숟가락을 든 이준이 말했다.

"어서 들게."

"감사합니다. 검사 어르신."

오경만은 고개를 숙인 채 뚝배기에 담긴 설렁탕을 정신없이 먹어 치웠다. 한참을 먹던 오경만은 뚝배기가 바닥을 보인 다음에야 고개를 들었다. 긴 트림을 한 오경만이 물었다.

"시키실 일이 무엇입니까?"

"은밀하게 알아봐야 할 것이 있네."

"그런 일이라면 한성 바닥에서 소인을 따라갈 놈이 없습지요. 누굴 찾으시는 겁니까?"

"마크 트래비스라는 사람."

이준의 입에서 양인의 이름이 나오자 오경만이 뜨악한 표정을 지었다.

"양인을 찾아달란 말씀이십니까?"

"그 사람은 어제 자기 집에서 부인을 죽인 다음 육혈포로 자신의 머리를 쏴서 죽었네."

"제가 저승사자도 아니고 어찌 죽은 사람을 찾습니까?"

"그자가 죽기 전에 누굴 만났고, 무슨 일을 했는지 알아봐주게. 종로에 있는 한미전기에 다녔던 자일세."

"양인의 일을 어찌 소인이 알아낼 수 있답니까? 소인은 영어는 한마디도 못 합니다."

"양인들을 만나는 건 내가 하겠네. 자네는 그자가 일하는 직장과 정동 주변 사람들을 탐문해주게. 내 보수는 섭섭지 않게 챙겨주지."

주저하던 오경만이 숟가락을 내려놨다.

"일단 한미전기에 근무하는 사람을 알아보겠습니다."

"그리고 집으로 돌아가는 길에 누군가와 마주치진 않았는지도 알아보게."

"정동 쪽이면 순검들과 마주쳤겠죠. 경무청에도 연줄이 있으니 살펴보겠습니다. 그나저나 그 양인은 어찌 부인을 죽이고 스스로 목숨을 끊었답니까?"

"그걸 알아보려고 하는 중일세."

"혹시 말입니다."

주변을 살핀 오경만이 조심스럽게 입을 열었다.

"최근 들리는 소문과 연관이 있을지도 모르겠습니다."

"어떤 소문?"

"한성에 있는 양인들이 어린아이들을 납치해서 치료약을 만든다고 말입니다. 또, 자기들끼리 모여서 흉악한 기도를 올린다는 얘기도 들었지요."

"선교사들이 처음 들어왔을 때는 모르지만 지금 같은 때 누가 그 말을 믿겠나?"

"보통 야소교*가 아니라 거기서 갈라져 나온 사특한 집단이 있다고 들었습니다."

"사특한 집단?"

이준이 관심을 드러내자 오경만이 누런 이를 드러내며 말을 이어갔다.

---

* '예수교'의 음역어로, 기독교를 뜻함

"기독교이긴 한데 좀 다르답니다. 자기들끼리만 모여서 비밀리에 이상한 의식을 치르고 맹세를 한답니다."

"무엇을 위해서 말인가?"

"자기들이 원하는 세상을 만들기 위해서 그런답니다. 듣기로는 비밀 결사라고 하던데 말입니다."

"비밀 결사라……."

"아주 오래되었다고 합니다. 혹시나 그자들이 비밀리에 의식을 치를 때 아이들을 희생물로 썼다면 아이를 잃은 부모가 찾아와 복수했을지도 모르는 일 아니겠습니까?"

오경만의 이야기를 들은 이준은 생각에 빠졌다.

"그렇다면 말이 좀 되겠군. 어쨌든 전후 사정을 알아봐 주게."

"그런데 왜 그자의 죽음이 궁금하십니까?"

이준이 오경만의 물음에 가볍게 웃으며 대답했다.

"호기심이 많은 편이라서 말이야."

"하긴, 소인 놈이 억울하게 옥살이할 때 나리께서 도와주시지 않았다면 못 나왔을 겁니다."

"궁궐 코앞에서 양인이 둘이나 죽었는데 다들 입 다물기만 급급하네. 분명히 뭔가가 있어."

"하면 나중에 진실을 밝혀냈을 때는 어찌하실 겁니까?"

"어찌하긴, 죄가 있으면 처벌해야지."

"역시 검사 나리다우십니다. 소인이 연줄을 죄다 동원해서라도 행적을 찾아보겠습니다."

"자네만 믿겠네. 이건 착수금이니 사람들 만날 때 쓰게."

이준이 백동화가 든 주머니를 건네자 오경만이 굽실거리며 받았다.

"일단 경무청부터 들쑤셔보겠습니다."

"우리 집 알지? 뭔가 나오는 게 있으면 우리 집에 연락해서 쪽지를 남기게."

"그리하겠습니다. 검사 나리는 어디로 가실 겁니까?"

"죽은 자가 자주 들렀다는 곳을 살펴볼 생각이네."

"알겠습니다. 그럼 저는 먼저 일어나겠습니다."

이준은 오경만이 자리를 뜬 이후에도 한참을 앉아 있었다. 황제가 세운 제국은 안팎으로 위기에 처했다. 그가 있는 평리원만 해도 일본인 재판관이 통감부를 등에 업고 사사건건 간섭하고 있고 친일파가 날뛰고 있다. 그런 와중에 궁궐의 코앞에서 양인 부부가 참혹하게 살해당하고 말았다. 이준은 두 사람의 죽음이 거대하고 복잡한 사건의 일부라는 생각을 지울 수가 없었다. 오랜 생각 끝에 이준은 탁자 위에 설렁탕값을 올려놓고 일어났다.

밖으로 나온 이준이 지나가는 인력거를 불렀다. 맨발에 지저분한 수건을 머리에 두른 인력거꾼이 그의 앞에 멈췄다.

"어디로 모실까요?"

"정동에 있는 아라사 공사관으로 가세."

"아, 아라사 공사관이요?"

겁에 질린 인력거꾼에게 이준이 물었다.

"왜? 귀신이라도 나온다고 그러나?"

"그게 아니오라 아라사 공사관은 텅 비어 있지 않습니까?"

"그 앞에 있는 다른 곳을 가려는 걸세."

"알겠습니다."

인력거에 탄 이준은 혀를 찼다. 개화 후 외국 사람들이 이 땅에 산 지 30년이 다 됐다. 과거에는 양인이나 일본인을 귀신이나 도깨비처럼 여기기도 했다. 지금은 많이 나아졌다고는 하나 여전히 대다수의 백성들은 그들을 낯설어했다. 이는 그들의 기술과 힘을 배워 제국을 튼튼하게 만드는 데 가장 큰 걸림돌로 작용했다.

이런저런 생각을 하는 사이 인력거가 아라사 공사관 앞에 멈췄다. 돈을 받은 인력거꾼은 뒤도 돌아보지 않고 돈의문 쪽으로 바쁘게 뛰어갔다. 이준은 그 모습을 물끄러미 바라보았다. 법국의 수도 파리에 있는 개선문을 닮았다고 하는 아라사 공사관 정문은 굳게 닫혀 있었다. 정문 뒤쪽의 언덕 위에는 망루가 딸린 하얀색 공사관 건물이 보였다. 망루까지 있어 흡사 성채 같은 느낌을 주는 공사관은 한때 황제가 파천했던 곳이었다. 이준은 불과 몇 년 전까지 정동과 경운궁을 굽어보며 위풍당당하게 깃발을 펄럭거리던 아라사 공사관을 떠올렸다. 전쟁에서 패배하며 쫓기듯 떠나 텅 비어버린 지금과는 완전히 다른 모습이었다.

이준은 아라사 공사관 옆 건물로 들어섰다. 마크 트래비스가 자주 드나들었다고 했던 정동구락부가 있는 양관이었다. 아라사 공사관처럼 하얗게 회칠을 한 벽과 길쭉한 반원형 창문이 눈에 띄었다. 계단을 올라가 문을 열고 들어서자 유성기에서 들리는 재즈 소리가 귀를 찔렀다. 하늘 높이 치솟은 천장에 드리워진 상들리에가 반짝거리는 빛을 토해냈다. 정동구락부는 정동에 거주하는 외국인과 조선인의 사교 모임이다. 미국인, 그리고 그들과 가까운 조선인들이 주축이었다. 독립협회 회원들도 자주 드나들었던 터라 이준에게도 그리 낯선 곳은 아니었다. 하지만 일본과 아라사의 전쟁 이후 분위기가 많이 달라졌다. 우선 조선인의 발걸음이 끊어졌다. 황제가 미국의 도움을 받기 위해 정동구락부를 후원한 것을 못마땅하게 여긴 일본의 눈치를 본 것이다.

지금도 그곳에는 죄다 양인들뿐이었다. 한쪽 벽에는 술병이 진열된 바가 있고, 반대편 창문 앞에는 당구대가 보였다. 편하게 차려입은 양인들이 삼삼오오 모여서 술잔을 기울이는 중이었다. 그들이 시가라고 부르는 커다란 담배를 입에 문 양인도 보였다. 막상 들어오긴 했지만 마크 트래비스에 대해서 물어볼 만한 사람이 보이지 않았다. 하나같이 이준을 경계하는 눈빛으로 바라봤기 때문이다. 가볍게 고개를 숙여 인사를 한 이준은 입구의 직원에게 모자와 스틱을 맡기고 홀을 둘러봤다. 상들리에가 드리워진 홀 끝에는 긴 테이블이 있어서 몇몇 양인들이 담배를 피우며 이야기를 나누는 중이었다. 가서 말을 붙여보려고 했지만 경계하는 눈빛이 역력해 다가가지 못했다. 주변을 두리번거리던 그는 바로 향했다. 바에는 젊은 양인 여성이 술잔을 닦고 있었다. 그가 구석에 앉자 물컵을 앞에 놓은 그녀가 능숙한 조선말로 물었다.

"뭘 드시겠어요?"

"우리말을 할 줄 아는군."

"어머니가 조선 사람이라서요. 제 이름은 나타샤예요."

흰 피부를 가졌지만 검은 머리에 검은색 눈동자를 보니 조선 사람처럼 보이기도 했다. 다소 안심이 된 이준이 입을 열었다.

"평리원 검사 이준일세."

"이준 검사님. 어떤 술을 드시겠어요?"

"위스키로 한 잔."

이준의 주문을 받은 나타샤는 능숙한 솜씨로 위스키를 잔에 따랐다. 그러고는 친절한 목소리로 물었다.

"처음 오신 거죠?"

"소문은 많이 들었지."

"요즘은 조선 사람들이 안 와서 좀 심심하긴 했어요."

"조선 사람들은 별로 재미가 없을 텐데."

나타샤는 주변을 슬쩍 살펴보더니 이준에게 낮은 목소리로 말했다.

"양놈들은 하나같이 콧대만 높고 재수가 없어요."

그녀의 말을 들은 이준의 머릿속에 생각이 떠올랐다.

"여기서 일한 지 얼마나 됐지?"

"일 년 조금 넘었어요. 왜요?"

"여기 손님에 대해서 알려줄 수 있나 해서 말이야."

"원래 클럽 안의 일은 발설 금지에요. 하지만 누굴 봤다는 것 정도야 상관없겠죠. 누굴 찾는데요?"

"마크 트래비스. 한미전기에서 일하는 미리건 사람이야."

"오우, 그 양키요? 알다마다요. 며칠에 한 번씩 와서 얼마나 지저분하게 구는지 몰라요. 그런데 그 사람 부인을 죽이고 자살했다고 하던데요?"

"그를 마지막으로 본 게 언제지?"

이준은 주머니에서 꺼낸 백동화를 슬쩍 내밀며 물었다. 잽싸게 챙긴 나타샤가 술병 마개를 닫으며 대답했다. 바 안쪽에는 금속으로 만든 둥근 통이 보였는데 나타샤는 그 안에 백동화를 넣었다.

"사흘 전이 마지막이에요."

"사흘 전이면 죽기 하루 전이군. 이곳에 오면 보통 뭘 하지?"

"그냥 친구들이랑 대화하고 와인을 좀 마셔요. 당구치는 데 끼기도 하고요."

"마지막으로 왔을 때나 그 이전에 이상했던 게 있었나?"

질문을 받은 나타샤는 손을 허리춤에 댄 채 생각에 잠겼다.

"눈에 띄는 사람은 아니었어요. 저랑 그렇게 친하지도 않았고요."

"그럼 친하게 지낸 사람은?"

"누가 있었을까? 앙쥬르랑 항상 뭔가를 속닥거리곤 했어요."

"앙쥬르?"

"네, 법어학교 선생인데 기생오라비같이 생겼죠."

"두 사람이 가깝게 지냈다고?"

"제 눈에는 그렇게 보였어요.

나타샤가 홀을 쭉 살펴보며 덧붙였다.

"그러고 보니 앙쥬르도 모습이 안 보이네요."

"언제부터?"

고개를 갸웃거린 나타샤가 위스키 병을 가져다놓으며 대답했다.

"일주일이 넘은 것 같아요. 그 전에는 이틀에 한 번 씩은 왔었던 거 같은데."

"마크와 앙쥬르와 어울렸던 사람은 또 누가 있지?"

"여긴 오면 다 친한 척을 해서요. 진짜 친한 사람들은 다른 곳에서 따로 모인다고 들었어요."

"어디에서?"

술을 한 모금 마신 이준의 물음에 나타샤는 양인들처럼 어깨를 으쓱거렸다.

"잘 모르겠어요. 하지만 알아볼 수는 있죠."

이준은 백동화를 하나 더 건넸다. 그러면서 테이블에 손가락으로 마크 트래비스의 집에서 봤던 문양을 그렸다.

"V자를 위아래로 교차한 모양이야. 위쪽에 있는 건 컴퍼스라고 하는데 혹시 보거나 들은 적이 있나?"

"무슨 로고 같은데 잘 모르겠어요. 뭔가요?"

"죽은 자의 집에 피로 새겨진 거야."

"그럼 어떤 의미가 있을 것 같은데 알아볼게요."

"잘 부탁하네."

이야기를 마치고 돌아서려는 이준에게 나타샤가 말했다.

"서양 속담에 그런 게 있대요. 호기심 많은 새가 덫에 잘 걸린다고요. 검사라면서 왜 그 사람에 대해서 캐고 다니는 거죠?"

"이상해서."

"제가 여기 와보니까 이상한 일투성이던데요. 나라는 일본에 반쯤 넘어가고, 덩치 큰 조선 사람들은 꼬마 같은 일본인 앞에서 꼼짝도 못 하잖아요."

그녀의 말에 할 말을 잊은 이준은 말없이 위스키를 비웠다. 기분이 무거워진 이준은 자신을 바라보는 나타샤에게 말했다.

"며칠 후에 들리지."

돌아서려던 이준의 앞을 누군가가 가로막았다. 양인치고는 작은 키에 배가 몹시 튀어나와 입고 있는 셔츠의 단추가 터질 지경이었다. 술에 취했는지 코끝과 뺨이 붉어진 양인이 서툰 조선말로 투덜거렸다.

"여긴 동양 놈들은 출입 금지야!"

"정동구락부에 조선인도 많이 가입했다고 들었습니다만……"

"다 쫓아냈지. 감히 냄새나는 놈들이 우리랑 맞먹으려고 들어서 말이야. 무슨 일로 앙쥬르를 찾아왔는지 모르겠지만 너 같이 냄새 나는 놈을 만나주지는 않을 거야."

배불뚝이 양인이 코웃음을 치며 손가락으로 이준의 가슴을 꾹꾹 찔렀다. 다른 양인들은 재미난 구경거리가 났다는 표정으로 지켜봤다. 이준은 같잖은 양인의 행패에 화가 머리끝까지 났지만 소동을 피우는 건 좋지 않겠다 싶어서 정중하게 말했다.

"일이 있어서 잠깐 들린 겁니다. 이만 돌아가지요."

"다시는 오지 말라고, 냄새가 가시지 않거든."

숨을 깊게 들이마신 이준은 천천히 돌아섰다. 뒤에서 배불뚝이 양인의 비웃음이 들렸다. 몇몇 양인들이 따라 웃으며 박수를 쳤다. 모자와 스틱을 넘겨받는데 나타샤가 문을 열어줬다.

"제가 배웅해드리죠. 검사님."

할 말이 있다는 뜻으로 받아들인 이준은 잠자코 고개를 끄덕거렸다. 문을 열고 나온 그녀가 이준의 팔짱을 살짝 끼며 말했다.

"저 배불뚝이는 광홍양행을 운영하는 하인즈예요. 팁도 안 주고 매일 술만 처먹죠. 그러고 보니 추도 의식을 안 했어요."

"그게 뭐지?"

"양인들은 구락부에 드나들던 누군가가 죽으면 모두 모여서 그 사람에 대해서 이야기하면서 술을 마시곤 했어요. 그런데 마크가 죽고 나서 아직까지 추도 의식을 하지 않았어요."

나타샤의 말을 들은 이준은 어제 들린 한미전기 사람들이 마크

의 이름을 언급하는 것조차 꺼리던 모습을 떠올렸다. 정동구락부도
마찬가지로 마크 이야기를 기피했다.

"아예 잊어버리려고 하는군. 왜 그런 거지?"

"잘 모르겠어요. 앙쥬르에게 물어보려고 했는데 계속 나타나질
않았거든요."

할 말을 끝낸 나타샤가 돌아갔다. 이준은 천천히 계단을 내려
왔다.

2
죽
음

서대문역으로 서서히 들어선 모갈형 증기 기관차가 긴 기적 소리를 내며 완전히 멈췄다. 열차 바퀴 사이로 뜨거운 증기가 안개처럼 퍼져나갔다. 열차는 인천의 탄산수 제조소에서 만든 샴펜* 사이다 광고판으로 도배되어 있었다. 남자는 미행이 있었는지를 확인하기 위해 마지막에 내렸다. 검은색 마괘에 파나마모자를 쓰고 짙은 콧수염에 색안경까지 낀 모습은 영락없는 청국인처럼 보였다. 남자는 인력거꾼과 짐꾼이 득실거리는 광장을 빠져나와 전차에 올라탔다. 전차는 덜컹거리며 돈의문을 통과했다. 야트막한 내리막이 이어지는 가운데 멀리 경운궁과 경희궁을 이어주는 홍교가 보였다. 남자

*샴페인

는 적당한 틈을 타 전차에서 내렸다. 종로로 향하는 길 양쪽에는 전신주가 쭉 이어졌지만 여전히 초가집과 기와집이 가득했다. 천천히 걷던 남자는 새문안교회 근처 길가에 쪽지게를 부려놓고 앉아 있는 보부상을 보더니 피식 웃고 말았다. 남자를 발견한 보부상이 등에 꽂은 장죽을 뽑았다. 곁으로 다가간 남자가 말했다.

"잘 어울리십니다. 독리 나리."

남자의 말을 들은 이용익이 짚신에 장죽을 툭툭 털며 대답했다.

"내가 원래 보부상 출신이었지."

지나가는 사람들 눈에는 그저 청국인과 보부상이 말을 주고받는 모양새로만 보였다. 남자가 소매에서 봉인된 봉투를 꺼내서 건넸다. 봉투를 넘겨받은 이용익은 잽싸게 품에 넣었다.

"화학비사법(化學秘寫法)*으로 처리했겠지?"

"물론이죠. 그나저나 마중 나올 거란 전보를 받긴 했지만 군부대신이자 제국익문사를 책임지고 있는 독리께서 직접 나오실 줄은 몰랐습니다."

"궁궐 안팎으로 쥐새끼들이 넘쳐나고 있네. 폐하께서 각별히 신경 쓰라고 하명하기도 했고."

"새로운 임무입니까?"

이용익은 고개를 가볍게 끄덕거렸다.

---

*과일즙이나 특수한 화학용액을 이용해 글씨를 쓰거나 읽는 방법

"제국의 운명이 걸린 매우 중요한 일이야. 내일 익문사에 들러서 필요한 자금과 무기를 챙기게."

"무슨 일입니까?"

"사흘 전에 한미전기에 다니는 미리견 사람 마크 트래비스가 부인과 함께 죽었네."

"누구 소행입니까?"

"일단 자살로 발표가 되었어. 남편이 부인을 죽이고 권총으로 자살한 걸로 말이야."

"사실은 다릅니까?"

"여러 가지 의문점이 있네."

"저보고 마크 트래비스 부부를 죽인 살인자를 찾으라는 말씀이십니까?"

남자가 다소 실망한 기색으로 묻자 이용익이 장죽을 물고 길게 빨아들였다.

"양인 부부의 죽음을 파헤칠 정도로 한가한 상황은 아닐세. 하지만 그 부부, 특히 남자인 마크 트래비스는 우리에게는 매우 중요한 존재야. 그것을 가지고 있는 자였으니까."

이용익의 설명을 들은 남자가 고개를 갸웃거렸다.

"누군가 그걸 알고 죽였을까요?"

"그걸 밝혀내는 게 자네 임무일세. 이걸 받게."

남자는 이용익이 건넨 쪽지를 살짝 펼쳤다.

"거기 이름이 적힌 자의 행방을 찾게."

"이 자가 범인입니까?"

남자의 물음에 이용익이 고개를 저었다.

"죽은 자와 같은 단체의 멤버일세."

"그럼 이자도 그것을 알고 있습니까?"

이용익이 주저하다가 입을 열었다.

"그들 중 하나일세."

"이자는 살아있습니까?"

"일주일 전부터 자취를 감췄네."

"그럼 죽었을 수도 있다는 것입니까?"

질문을 받은 이용익이 장죽을 물고 깊게 담배를 빨아들였다. 코
와 입으로 연기가 안개처럼 흘러나왔다. 잠시 생각에 잠겨 있던 이
용익이 남자에게 말했다.

"그렇다면 죽인 자를 찾아. 무슨 이유로 죽였고, 우리 계획을 어
디까지 아는지 알아내게."

"개인이 아니라 조직이면 어떡합니까?"

"박살내. 자백할 놈만 살려두고."

"알겠습니다. 일단 이자부터 찾아보도록 하죠."

"잘 알겠지만 시간이 없네. 자금과 무기는 마음대로 써도 좋으니
서두르게."

이용익이 할 말을 마쳤다는 듯 장죽을 입에 문 채 쪽지게를 짊어

졌다. 그런 이용익을 물끄러미 바라보던 남자가 물었다.

"월미도 건은 어떻게 처리되었습니까?"

"평리원에서 조치를 취할 걸세."

"보고서에도 쓴 것처럼 비서원 경 민영원이 배후입니다. 평리원에서 다룰 수 있는 급이 아닌 것 같습니다만."

"황제 폐하께도 아뢰었네. 조만간 조치가 취해질 거야."

"그냥저냥 묻히겠군요."

퉁명스러운 남자의 말에 이용익이 장죽을 짚신에 털며 대답했다.

"묻을지 안 묻을지는 황제 폐하께서 결정하신다. 우리는 그냥 따르면 그만일 뿐이야."

"정말 황제 폐하와 나라를 사랑하시는군요."

비아냥에 가까운 말에 이용익이 장죽을 등에 꽂으며 말했다.

"원래대로라면 나는 평생 장터나 떠도는 장돌뱅이로 끝났을 거야. 잘해봤자 작은 가게나 하나 얻었겠지. 그런데 높은 자리에 오르고 황제를 가까이에서 모시게 됐으니 목숨 걸고 일하는 게 당연한 거야. 자네도 제국익문사가 아니었으면 부모의 죄에 연좌되어 살아남지 못했을 거라는 걸 알지 않나."

아픈 과거를 떠올린 남자가 얼굴을 찡그리자 쪽지게를 추스른 이용익이 어깨를 토닥였다.

"우리 일은 의문을 가지면 안 되는 법이야."

"명심하겠습니다."

"번사창*에 가보게. 영감이 새로운 걸 만들었다고 하니."

"일단 법어학교부터 가보겠습니다. 사라진 이유를 알아야 찾을 수 있지 않겠습니까."

"그리하게. 그리고 이번 일이 끝나면 좀 쉬도록 하지."

말을 마친 이용익이 종로 쪽으로 걸어갔다. 뒷모습을 물끄러미 바라보던 남자는 인파 사이로 자취를 감췄다.

✖ ✖ ✖

한성법어학교는 박동의 옛 육영공원 터에 자리 잡았다. 육영공원을 비롯해 그간 나라에서 열었던 학교들이 빛을 보지 못하고 문을 닫은 것과 달리 외국인들이 직접 운영하는 학교는 잘 유지되고 있었다. 이런 상황을 볼 때면 이준의 기분은 몹시 씁쓸했다. 이제 개화는 돌이킬 수 없는 일이자 대세였지만 조선 사람들은 여전히 서툴고 미숙했다. 때문인지 송병준 같은 친일파는 차라리 강대국 일본에 의탁하는 게 우리가 살길이라고 주장했다. 한때 그는 어리석게도 송병준의 말을 믿고 일본군 부상병을 위한 모금 활동을 하기도 했다. 하지만 아라사와의 전쟁에서 승리한 일본은 대한제국의 외교권을 빼앗고 통감부를 설치하는 조약을 맺었다. 일본의 속마음을 눈치챈

• 조선 시대 무기 공장

이준은 당시의 일을 뼈아프게 후회했다. 복잡한 마음을 가슴에 담은 채 한성법어학교 운동장으로 들어섰다. 마침 수업이 끝났는지 한복에 갓을 쓴 학생들이 우르르 빠져나왔다. 그 뒤로 나이든 조선인이 모습을 드러냈다. 조선인 선생인 듯싶었다. 이준은 얼른 그에게 다가갔다.

"실례하오."

상대가 양복 차림의 이준을 위아래로 살펴봤다.

"어디서 오셨습니까?"

"평리원 검사 이준이라고 하네. 법어학교 교장을 만나러 왔네만."

"마르텔 선생님이요? 교장실에 계십니다. 오른쪽 복도 끝에 있습니다."

"고맙네."

법어학교 안으로 들어선 이준은 오른쪽 복도 끝 사무실 문을 두드렸다. 들어오라는 말에 조심스럽게 문을 열자 차를 마시고 있던 외국인이 놀란 눈을 한 채 바라보며 서툰 조선말로 물었다.

"누굽니까?"

"평리원 검사 이준이라고 합니다. 여쭤볼 게 있어서 찾아왔습니다. 마르텔 선생님."

"마태을이라고 부르시오. 차를 마시던 중인데 한잔하시겠소?"

"감사합니다."

이준은 마태을이 건넨 차를 한 모금 마셨다. 뚱뚱한 체구에 콧날이 우뚝하고 눈매가 사나워 부드러운 인상은 아니었지만 의외로 차분하고 조용한 말투였다. 찻잔을 내려놓은 마태을이 물었다.

"법어학교는 처음이시오?"

"소문은 많이 들었지요. 문을 연 지 꽤 되었다고 들었습니다."

"벌써 십 년이 넘었소. 일청전쟁 때문에 학교 문을 못 열어서 처음에는 내 집 식당에서 시작했지요. 그때 배운 학생 중에 출세한 친구들이 많아요."

"여기로는 언제 옮겨온 겁니까?"

"바로 그해에 옮겨왔지요. 우리 집에서 학교 문을 연 지 얼마 안 있어서 구리개* 쪽으로 갔다가 그해 시월에 여기로 왔지요. 원래는 목 참판 집이었다고 합니다."

"이후에 육영공원이 들어왔었지요. 조선인 선생이 있던데요."

"내 제자들이오. 똑똑한 친구들이 많아서 큰 도움이 되지요. 그나저나 무슨 일로 오신 겁니까?"

"법어학교 선생 중에 앙쥬르라는 법국인이 있다고 들었습니다."

앙쥬르라는 말을 들은 마태을의 얼굴이 찌푸려졌다.

"앙쥬르가 무슨 사고라도 쳐서 찾으러 온 건가요?"

"물어볼 게 있어서 만나러 왔습니다."

"사실은 일주일 전부터 나오지 않고 있어요. 한 번도 그런 적이 없

---

* 중구 을지로 입구의 옛 지명

어서 걱정하는 중이었죠."

일주일이라면 정동구락부에서 일하는 나타샤가 모습을 보지 못했다고 한 시기와도 일치했다. 이준은 걱정스러워하는 마태을에게 말했다.

"사고를 친 건 아닙니다. 그래도 뭔가 이상한 게 있었다면 알려주십시오."

주저하던 마태을이 마른 침을 삼켰다.

"사실은 아편을 좀 좋아했습니다."

"아편이요?"

"이곳에 오기 전에 상해에 잠시 있었는데 거기서 접한 모양입니다. 하지만 절대로 문제를 일으킨 적은 없습니다. 만약 문제가 있었다면 제가 쫓아냈을 겁니다."

"그랬군요."

"그러고 보니 아까 우리 학생에게 청국인이 앙쥬르의 행방을 물었다고 하더군요."

"청국인이요?"

"그렇습니다. 꼬치꼬치 캐묻더니 종적을 감춰버렸다고 해서 걱정하던 차에 검사님이 오셔서 먼저 말씀드리는 겁니다."

"그런 사연이 있었군요."

이준의 말에 마태을이 커피잔을 내려놓으며 말했다.

"거듭 말씀드리지만 사고를 칠 친구는 아닙니다. 아편을 종종 접하고 술을 좀 좋아하긴 해도 성실하고 착했습니다."

이준이 가볍게 고개를 끄덕거리며 물었다.

"왜 갑자기 모습을 감췄는지 아십니까?"

"전혀요. 학교생활에 문제가 없었고, 학생들도 많이 믿고 따른 편이었죠. 걱정이 돼 학생을 시켜 집에 가보라고 했는데 세간이 그대로 있었답니다."

"그럼 자취를 감춘 게 예정된 일은 아니라는 거군요."

"저도 그렇게 생각합니다."

"모습을 감추기 직전에 이상한 행동이나 말을 한 적은요?"

질문을 받은 마태을은 콧수염을 만지작거리며 생각에 잠겼다.

"뭐 때문인지는 모르겠지만 불안해하는 모습을 보이곤 했습니다. 전에 없던 일이라 농담 삼아 여자 친구가 도망이라도 쳤느냐고 했더니 펄쩍 뛰며 화를 내더군요. 농담도 잘하고 그렇게 민감한 편이 아니라 살짝 걱정이 되긴 했습니다."

"여자 친구가 있었습니까?"

"여자 친구인지 아닌지는 모르겠는데 가끔 학교로 누군가 찾아온 적이 있었지요."

"누군지 보셨습니까?"

"직접 찾아온 적은 없고, 인력거꾼이 찾아와 연락을 하면 만나러 나가곤 했습니다. 한번은 먼발치에서 봤는데 긴 챙모자를 쓰고 있어 얼굴을 알아보지는 못했죠."

"그 여인은 이후에 온 적이 없습니까?"

이준의 물음에 콧수염에서 손을 뗀 마태을이 고개를 저었다.

"앙쥬르가 사라진 이후에는 찾아온 적이 없습니다."

"그가 갈만한 곳이 있던가요?"

"양인들이 조선 땅에서 갈만한 곳이 어디 있겠습니까? 앙쥬르도 가끔 정동구락부나 손탁빈관에 들리는 게 전부였습니다."

마태을의 이야기를 듣는 이준은 앙쥬르의 실종에 어떤 흑막이 존재한다고 생각했다. 갑자기 그가 사라지고 얼마 지나지 않아 절친했던 마크 트래비스 부부가 죽었다. 어떤 거대한 그림자가 이런 일을 벌인 것인지 궁금해졌다. 생각에 잠겨 있던 이준을 바라보던 마태을이 벌떡 일어나 벽에 걸린 액자를 떼어내 가져왔다.

"내 뒤에 서 있는 게 앙쥬르입니다. 키는 제법 커도 펜이나 겨우 잡을 정도로 약한 친구지요. 찾게 되면 걱정하고 있으니 꼭 돌아오라고 전해주십시오."

법어학교를 배경으로 선생들이 찍은 사진이었다. 마태을과 앙쥬르를 제외하고는 모두 조선인이라서 구분하기 쉬웠다. 다소 어두워 보이는 마태을과 달리 금발 머리의 앙쥬르는 활짝 웃는 미소 덕분에 쾌활해 보였다. 큰 눈과 오뚝한 코 역시 좋은 인상을 주었다. 사진을 보며 이준은 대체 무엇이 법국의 젊은이를 사라지게 했는지 생각했다. 그는 슬퍼하는 마태을에게 위로의 말을 남기고 돌아섰다.

법어학교를 나오던 이준은 뜻밖의 인물과 마주쳤다. 오경만이 씩 웃으며 그를 맞이했다.

"어떻게 여길 온 건가?"

"댁에 갔더니 법어학교에 가셨다고 해서 부랴부랴 왔습지요."

오경만의 뒤에 있던 순검 둘을 발견한 이준이 물었다.

"함께 온 순검들은 누군가?"

"마크 트래비스가 죽던 날 정동을 돌던 순검들입니다요. 제가 발이 닳도록 경무청에 드나들며 찾았습지요."

"수고했네."

"이쪽 딸기코가 마천덕이옵고, 저쪽에 땅딸막한 녀석이 홍준매입니다."

소개받은 순검 둘이 어정쩡하게 고개를 숙였다. 이준은 주머니에서 꺼낸 백동화를 하나씩 건네고는 물었다.

"사흘 전에 양인을 보았느냐?"

질문을 받은 두 순검이 서로의 얼굴을 바라봤다. 마천덕이 먼저 조심스럽게 입을 열었다.

"안개가 지독하게 많이 낀 날이었습니다. 밤중에 저와 준매가 등불을 들고 정동 입구를 돌아보고 있었습니다. 그때 양인과 딱 마주쳤습지요."

"어디쯤인가?"

마천덕은 질문을 받자 뒤통수를 긁적거리며 대답했다.

"운교 근처였습니다. 안개가 너무 많아서 앞이 잘 안 보였는데 입구를 돌자마자 그자가 보여서 깜짝 놀랐습지요."

"혼자던가? 뒤따라온 자는 없었고?"

"뒤따르는 자는 없었습니다. 그자도 우릴 보고 놀랐는지 뭐라고 중얼거리더니 정동교회 쪽으로 갔습니다."

"그게 그자를 본 마지막인가?"

"예, 다음날 죽었다는 말을 듣고 깜짝 놀랐습지요."

"시각은 언제쯤인가?"

"시계가 없어서 정확히는 모르겠습니다만 두 번째 순찰 중이었으니까 대략 해시* 끝 무렵이었을 겁니다."

"표정은 어떻던가?"

"마치 역모를 꾸미는 자처럼 초조해 보였습니다."

"뒤따르는 자도 없었는데 초조해 보였다니. 뭔지는 몰라도 급박한 상황에 처했던 게 확실하군."

이야기를 들은 이준이 눈짓하자 오경만이 다가왔다. 백동화 몇 개를 꺼내며 말했다.

"수고했네. 가서 목이라도 축이게."

"감사합니다. 그런데 조사에 도움이 됩니까?"

"방금 법어학교 교장 마태을 만나고 왔는데 죽은 양인과 친한 앙쥬르라는 법국 사람이 일주일째 안 보인다는군."

---

* 저녁 9시에서 11시 사이

"그 양인의 죽음과 연관이 있는 것 같습니까?"

"그걸 알아봐야지. 앙쥬르의 행방을 찾아보게."

"단서가 별로 없어서 말입니다."

오경만이 난감한 표정을 짓자 이준이 마태을에게서 들었던 이야기를 했다.

"그자가 아편을 좋아했다고 하더군. 내가 오기 전에 청국인이 학교로 찾아와서 행방을 물었다고 하네."

"한성의 아편굴을 뒤져보면 행방을 알 수도 있겠습니다."

"행방을 찾는 대로 내게 알려주게."

오경만이 두 순검과 함께 떠나자 이준도 발걸음을 옮겼다.

✖ ✖ ✖

삼청동에 있는 번사창은 청나라에서 수입한 기계로 무기와 화약을 만들던 기기국의 무기 공장이었다. 회색 벽돌이 주로 쓰였고, 아치형 문에 환기와 채광을 위해 용마루 위에 작은 지붕을 얹은 솟을지붕을 하고 있어 눈에 띄었다. 청일전쟁 이후 기기국이 문을 닫으며 버려졌던 번사창은 몇 년 전 제국익문사가 조용히 인수해서 사용 중이었다.

정문을 지키던 동료와 눈인사를 한 남자가 번사창 안으로 들어갔다. 화약 때문에 폭발 위험이 있어 불을 쓰지 못하는 번사창 내부는 대낮에도 몹시 어두웠다. 그나마 솟을지붕을 통해 들어온 빛이 사물을 구분할 수 있게 해줬다. 벽에는 온갖 형태의 칼과 창, 표창들이 걸려 있고, 탁자 위에는 서양에서 들어온 장총과 권총들이 놓여 있었다. 남자가 들어서자 구석에서 칼을 갈고 있던 노인이 반색했다.

"어이, 살아 돌아왔군. 통신원 7호."

"꼭 죽기를 바란 것 같은데요. 영감님."

남자의 대답에 노인이 너털웃음을 지었다. 백발이 성성한 노인은 주먹코에 부리부리한 눈을 가지고 있었다.

"그럴 리가 있나. 내가 만든 무기를 가장 많이 쓰고 가장 많이 부수는 통신원이 바로 자넨데 말이야."

"생각해 주시다니 고맙습니다."

"그나저나 육혈포는 어때?"

노인의 물음에 남자가 고개를 저었다.

"방아쇠가 너무 무거워서 당길 때 힘들어요. 무거운 데다가 가운데가 불룩 튀어나와서 감추기도 좀 어려웠고요."

"이번에도 총을 쓸 건가?"

"한성에서 움직일 거 같습니다."

남자의 대답에 노인이 물었다.

"도성에서 총질을 하기는 좀 그렇지?"

"그래도 혹시 모르니 하나 주세요. 작고 얇은 걸로요."

"잠시만."

벽에 붙은 탁자로 걸어간 노인이 나무 상자를 하나 들고 왔다. 상자를 열자 천에 싸인 권총 한 자루가 보였다. 그동안 봐온 육혈포와는 다른 모양이었다.

"이건 뭡니까?"

남자의 물음에 노인이 권총을 꺼내며 대답했다.

"덕국에서 만든 마우저 C96이라는 권총일세."

"어떻게 장전하는 거죠?"

"방아쇠 앞에 상자처럼 보이는 게 탄창일세. 위에서 클립으로 탄환을 넣는 거지. 최대 열 발까지 들어가네."

권총을 건네받은 남자가 이리저리 만져봤다.

"나쁘지 않은데요."

"육혈포는 손잡이가 굽어 있어 잡기 불편한데 이 권총은 다듬잇방망이처럼 뻗어 있어서 잡기 쉽지."

"이걸로 할게요. 쏴 봐도 되죠?"

"탄환은 넉넉하니 걱정 말고 쏴. 또 필요한 건 없어?"

"지난번에 주신 패럴 대거도 나쁘지 않았는데, 이번 작전은 한성에서 하게 됐으니 좀 더 가벼운 걸 추천해주세요."

"하긴, 일본 놈들이 여기서 까지 칼부림을 하지는 않겠지?"

곰곰이 생각하던 노인이 눈을 반짝거렸다.

"따라오게."

벽 앞으로 남자를 데려간 노인이 매달려 있던 짧은 막대기를 꺼내서 건넸다. 한 척 정도 되는 쇠몽둥이 손잡이에는 가죽이 감겨 있고, 그 가까이에 쇠갈고리가 달려 있었다.

"십수라는 거야. 일본 놈들이 도적을 잡을 때 쓰던 거지. 이 쇠갈고리로 상대의 칼날을 막은 다음 뒤틀어서 떨어내는 방식이지. 공격할 때는 그냥 막대기처럼 휘두르면 된다네."

"괜찮겠는데요."

"팔꿈치 길이라서 소매에 숨기고 다니기도 편하지."

"소매가 넓은 청국 옷을 입고 다니면 딱 이겠네요. 던질 무기도 필요해요."

"수리검 같은 거?"

남자가 노인의 물음에 고개를 저었다.

"별 모양 수리검은 들고 다니기 불편하더군요."

"그럼 이게 딱 이겠군."

탁자에 널려 있는 무기를 뒤적거리던 노인이 갑자기 돌아서서 무언가를 던졌다. 남자의 어깨를 스쳐 간 무기가 문에 박혀 부르르 떨었다. 남자가 그것을 뽑았다. 두툼한 쇠꼬챙이 모양에 끝이 뾰족해 마치 커다란 바늘 같았다. 구멍이 뚫린 끝에는 실이 묶여 있었다.

"이건 뭡니까?"

"자넬 위해 만든 창수형 수리검이야. 무겁긴 해도 확실하게 상대를 쓰러뜨릴 수 있지. 여차하면 손에 쥐고 상대를 찌를 수도 있고."

수리검의 무게를 가늠하던 남자가 흡족한 표정을 지었다.

"맘에 드네요."

"가까이서 던질 때는 어깨 위로, 멀리 던질 때는 거꾸로 쥐고 아래에서 밀어 올리듯이 던지게. 하지만 다른 수리검보다 멀리 날아가지는 않을 거야."

"알겠습니다. 몇 개나 주실 수 있습니까?"

"이리 와봐. 이걸 만들었어."

노인이 탁자 아래서 가죽띠를 꺼내서 펼쳤다. 허리띠처럼 찰 수 있는 가죽띠에는 열 개가 넘는 작은 수리검이 가지런히 꽂혀 있었다.

"이걸 허리에 차면 수리검이 등 뒤에 숨겨지지. 그 위에 옷을 입으면 감쪽같을 거야."

설명을 들은 남자가 수리검이 꽂힌 가죽띠를 허리에 찬 다음 이리저리 움직였다.

"아주 편한데요."

남자의 말을 들은 노인이 누런 이를 드러내며 말했다.

"난 휴대하기 불편한 무기는 만들지 않아."

"영감님이 만들어주신 무기가 제 목숨을 여러 번 살렸습니다. 권총을 시험사격 해보고 싶은데 가능할까요?"

"뒤뜰 사격장에서 쏴 보게."

권총과 탄환을 챙긴 남자가 뒷문으로 나가려다가 문 옆의 탁자에 놓인 담배상자들을 발견했다. 호기심에 이끌린 남자가 담배상자 하나를 집었다.

"담배는 안 태우시는 걸로 아는데."

남자는 열지 말라는 노인의 다급한 외침을 무시하고 뚜껑을 열었다. 그러자 펑 소리와 함께 눈앞이 하얗게 변했다. 손가락으로 눈을 비비며 물러선 남자에게 노인이 짜증을 냈다.

"제발 손대지 말라는 건 그냥 놔두게."

"이건 뭡니까?"

"양인들이 쓰는 사진기의 조명일세. 마그네슘인가 뭔가를 터트리면 사람이 잠깐 멍해지잖아."

"그렇죠."

"그걸 응용한 거야. 이걸 상대 눈앞에 대고 뚜껑을 열면 마그네슘이 터지면서 앞이 안 보이게 되는 거지."

"그사이 상대를 해치우든지 도망치든지 하면 되겠군요."

"맞아. 그리고 옆에 있는 건 폭탄일세."

"이것도 열면 터집니까?"

"그럼, 상자를 든 사람까지 다치니까 조심해야 해."

혀를 찬 노인이 폭약이 든 담배상자를 들어 남자의 눈앞에 들이밀었다.

"여기 고리에 감긴 끈 보이지?"

"네."

"이걸 풀어서 손에 쥔 다음 확 잡아당기면 발화 끈이 당겨지며 불이 붙어서 잠시 후에 터진다네."

"얼마나 있다가 터집니까?"

"실험 중인데 대략 일 분 정도 걸리더군."

"하나씩 챙겨주세요. 써보고 말씀드릴게요."

"그러지."

"감사합니다. 그럼 저는 시험 사격 좀 해볼게요."

노인이 문을 열고 나가려는 남자에게 슬쩍 말했다.

"자네만큼 날 귀찮게 하는 통신원도 없을 거야. 하지만 계속 돌아
와서 잔소리를 해주는 건 언제든 환영이야. 그러니 다음에도 꼭 돌
아오게."

"노력해보겠습니다. 영감님."

✖ ✖ ✖

한낮의 탑골공원은 사람들로 가득했다. 원래 조선에는 공원이라
는 게 없었다. 양인들이 들어오면서 하나둘 생겨났다. 이곳 역시 영
길리* 사람으로 해관 총세무관이던 브라운이 세웠다. 정동에 거주
하는 양인들과 조선 사람들이 자주 찾았다. 몇 년 전부터는 예계로
(譽啓爐)라 불리는 덕국 사람 에케르트가 지휘하는 양악대가 이곳에

---

* '잉글랜드'의 음역어로 영국을 뜻함

서 음악을 연주했다. 그때마다 양악을 들으려는 사람들로 탑골공원은 북적거렸다. 팔각정 모서리에서 서성거리던 경무사 한동욱의 눈에 느긋하게 걸어오는 하인즈가 들어왔다. 팔자걸음으로 다가온 하인즈에게 한동욱이 물었다.

"무슨 일로 보자고 한 겁니까?"

"일이 어떻게 돌아가는지 궁금해서."

"어떻게 돌아가긴요. 계속 조사 중이지."

한동욱이 심드렁하게 대꾸하자 하인즈가 혀를 찼다.

"내가 확실하게 끝내라고 했잖아."

"양인이 둘이나 죽었소. 거기다 황제가 사는 경운궁 코앞에서 벌어진 일인데 내가 끝낸다고 끝낼 수 있는 게 아니오. 일단 경무관을 통해 자살이라는 보고서를 황제께 올렸소."

"그런데 뭐가 문제란 말이오?"

하인즈의 물음에 한동욱이 고개를 저었다.

"황제가 아무 말도 하지 않고 있소. 보통은 알겠다고 해야 일이 종결되는데 가타부타 말이 없는 상황이란 말이오. 유야무야 넘어갈 수도 있고, 재조사를 하라는 황명이 내려올 수 있소."

"그걸 막는 게 당신 일이잖아!"

하인즈가 목청을 높이자 양악을 들으려 모인 조선 사람들이 힐끔거렸다. 얼굴이 시뻘게진 한동욱이 짜증난 목소리로 말했다.

"내가 할 수 있는 일이 있고, 할 수 없는 일이 있소. 평리원 검사까지 끼어들어 가뜩이나 곤란해진 판국에 자꾸 이러지 마시오."

"이준이란 놈 말이야?"

"맞소. 워낙 고집불통에 나서길 좋아하는 놈이요."

"안 그래도 정동구락부에 나타났길래 내가 망신을 줘서 쫓아버렸지."

하인즈가 큰소리치자 한동욱이 혀를 찼다.

"그 정도로 굽힐 사람이 아니오. 차라리 가만히 있는 게 더 나았을 거요."

"어쨌든 돈을 받았으면 돈값을 하라고, 이 친구야."

하인즈가 손가락으로 가슴을 꾹꾹 찌르자 한동욱이 한 발자국 물러났다.

"당장은 지켜보는 게 할 수 있는 전부요. 만약 재조사를 하라는 지시가 내려오면 먼저 알려주겠소. 그러니 자꾸 오라 가라 하지 마시오."

때마침 양악대가 연주를 시작하자 사방에서 환호성이 터져 나왔다. 하인즈를 쩨려보던 한동욱이 발걸음을 돌려 탑골공원을 빠져나갔다.

✖   ✖   ✖

한성법어학교에 갔던 이준의 다음 행선지는 정동의 손탁빈관이었다. 여학생들이 재잘거리는 소리가 담장을 타고 넘어오는 이화학당을 지나자 손탁빈관이 보였다. 2층 벽돌 건물인 손탁빈관 뒤편에는 뾰족한 지붕을 자랑하는 법국 공사관이 보였다. 아라사 공사 베베르의 먼 친척인 손탁 여사는 궁궐에 드나들며 황제의 신임을 받았다. 덕분에 작은 집을 하사받아 궁궐에 드나드는 외국인들의 숙소로 삼았다. 그러다가 작은 집이 불편해 몇 년 전에 크게 지은 것이 지금의 손탁빈관이었다. 양인들은 호텔이라는 말을 종종 쓰지만 황제의 손님이 머무는 곳이니까 빈관이라고 부르는 것이 마땅했다. 계단 위 현관에는 지붕이 있는데, 그것은 2층의 발코니 역할을 했다. 현관 주변에는 손님으로 보이는 양인들이 모여 담배를 피우는 중이었다. 그 옆으로 녹색 조끼를 입은 조선인 소년들이 바쁘게 오갔다. 손탁빈관에서 일하는 보이들이었다. 이준은 그중 한 명에게 다가갔다. 납작하고 펑퍼짐한 코에 축 처진 눈을 한 보이는 열두세 살 쯤 돼보였다.

"나는 평리원 검사 이준이란다. 손탁 여사를 만나러 왔는데 볼 수 있겠니?"

겁을 바짝 먹은 보이가 2층을 바라봤다.

"지금은 이층 발코니 쪽 식당에서 손님들과 이야기 중이실 겁니다."

"고맙다."

이준이 곧바로 2층으로 올라갔다. 발코니가 있는 식당에는 보이의 말대로 회색 드레스 차림의 손탁 여사가 양인들의 당구를 구경 중이었다. 이준을 발견한 손탁 여사가 술잔을 테이블에 내려놓고 다가왔다.

"안녕하세요."

이곳에 오랫동안 있어서인지 손탁 여사는 그동안 만났던 양인들보다 조선말이 능숙했다. 반백의 머리와 뺨과 이마의 주름은 그녀가 적지 않은 나이의 소유자라는 것을 알려줬다. 하지만 억세 보이는 턱과 날카로운 눈빛에서는 강인함을 엿볼 수 있었다. 이준은 정중하게 고개를 숙였다.

"평리원 검사 이준이라고 합니다. 여사님."

"예전에 만난 적이 있던가요?"

그녀의 물음에 이준이 조심스럽게 대답했다.

"그런 것 같습니다."

이준의 대답에 손탁 여사가 빙그레 웃었다.

"일단 커피 한잔하면서 이야기할까요."

구석 자리로 간 손탁 여사가 앉으라며 턱짓을 했다. 그러자 보이 한 명이 쪼르르 달려와 커피를 따랐다. 김이 모락모락 나는 커피가 담긴 잔이 이준 앞에 놓였다.

"저한테 물어볼 게 있으신 모양인데 맞나요?"

여유로운 그녀의 말에 이준은 가볍게 고개를 끄덕거렸다.

"이곳에 자주 온다는 손님에 관해 여쭤보려고 찾아왔습니다."

"평리원에 근무하신다면 잘 아시겠지만 여긴 대안문 앞 팔레호텔처럼 돈만 있다고 머물 수 있는 곳이 아닙니다."

"투숙객은 아니고 카페나 식당을 이용하는 손님입니다."

"그게 누군가요?"

"한성법어학교 선생인 앙쥬르와 한미전기에서 일하는 마크 트래비스입니다."

이준은 두 사람의 이름을 말하며 손탁 여사의 표정을 살폈다. 하지만 노련한 그녀는 별다른 반응을 보이지 않았다. 커피잔을 만지작거리던 그녀가 대답했다.

"투숙객은 몰라도 커피를 마시러 오거나 당구를 치러 온 손님들까지 일일이 다 기억하지는 못합니다."

"두 사람 다 이곳을 자주 방문한다고 들었는데요."

이준이 캐묻자 손탁 여사가 가볍게 웃었다.

"조선에 온 외국인들은 모두 이곳을 자주 드나들죠. 편안하게 쉴 수 있는 공간이니까요. 길 건너 정동구락부도 마찬가지예요. 그리고 설사 내가 그들에 대해 무언가를 알고 있다고 해도 말해줄 수 없습니다. 주인은 손님의 프라이버시를 지켜줘야 하니까요."

"마크 트래비스 씨는 이제 지킬 프라이버시가 없어졌습니다. 알고 계십니까?"

질문을 받은 손탁 여사는 고개를 끄덕거렸다.

"얼마 전에 비극적인 일을 겪었다고 들었어요."

"그 사람과 친하게 지낸 앙쥬르라는 사람도 종적을 감춘 지 일주일이 지났습니다.

"안타깝네요. 하지만 저는 그 두 사람에 대해 아는 게 없습니다."

"한 사람은 죽었고, 다른 한 명은 죽었는지 사라졌는지 알 수 없는 상태입니다."

이준의 말에 손탁 여사가 잠시 커피잔을 내려다보다가 대답했다.

"참 안타까운 일이네요."

누군가 뛰어 올라오는 소리에 대화가 중단되었다. 아까 말을 건넸던 보이였다.

"여사님. 궁궐에서 모시러 갈 사람이 왔습니다."

"알겠어."

커피잔에서 눈을 뗀 손탁 여사가 자리에서 일어났다. 드레스 자락을 매만진 그녀가 이준에게 말했다.

"천천히 커피 드시고 가시지요. 만나서 반가웠어요. 검사님."

손탁 여사가 식당 밖으로 나가는 광경을 물끄러미 바라보던 이준은 문가에 서 있는 보이를 손짓으로 불렀다.

"물어볼 게 있는데."

"여기서는 곤란해요. 좀 있다가 대문 밖에서 봐요."

말을 마친 보이가 재빨리 자리를 떴다. 이준은 커피를 한 모금 마시고 일어났다. 이준이 대문 밖으로 나서자 바로 옆에 보이가 쪼그려 앉아 있었다. 그를 본 보이가 벌떡 일어났다.

"우리 아버지가 감옥에 갇혀 있어요."

"무슨 일로?"

"잘 모르겠어요. 검사면 도와주실 수 있는 거죠?"

"아버지 이름이 어떻게 되니?"

"함씨 성에 춘자 택자요. 장동에 사는데 엊그제 순검들에게 끌려 갔대요."

"장동에 사는 함춘택이라, 일단 알아보마. 대신 나도 궁금한 게 있는데."

"뭐든 물어보세요."

"여기에 온 손님 중에 마크 트래비스와 앙쥬르라는 사람에 대해서 알고 있는 게 있니? 마크는 키가 크고 콧수염과 턱수염이 있고, 앙쥬르는 금발 머리에 코가 오뚝하고 눈이 좀 큰 편이다."

"누군지 알 거 같아요. 둘 다 자주 왔어요."

"얼마나?"

"마크는 집이 근처라서 정말 자주 왔고요. 앙쥬르는 일주일에 한 번 정도요."

"와서 뭘 했니? 자주 만나는 사람이 있었니?"

단서를 찾을 수 있다는 생각에 이준이 급하게 물었다.

"술 마시고 당구 치고 놀다 갔어요. 여기 온 외국 사람들은 다들 서로 친하게 지내서 딱히 누구와 친하다고 하기 어려워요. 참, 한 달에 한 번 정도는 한꺼번에 모였어요."

"누구랑 누가?"

"검사님이 말씀하신 두 사람이랑 다른 사람들이요. 열 명 정도 되는데 자기들끼리 모여서 방에 들어갔어요."

"어떤 방?"

이준의 질문에 보이가 손가락으로 손탁빈관의 2층 오른쪽 끝을 가리켰다.

"저기에서 모였어요."

"모여서 무얼 하는지 봤느냐?"

보이가 고개를 끄덕였다.

"다 같이 모일 때는 문을 꼭 닫고 아무도 들어가지 못하게 했어요. 손탁 여사님도 주변에 얼씬거리지 말라고 우리에게 여러 번 말했고요. 하도 궁금해서 나무에 올라가 창문으로 몰래 봤죠."

"뭘 하고 있었느냐?"

이준의 물음에 보이가 마른 침을 삼켰다.

"앞치마에 특이한 모자까지 쓰고 이상한 짓을 했어요. 하얀 두건을 쓴 사람도 보였고요."

"이상한 짓? 그게 대체 무엇이냐?"

"그게 뭔지는 저도 모르겠어요. 두건을 쓴 사람이 뭐라고 하니까 다들 고개를 숙이고 듣다가 그 사람 손등에 입을 맞췄어요. 그다음에는 향로 같은 걸 들고 방 안을 빙빙 도니까 사람들이 그 뒤를 따라갔고요."

보이의 말을 들은 이준은 갈피를 잡을 수 없었다.

"왜 그런 걸 했는지 아느냐?"

"모르겠어요. 저도 보다가 겁이 나서 내려왔어요."

"그 방에 들어가 볼 수 있니?"

"안 돼요. 들키면 큰일 나요."

"손탁 여사는 궁궐에 갔잖아. 금방이면 된다."

이준의 말에 보이가 잠시 고민하는 표정을 지었다.

"마침 청소를 해야 해서 제가 열쇠를 가지고 있기는 해요."

"아버지 일은 내가 잘 처리해주마."

"정말이죠? 따라오세요."

주변을 살핀 보이가 이준을 데리고 손탁빈관 뒤편으로 향했다. 그곳에는 보이들이 오가는 작은 문이 있었다. 문을 연 보이가 안쪽을 살피더니 들어오라고 손짓했다. 이준은 발소리를 죽이고 조심스럽게 따라 들어갔다. 먼저 올라간 보이가 이준이 올라오는 것이 보이지 않도록 식당 문을 닫았다. 그러고는 오른쪽 복도로 걸어갔다. 끝 방에 도착한 보이가 열쇠로 문을 열었다. 이준은 잽싸게 안으로 들어갔다.

커튼이 처진 방은 대낮에도 꽤 어두웠다. 가운데에는 커다란 원탁과 의자가 있었고, 벽 쪽에는 거울 달린 옷장과 성경이 놓인 반원형 테이블이 놓였다.

"여긴 원래 뭐하던 곳이냐?"

"손탁 여사님이 가끔 회의하실 때 쓰셨고, 외국인 선교사들이 모여서 예배를 보기도 했어요."

눈에 띄는 것이 있을 거라고는 생각하지 않았지만 정말 아무것도 없었다. 다소 맥이 빠진 이준은 방 안을 샅샅이 뒤졌다. 하지만 어디에도 단서가 될 만한 것은 보이지 않았다. 예배를 보는 공간이라 그런지 벽에 걸린 십자가가 눈에 띌 뿐이었다. 보이가 낙담한 이준을 재촉했다.

"오래 있으면 안 돼요."

"잠깐만."

이준은 마지막이라는 생각으로 다시 방 안을 살펴봤다. 벽에 걸린 십자가도 뒤집어보고 원탁 아래도 살펴봤지만 아무것도 없었다. 실망한 이준이 돌아서려는 순간 커튼의 주름 사이에 있는 무언가를 발견했다. 손을 뻗어 커튼을 펼치자 낯익은 것이 보였다.

"이건……"

마크 트래비스의 집 벽에 피로 새겨진 것과 똑같은 문양이었다. 이준은 뒤에 서 있는 보이에게 물었다.

"이게 뭔지 아니?"

"아뇨. 보긴 봤는데 뭔지는 모르겠어요."

"다른 곳에도 이런 문양이 있느냐?"

"여기밖에 없어요."

보이의 말을 들은 이준은 생각에 잠겼다. 죽은 마크 트래비스와 행방을 알 수 없는 앙쥬르가 참석한 비밀스러운 모임이 있는데, 그 장소에 있는 문양과 마크의 집에서 발견된 문양이 동일했다. 이 모임과 마크의 죽음에 연관성이 있음을 드러내는 명백한 증거였다. 생각에 빠져 있던 이준의 소매를 보이가 잡아당겼다.

"누가 올지도 몰라요."

"그 모임에 참석한 사람 중에 알 만한 사람이 있었니?"

"광홍양행을 운영하는 하인즈 씨랑 헐버트 박사요."

"뭐라고? 헐버트 박사가 그 모임에 참석했다고?"

"네. 이제 진짜 나가야 해요."

이준은 보이를 따라 방을 나왔다. 열쇠로 문을 잠근 보이는 아까 들어온 문으로 이준을 데리고 나왔다. 밖으로 나온 이준이 보이에게 물었다.

"그 모임은 또 언제 열리니?"

고개를 갸웃거린 보이가 대답했다.

"매달 말쯤에 열려요. 그러고 보니 지난달은 건너뛰었네요."

"며칠 후에 올 테니 혹시 다음에 모임에 열리거나 앙쥬르가 이곳에 오면 나에게 꼭 알려다오."

"대신 우리 아버지 꼭 도와주셔야 해요."

"그러마."

짧막하게 대답하고 돌아선 이준에게 보이는 연거푸 꼭 도와달라는 말을 남겼다.

✖　✖　✖

　　남자는 진고개 앞에 있는 우체국을 바라봤다. 비만 오면 진흙탕 길이 돼서 진고개라 불리던 언덕은 한성에서도 가난한 선비들이 살던 곳이다. 하지만 일본인이 오면서 상황이 달라졌다. 전기가 들어오고 전차도 깔렸다. 게다가 다른 곳에서는 볼 수 없는 신기한 물건을 판다는 소문에 시골에서 올라온 사람들이 구름처럼 몰려들었다. 한성의 젊은이 사이에서는 진고개의 왜각시*가 파는 눈깔사탕을 먹는 것이 유행이었다. 진고개로 올라가는 길은 우체국 바로 옆이었다. 그 길로 들어서서 진고개 반대편으로 가면 청국인이 사는 거리가 나왔다.

　　사실 한성에 먼저 진출한 것은 청국 사람들이었다. 임오년(1882) 군란 때 한성에 진주한 군대를 따라 들어온 청국 상인들은 한때 엄청난 위세를 자랑했다. 일본과의 전쟁에서 패배하며 한풀 꺾이기는 했지만 여전히 한성의 노른자위 땅을 가지고 있으며 많은 돈을 벌어들였다. 그 수단 중 하나가 바로 아편이었다. 제물포를 통해 한성으로 들어온 아편은 한량과 난봉꾼 사이에 급속도로 퍼졌다. 그 아편을 공급하고 파는 것이 청국인이었다.

　　햇빛이 잘 들지 않는 골목길로 접어들자 제물포의 청국 조계에서

---

* 일본 여성

맡았던 눅진한 기름 냄새가 코를 찔렀다. 초가집 사이로 회색 벽돌로 만든 2층 건물이 보였다. 앞쪽은 붉은색 나무 기둥이 지탱하는 베란다 같은 것이 있었고, 문은 모두 녹색으로 칠해져 있었다. 벽과 문에는 한문이 적힌 종이들이 부적처럼 붙어 있어 기묘한 분위기를 연출했다. 주변에는 청국인들이 어슬렁거렸는데 아무리 봐도 의심스러웠다. 남자는 모퉁이에 기대서서 청국인 노점에서 산 호떡을 먹는 중이었다. 그러면서 틈틈이 문제의 건물을 살폈다.

오전에 법어학교에서 만난 학생들에게서 사라진 앙쥬르가 아편 중독자라는 사실을 알게 됐다. 진고개 근처 청국인의 아편굴에 외국인들이 종종 드나든다는 첩보를 기억한 남자는 곧장 이곳으로 왔다. 이리저리 살펴보던 중 아편굴로 의심 가는 건물을 찾았다. 길가에 있는 문은 좀처럼 열리지 않았고, 창문은 모두 닫혀 있는데 주변에는 한눈에 봐도 장사꾼이나 쿨리처럼 보이지는 않은 사람들이 끊임없이 오갔다. 호떡을 다 먹어치운 남자는 기름 묻은 손가락을 옷자락에 쓱쓱 닦고 자리를 떴다. 돌아가는 척하며 골목길로 접어든 남자가 아편굴 뒤쪽으로 향했다. 쓰레기가 가득한 골목에는 얼굴이 누렇게 뜬 사람들이 시체처럼 누워 있었다. 풀어헤친 저고리 밖으로 드러난 앙상한 갈비뼈가 천천히 위아래로 움직이는 걸로 봐서 숨은 쉬고 있지만 아편에 취해 인사불성이 된 것 같았다. 조심스럽게 지나가는데 누워 있던 자가 손을 뻗어 남자의 발목을 움켜잡았다. 남자가 내려다보자 그자가 눈을 희번덕거리며 말했다.

"아, 아편 한 대만 주시오. 제발."

남자는 잠자코 내려다보다가 발목을 잡은 손을 뿌리쳤다. 아편굴 뒤에는 작은 문이 하나 있었는데 회색 마괘를 입은 청국인이 지키는 중이었다. 남자가 다가가자 청국인이 의심스러운 눈초리로 바라보더니 중국어로 말했다.

"아편 피우러 온 거야?"

"여기 있는 친구를 찾아왔소."

남자가 중국어로 대답하자 청국인이 소매에 손을 깊이 찔러 넣었다.

"말이 이상한 걸 보니 산동성에서 온 놈은 아닌 거 같고, 상해에서 왔어?"

"그건 알 바 아니고, 친구를 찾으러 왔으니 들여보내 주시오. 방해하지 않으면 조용히 찾아보고 갈 테니까."

남자의 말을 들은 청국인이 껄껄 웃었다.

"여긴 아편굴이야. 친구가 누군지는 몰라도 돈이 떨어진 게 아니라면 제 발로 나가긴 힘든 곳이지. 이름을 알려주면 알아는 봐줄게."

"앙쥬르라는 법국인이요. 금발 머리를 하고 있지."

분위기가 이상하다고 느꼈는지 청국인이 험한 표정을 지었다.

"양놈을 여기서 왜 찾아! 없으니까 꺼져."

"그럼 내가 들어가서 직접 찾아보겠소."

남자가 한 걸음 다가가자 청국인이 소매에서 칼을 꺼냈다.

"배때기에 구멍 나기 싫으면……"

청국인이 말을 하는 척하며 다가와 칼을 휘둘렀다. 왼쪽 소매에서 꺼낸 십수로 칼을 막아낸 남자가 청국인의 명치에 주먹을 찔러 넣었다. 비명을 토해낸 청국인이 칼을 떨어뜨리고 숨을 헐떡거렸다. 옆으로 물러난 남자는 십수로 청국인의 목덜미를 내리쳤다. 두 번째 비명을 지른 청국인은 아편 중독자가 널려 있는 골목길에 널브러졌다. 떨어진 칼을 집어 든 남자가 쓰러진 청국인에게 조선말로 말했다.

"일단은 오른손이야. 만약 비명을 지르면 그다음은 목이야. 알겠어?"

"사, 살려주세요."

청국인이 서툰 조선어로 애원하자 남자는 손가락을 입가에 갖다 대며 조용하라는 신호를 보냈다. 그러고는 단숨에 오른쪽 손목을 칼로 그었다. 피가 분수처럼 솟아오르며 벽에 튀었다. 청국인은 입을 악문 채 비명을 참았다. 씩 웃은 남자가 피 묻은 칼과 십수를 들고 건물 안으로 들어갔다. 대낮이지만 문과 창문이 모두 닫혀 있어 한밤중처럼 어둑했다. 벽에 있는 석유등에서 뿜어내는 희미한 빛이 전부였다. 짙은 아편 냄새가 안개처럼 떠도는 가운데 남자가 천천히 주변을 살폈다. 1층에는 방이 없고, 양쪽 벽에 나무로 된 계단이 보였다. 남자가 들어온 뒷문 옆에는 음식을 만드는 화덕이 있었다. 기둥 사이에는 커다란 탁자가 놓였는데 몇몇이 앉아서 식사 중이었다. 화덕 앞에서 채소를 썰던 뚱뚱한 청국인이 문으로 들어선 남자를 의심스러운 눈으로 바라봤다.

"너 누구야? 홍가 놈은 어디 있지?"

남자는 대답 대신 그에게 다가가 피 묻은 칼을 목에 겨눴다.

"여기 앙쥬르라는 법국인이 있나? 금발 머리에 호리호리한 체구야."

"뭔 헛소리야!"

뚱뚱한 청국인이 채소를 썰던 두툼한 칼을 휘둘렀다. 몸을 뒤로 빼 칼날을 피한 남자는 오른손에 쥔 십수로 상대의 턱을 찔렀다. 숨통이 막힌 청국인이 컥컥거리며 뒤로 물러났다. 남자는 비틀거리는 상대의 다리를 걸어서 넘어뜨린 다음 십수로 머리를 내리쳐 기절시켰다. 하지만 시끄러운 소리에 식사 중이던 청국인들이 반응을 보였다. 남자는 삿대질을 하며 다가오는 첫 번째 상대의 겨드랑이와 허벅지, 그리고 발목에 차례대로 칼질을 했다. 비명을 지른 그가 넘어지자 다른 두 명이 허리춤에서 칼과 쇠몽둥이를 꺼내 들었다. 남자는 쇠몽둥이를 든 상대에게 칼을 던지고는 십수로 또 다른 상대방의 칼을 막았다. 십수를 비틀어 칼을 떨군 남자가 상대의 어깨를 손날로 내리쳤다. 우두둑 소리와 함께 빗장뼈가 부러지자 상대는 그대로 주저앉으며 비명을 토해냈다. 그러다가 남자의 발길질에 턱이 부서지며 그대로 뒤로 넘어졌다. 돌아선 남자는 옆구리에 박힌 칼을 움켜잡은 채 숨을 헐떡거리는 상대를 일으켜 세웠다.

"여기 손님 중에 금발 머리를 한 양인이 있어?"

"모, 몰라."

2층에서 무슨 일이 벌어진 것을 눈치챘는지 쿵쾅거리며 발소리가 들렸다. 남자는 상대의 옆구리에서 칼을 뽑아 다시 그의 손바닥에 찔러 넣었다. 그리고 소리가 들려오는 오른편 계단으로 향했다. 남자가 계단에 발을 내딛자 위에서 내려오던 청국인이 외쳤다.

"누구야!"

남자는 대답 대신 뒤쪽 허리춤에서 뽑아낸 창수형 수리검을 던졌다. 픽 소리와 함께 상대의 가슴에 수리검이 박혔다. 두 번째 수리검을 뽑은 그는 우당탕 소리를 내며 굴러떨어지는 청국인을 가볍게 뛰어넘었다. 2층에 올라서니 누군가 고함을 지르며 도끼를 휘둘렀다. 남자가 가볍게 피하자 도끼는 계단 난간에 틀어박혔다. 남자는 왼손에 들고 있던 수리검으로 도끼를 휘두른 상대의 목덜미와 옆구리, 그리고 허벅지와 장딴지, 발목을 차례로 찍었다. 피가 튀며 어둠 속으로 비명이 울려 퍼졌다. 도끼를 든 남자의 뒤에는 한 사람이 더 있었다. 그는 망나니가 목을 벨 때 쓰는 커다란 칼을 휘둘렀다. 십 수의 쇠갈고리로 막아냈지만 칼이 너무 커서 주르륵 밀리고 말았다. 힘을 주고 버티는데 복도에 다른 그림자가 나타났다. 남자는 벽에 발을 대고 힘을 줘서 상대를 밀어냈다. 그리고 비스듬하게 칼을 휘두르는 상대를 피해 난간을 딛고 날아올랐다. 남자가 발을 디딘 난간은 칼에 맞아 산산조각 나버렸다. 이번에는 손에 쥐고 있던 수리검으로 상대의 눈을 찔렀다. 비명을 지른 상대가 칼을 떨어뜨렸다.

남자는 잽싸게 십수로 옆구리를 찔러서 주저앉혔다. 한숨 돌린 남자가 2층의 상황을 살폈다. 복도 양쪽에 이어진 방은 모두 구슬이 달린 차양으로 가려져 있었다. 복도 끝에는 서너 명의 사내가 무기를 든 채 남자를 바라보고 있었다. 제일 뒤에 있던 덩치 큰 대머리가 외쳤다.

"너 어디에서 보낸 놈이야! 우릴 건드리고도 무사할 줄 알아?"

남자는 대답 대신 손에 쥐고 있던 창수형 수리검을 던져 맨 앞에 서 있던 사내의 가슴에 맞혔다. 그러고는 쓰러진 상대를 밟고 날아올라 두 번째 사내의 머리를 무릎으로 찍었다. 머리를 맞은 상대가 나뒹굴자 뒤춤에서 수리검을 하나 더 꺼내 가슴팍과 얼굴을 마구 찔러댔다. 그때 오른쪽 방의 차양이 출렁거리는 게 보였다. 위험을 느낀 남자는 십수를 머리 위로 들어올렸다. 상대의 도끼가 십수에 부딪히며 불똥이 튀었다. 뒤로 몸을 굴려 위험을 피한 남자는 차양을 걷고 나타난 상대의 도끼를 십수로 막았다. 그리고 어깨로 가슴팍을 들이받아서 밀어낸 다음 십수의 끝으로 눈을 찔렀다. 십수를 타고 흐르는 피에 비명이 함께 묻어나왔다. 십수를 뽑아낸 남자는 마지막 대머리에게 다가갔다. 뒤로 주춤주춤 물러나던 대머리가 계단 난간에 부딪혔다. 몸을 돌려 아래층으로 내려가려던 대머리는 날아든 창수형 수리검이 난간을 움켜잡은 손등에 박히자 짧은 비명을 질렀다. 바닥에 떨어진 도끼를 집어 들고 성큼성큼 다가간 남자는 난간에 박힌 상대방의 손목을 내리찍었다. 손목을 잃은 대머리는 바닥에 풀썩 주저앉았다. 남자는 대머리의 목에 피 묻은 도끼를 들이댔다.

"앙쥬르라는 법국인에 대해서 아는 대로 털어놔 봐."

"그, 금발 머리 말입니까? 가끔 오던 놈입니다."

"마지막으로 온 게 언제야?"

"하, 보름 전쯤입니다. 그 후로는 못 봤어요."

"종적을 감췄던데 너희들 짓이야?"

"아닙니다. 양인을 잘못 건드렸다가는 무슨 말썽이 날지 모르는데 왜 건드립니까. 거기다 그자는 돈도 꼬박꼬박 내서 문제를 일으키지도 않았어요."

"앙쥬르에 대해 아는 건 하나도 빠짐없이 다 말해."

남자의 질문에 대머리가 숨을 헐떡거리며 대답했다.

"마지막에 왔을 때 제물포에서 아편을 구할 수 있냐고 물었습니다."

"제물포에는 왜?"

"자, 잘 모르겠습니다. 모르겠다고 한 게 전부입니다."

질문을 끝낸 남자는 울먹거리는 대머리를 밀치고 돌아섰다. 그리고 차양이 쳐진 방 안을 하나씩 살폈다. 방에는 두툼한 이불이 깔렸고, 아편을 피울 수 있는 도구들이 작은 상 위에 놓여 있었다. 밖에서 난리가 났는데도 상투를 풀어헤친 조선 사람은 흐리멍덩한 눈으로 남자를 올려다봤다. 옆에는 치파오를 입고 허벅지를 드러낸 청국 여인이 누워 있었다. 모든 방을 살펴봐도 앙쥬르는 보이지 않았다. 밖으로 나오니 입구에서 마주쳤던 대머리가 보이지 않았다. 핏자국이 계단 아래로 이어져 있었다. 남자는 2층 창문으로 나와 조금 전들어왔던 뒷문 쪽 골목으로 뛰어내렸다. 뒷문을 지키고 있던 회색마괘 차림의 청국인은 피를 많이 흘려 죽었는지 기절했는지 알 수없는 상태로 엎드려 있었다. 손목에서 흐른 피가 골목에 흥건히 고였다. 쓰러져 있던 조선인은 그러거나 말거나 아편 한 대만 달라는 말을 반복했다. 남자는 피가 옷자락에 묻지 않도록 조심스럽게 걸으면서 골목 밖으로 사라졌다.

✖ ✖ ✖

깊은 밤, 일을 마친 하인즈가 탑골공원 근처의 광홍양행 사무실을 나섰다. 그는 상해와 일본에서 석유와 천 같은 것들을 들여와 파는 일을 했다. 처음에는 제물포의 세창양행에서 일했고 한성으로와 직접 회사를 차렸다. 벌이는 제법 쏠쏠했지만 최근 일본의 입김이 세지며 입지가 조금 줄어들었다. 문이 닫힌 것을 확인한 하인즈가 스틱으로 바닥을 쾅 찍으며 투덜거렸다.

"빌어먹을 통감부 놈들. 상해에서 잘 수입하던 석유를 왜 못 들여오게 막는 거야."

최근 한성에는 일본인이 하는 상점과 회사가 급격히 늘어났다.

'전쟁에서 러시아를 이기고 통감부까지 설치했으니 이제 자기네 땅이라 이거지.'

이럴 때 공사라도 있으면 쫓아가서 하소연이라도 했겠지만 작년에 철수하고 말았다. 깊게 한숨을 쉰 하인즈는 거리를 걸었다. 멀리 보이는 궁궐 근처는 전기가 들어왔지만 이곳 거리는 어둡고 적막했다. 말없이 거리를 걷던 하인즈는 황제의 즉위 40주년을 기념하는 비석이 서 있는 곳에서 남쪽으로 방향을 틀었다. 얼마 걷지 않았는데 물소리가 들렸다. 조선인들이 개천이라고 부르는 하천이었다. 낮에는 아낙네들이 나와서 빨래를 하느라 시끄러웠지만 밤에는 조용했다. 개천을 따라 조금 걷자 모전교라는 이름의 돌다리가 나왔다. 하인즈는 조선인들이 해태라고 부르는 사자 조각이 있는 돌다리 초입에 섰다. 오가는 사람은 아무도 없었고, 불빛조차 보이지 않았다. 주변의 어둠이 부담스러워진 하인즈는 서둘러 담배를 꺼내 입에 물고 성냥으로 불을 붙였다. 담뱃불을 켜자 그나마 안심이 된 하인즈는 나지막하게 투덜거렸다.

"왜 하필 이런 곳에서 보자고 한 거야."

그때 어둠속에서 구둣발 소리가 들렸다. 다리 맞은편에서 누군가 건너오는 것을 본 하인즈가 담배를 입에 문 채 외쳤다.

"당신이야?"

가까이 다가온 그림자의 주인공을 본 하인즈가 안도하는 표정을 지었다.

"왜 이제 온 거야?"

그림자는 대답 대신 주머니에서 꺼낸 칼로 하인즈의 아랫배를 찔렀다. 뜻밖의 공격을 받은 하인즈는 몸부림치며 비틀거렸다. 주춤거리던 하인즈에게 그림자가 다가갔다. 하인즈의 눈에 새하얀 칼날이 번뜩였다. 몇 번 더 칼에 찔린 하인즈는 그대로 개천으로 굴러떨어졌다. 널브러진 하인즈를 내려다보던 그림자는 주머니에서 꺼낸 칼을 개천에 던져버리고는 어둠 속으로 사라졌다. 시체는 다음날 새벽, 빨래하러 나온 부지런한 아낙네에게 발견되었다.

✖ ✖ ✖

이준은 모전교 위에 서서 시신을 내려다봤다. 그의 곁에는 아침에 집으로 찾아왔다가 함께 온 오경만이 서 있었다. 시신 주변에는 순검들이 쳐 놓은 금줄이 둘렸고, 다리와 축대 위는 구경꾼들로 인산인해를 이뤘다. 시신은 엎드린 상태였는데 빨래터로 쓰는 바위 위에 떨어지며 다리가 기묘하게 꺾인 상태였다. 순검 둘이 막대기로 조심스럽게 시신을 뒤집자 구경꾼 사이에서 비명이 터져 나왔다. 물에 빠져 있던 얼굴은 퉁퉁 불어난 모습이었지만 알아보기에는 그다지 어렵지 않았다. 옆에 서 있던 오경만이 물었다.

"저자가 하인즈란 놈입니까?"

"그런 것 같군. 엊그제까지는 멀쩡하게 살아있었는데 말이야."

"개천에서 시신이 발견되는 게 어제오늘 일은 아니지만 양인이 죽은 건 처음 봅니다요."

오경만이 혀를 차며 말하는 걸 들은 이준이 조용히 말했다.

"대낮은 아닐 것이고, 한밤중에 일을 벌였을 텐데 왜 여기에 온 걸까?"

"누구를 만나기 위해서 온 것이겠죠."

"약속이라면 정동구락부나 손탁빈관 같은 곳이 더 편했겠지. 거기서 만나지 못할 누군가를 만나기 위해 여기 온 게 분명해."

"조선 사람이었을까요?"

난간에 기댄 채 시신을 살펴보던 이준이 고개를 저었다.

"잘 모르겠어."

"안 그래도 흉흉한 소문이 도는 와중인데 큰일이군요."

"흉흉한 소문이라니?"

고개를 돌린 이준의 물음에 오경만이 대답했다.

"정말 모르십니까? 양인들 중 일부가 흉악한 사교를 믿는답니다. 따로 모여서 기도를 하고 예배를 보는데 야소교랑 여러모로 다르답니다."

"설마……."

이준은 눈살을 찌푸렸다. 개항 이후 가장 먼저 한성에 자리 잡은 양인은 선교사였다. 그들은 학교와 병원을 세웠지만 최종 목표는 1천 9백 년 전 십자가에 못이 박혀 죽은 그들의 신을 믿게 하는 것이었다. 하지만 양인들의 선교는 낯설고 이질적이었기 때문에 많은 반감에 부딪쳤다. 특히 양인 선교사가 어린 아이들을 납치해 땅에 파묻은 다음 집을 짓거나 약을 만들어 판다는 등의 헛소문이 돌기도 했다. 20여 년이 지난 지금 그런 이야기가 다시 떠돌고 있다는 게 믿어지지 않았다. 하지만 죽은 마크 트래비스의 집과 손탁빈관의 커튼에 새겨진 이상한 문양이 머릿속에서 떠나지 않았다. 게다가 보이로부터 외국인들이 손탁빈관에 모여 이상한 의식을 치른다는 이야기까지 듣지 않았는가.

"이 땅에서 대체 무슨 일이 벌어지고 있단 말인가!"

이준의 한탄을 들은 오경만이 조심스럽게 물었다.

"최근 정동에 사는 양인들이 잇따라 죽거나 사라졌다고 들었습니다."

"바로 그 일을 조사 중일세."

"제 말은 혹시 나리께서 조사하는 사건이 흉흉한 소문이 떠도는 그 일과 연관되어 있을지도 모른다는 뜻입니다."

이준 역시 비슷한 생각을 가지고 있었다. 그가 아무런 대답도 하지 않자 오경만이 조심스럽게 말을 건넸다.

"옛 속담에 누울 자리를 보고 발을 뻗으라고 했습니다. 분위기가 많이 싸합니다."

"그러니 더 조사해야지. 양인들이 이렇게 연거푸 죽거나 사라진 것은 뭔가 곡절이 있는 게 분명해."

"경무청에 맡기시고 발을 빼는 게 어떻겠습니까? 괴이한 일이 벌어졌으니 말입니다."

"괴이한 일이라니?"

"진고개 근처에 있는 아편굴 하나가 박살 났습니다."

"박살이라니?"

"앙쥬르라는 자가 아편을 좋아한다고 해서 아편굴을 뒤졌습니다. 그런데 양인이 드나든다는 아편굴이 있다고 해서 찾아갔는데 글자 그대로 쑥대밭이 되었지 뭡니까? 우두머리였던 대머리는 한쪽 손이 잘려나갔고, 부하들도 모조리 눈알이 빠지거나 팔다리가 부러져서 병신이 되었답니다."

"누구 소행이라고 하던가?"

"들리는 말로는 마르고 키 큰 청국 놈이 쓸고 갔답니다."

"혼자? 아편굴이면 지키는 자가 한둘이 아닐 텐데?"

"그 아편굴을 지키는 청국 놈들은 한성에서 가장 세력이 큰 패거리들입니다. 잔혹하기 이를 데가 없어서 순검들도 근처는 얼씬도 못한 곳이죠."

"그런데 혼자 그곳에 쳐들어가서 끝장을 냈다고?"

"그렇습니다. 거기다 그자가 금발 머리 법국인의 행방을 찾았다고 합니다."

"앙쥬르 말인가?"

오경만은 대답 대신 고개를 끄덕거렸다. 이야기를 들은 이준이 중얼거렸다.

"우리 말고 그자를 찾는 쪽이 또 있군."

"혼자서 아편굴을 박살낼 정도라면 무슨 짓을 할지 모릅니다."

"어쨌든 조사는 계속해볼 생각이야. 무서우면 빠지게."

"검사 나리만 놔두고 그럴 수는 없지요."

"그러다 다칠 수도 있네."

"그래서 몇 놈을 데리고 다니기로 했습니다."

오경만이 몇 걸음 떨어진 곳에 서 있는 자들을 턱으로 가르쳤다. 한눈에도 왈짜패로 보이는 험악한 인상의 두 사내가 이쪽을 바라봤다. 머릿속이 복잡해진 이준이 오경만에게 물었다.

"앙쥬르의 행방은 아직인가?"

"계속 찾고 있지만 한성에는 없는 듯합니다."

"여기 없다면 어디로 갔단 말이야. 한성을 벗어나면 갈 곳이 없을 것인데."

"양인들이 있는 개항장으로 갔을지도 모르죠. 조만간 제물포로 가서 살펴볼 생각입니다."

"뭐든 아는 대로 들려주게."

"그러겠습니다. 그나저나 경무관은 코빼기도 안 보이네요."

주변을 두리번거리던 오경만은 모전교 너머에서 오는 한 무리의 사람들을 발견하고는 피식 웃었다.

"호랑이도 제 말하면 온다더니 저기 옵니다."

순검들을 이끌고 나타난 경무관 한동욱은 개천에 널브러진 시신을 보더니 얼굴을 찡그렸다. 그러고는 순검들의 부축을 받아 시신 곁으로 다가갔다. 이준은 말없이 그의 뒤를 따랐다. 순검들이 만류했지만 이준이 신분을 밝히자 물러났다. 손수건으로 입과 코를 감싼 한동욱이 이준을 보고는 고개를 저었다.

"항상 살인 현장에 나타나시는군요."

"자주 일이 벌어지니 그렇게 되는가 보오."

"아무튼 조사를 해야 하니 비켜주시지요."

"어차피 평리원으로 사건이 넘어오지 않겠소이까?"

"징계를 받아서 쉬시는 걸로 알고 있는데 어찌 그리 일에 관심이 많으십니까?"

"쉬려니 좀이 쑤셔서 말이외다."

이준이 능글맞게 대꾸하며 버티자 한동욱이 한숨을 쉬며 순검을 돌아봤다.

"죽은 양인이 누군가?"

"하인즈라고 탑골공원 근처에서 광흥양행이라는 회사를 운영하는 자입니다."

"언제 발견된 것이냐?"

"묘시 무렵입니다. 빨래를 하러 온 아낙네가 발견을 하고 동임에게 알렸답니다. 동임이 곧장 경무청으로 와서 고했습니다."

"모전교는 오가는 사람들이 많은 곳이다. 새벽에 발견되었다면 분명 전날 밤에 인적이 드문 상태에서 죽였을 것이 분명하다."

"쇤네도 그렇게 생각합니다. 특히 모전교 근처는 거지들도 많아서 대낮에는 일을 저지르기 어렵습니다."

순검의 말을 들은 한동욱이 고개를 갸웃거렸다.

"양인이 밤중에 모전교에 오다니, 참으로 이상하군."

한동욱이 순검과 이야기를 주고받는 사이 이준은 무릎을 굽혀 시신을 살폈다. 가슴과 배에는 물에 젖은 핏자국들이 보였다. 몸을 일으킨 이준이 한동욱과 이야기를 나누던 순검에게 물었다.

"흉기는?"

"머리맡에 칼이 하나 있었습니다. 흉기로 쓰인 것 같은데 핏자국은 물에 쓸려가 보이지 않았습니다."

"무슨 칼이었나?"

"흔하게 볼 수 있는 커다란 식칼이었습니다."

"등 뒤로는 상처가 없었나?"

"가슴과 배에만 있었습니다. 여러 번 찔린 다음에 아래로 굴러떨어진 것 같습니다."

"그럼 누군가를 만나러 왔다가 그자 손에 죽은 것이군. 아니 그런가?"

이준의 물음에 순검이 우물쭈물하자 한동욱이 끼어들었다.

"어찌 그렇게 단정하십니까?"

"등에는 상처가 없고 가슴과 배에만 상처가 있으니 그렇다네. 만약 위험을 느꼈다면 즉시 등을 보이고 도망쳤을 터인데 그러질 않았으니 상대방이 자신을 죽일 것이라고는 꿈에도 생각하지 못하고 이곳에 왔다가 변을 당한 것이 분명해."

"함부로 억측하지 마시오. 아직 밝혀진 건 아무것도 없으니까 말이외다."

"밝혀진 게 없는 게 아니라 밝혀내고 싶은 게 없는 거겠지."

"아무리 평리원 검사라고 해도 이렇게 무례해도 됩니까?"

"네 이놈!"

이준이 호통을 치자 한동욱이 움찔했다.

"황제께서 계시는 궁궐 근처에서 연달아 양인들이 죽는 해괴한 일이 벌어졌다. 그런데 신하된 자가 불철주야 노력해서 밝혀낼 생각은 하지도 않고 어디 있다가 이제야 나타나서는 명백한 사실조차 밝혀진 것이 없다고 하느냐!"

"그, 그런 뜻이 아니라 신중하자는 것이지요."

"신중이라니, 며칠 사이에 부부까지 포함해 양인 셋이 죽고 하나가 사라졌네. 게다가 흉흉한 소문까지 돌고 있는 판국에 신중이라니!"

이준이 불같이 화를 내자 한동욱은 물론 순검들도 쩔쩔맸다. 반면 구경꾼들은 박수를 치고 환호성을 질렀다. 이준은 똑바로 하라는 호통을 치고는 개천에서 올라왔다. 그러자 지켜보던 오경만이 누런 이를 드러내며 웃었다.

"역시 나리다우십니다."

"더 큰일이 벌어지기 전에 서두르는 게 좋겠네."

오경만과 이야기를 나누던 이준은 모전교 너머 먼발치에서 지켜보는 헐버트 박사를 발견했다. 회색 양복에 검은색 조끼 차림의 헐버트 박사는 일본인들이 '도리우치'라고 부르는 헌팅캡을 쓰고 있었다. 사람들 사이에서 지켜보던 헐버트 박사는 이준과 눈이 마주치자 돌아섰다. 지난번 손탁빈관의 보이로부터 죽은 자들의 비밀스러운 모임에 그도 참석했었다는 말을 들은 게 떠올랐다. 거기다 먼발치서 지켜보다가 사라진 것도 영 의심스러웠다. 이준은 오경만에게 다음에 보자는 말을 남기고 헐버트 박사가 사라진 방향으로 움직였다. 그때 구경꾼 사이에서 중국 옷을 입고 지켜보던 남자가 잠시 주저하다가 오경만의 뒤를 쫓았다.

구경꾼 사이를 벗어난 이준은 헐버트 박사의 행방을 찾기 위해 두리번거렸다. 그러다가 육조거리 초입에서 헐버트 박사의 뒷모습을 발견했다. 그가 경희궁 방향으로 사라진 것을 본 이준은 황급히 뒤를 따랐다. 두 개의 아치가 있는 운교를 지나 돈의문 쪽으로 걸어가던 헐버트 박사가 들어간 곳은 새문안교회였다. 언더우드 선교사가 세운 이 교회는 조선 사람들이 '새문'이라고 부르는 돈의문 안쪽에 있어서 새문안교회라는 명칭을 얻었다. 백여 명은 너끈히 들어갈 수 있는 커다란 한옥 위에는 십자가가 우뚝 서 있었다. 유리가 붙어 있는 문을 열고 들어서자 널빤지로 만든 바닥과 예배단이 보였다. 헐버트 박사는 예배단 십자가 아래 무릎을 꿇고 있었다. 그의 곁에는 한복을 입고 콧수염을 기른 조선인 남자가 지켜보는 중이었다. 이준이 들어서자 조선인 남자가 손사래를 쳤다.

"예배 시간은 끝났습니다."

"난 예배를 보러 온 게 아닙니다."

분위기가 심상치 않다고 느낀 조선인 남자는 무릎을 꿇고 있는 헐버트 박사를 바라봤다. 천천히 일어선 헐버트 박사가 돌아서서 이준을 바라봤다.

"여기서 또 마주치는군요."

"현장에 계셔서 저도 놀랐습니다."

"개천에서 양인의 시체가 발견되었다고 해서 혹시나 하고 가 봤었지요."

헐버트 박사는 담담하게 말했지만 슬픔에 잠긴 모습이었다.

"광흥양행을 운영하는 하인즈라는 미리견 사람이랍니다."

"알고 있소. 종종 봤으니까."

"지금 무슨 일이 벌어지고 있는 겁니까?"

이준의 물음에 헐버트 박사는 고개를 천천히 가로저었다.

"모르는 게 좋네."

"저는 범죄를 처벌하는 평리원 검사이자 나라의 녹을 먹는 관리입니다. 황제 폐하가 사는 궁궐의 바로 앞에서 양인들 여럿이 죽거나 자취를 감췄는데 모른 척할 수는 없는 노릇입니다."

"참으로 안타까운 일이요."

"그들의 죽음과 실종에 어떤 비밀이 있는 겁니까? 모두 아는 사람의 소행인 것 같습니다만."

이준의 말에 헐버트 박사의 얼굴이 굳어졌다.

"말도 안 되네."

"마크 트래비스부터 얘기해볼까요? 그 집의 창문이나 현관에서 어떠한 침입의 흔적도 찾아볼 수 없었습니다."

"그건 두 부부 사이의 불행한 일이었소이다."

"박사님은 둘이 부부싸움을 하다가 마크가 아내인 제니를 때리고 칼로 찌른 다음에 권총으로 목숨을 끊었다고 하셨죠? 하지만 죽은 제니의 손톱 몇 개가 뽑혀 있었고, 손가락도 부러진 상태였습니다. 남편과 다툰 게 아니라 누군가에게 고문을 당한 것이죠. 제 말이 틀렸습니까?"

"누가 그런 참혹한 짓을 저질렀다는 말이요?"

"마크 부부가 알 만한 사람들 소행입니다. 아마 양인들이겠죠."

"그들은 진실하고 착한 사람들이었소. 그렇게 죽을 이들이 아니었소이다."

"그럼 진실을 밝혀서 억울함을 씻게 해야지요. 거기다 하인즈 역시 아는 자의 손에 목숨을 잃은 겁니다."

"왜 그렇게 생각하는 거요."

"양인이 밤중에 개천에서 누군가를 만났다는 건 아주 은밀하지만 가까운 사이라는 뜻입니다. 거기다 배와 가슴을 여러 번 찔린 걸로 봐서는 아는 사람 손에 목숨을 잃은 겁니다."

"믿을 수가 없군요."

혼잣말처럼 중얼거린 헐버트 박사가 머리를 흔들며 의자에 몸을 기댔다.

"그뿐만이 아닙니다. 한성법어학교 선생인 앙쥬르도 일주일 넘게 종적을 감췄습니다."

"앙쥬르까지 없어졌단 말이오?"

"지금 찾고 있는 중이지만 한성에는 없는 것 같습니다."

"맙소사."

이준은 낙담한 헐버트 박사에게 조심스럽게 물었다.

"한성에 괴이한 소문이 퍼지고 있는 중입니다."

"괴이한 소문이라니요?"

"양인 중 일부가 사악한 종교를 믿고 있다는 겁니다. 그런 와중에 이런 일이 벌어졌으니 사람들이 뭐라고 생각하겠습니까?"

이준의 설득에 헐버트 박사가 두 손으로 얼굴을 감쌌다.

"그리고 죽은 마크 부부의 집에서 발견된 문양을 손탁빈관에서도 봤습니다."

"무슨 말을 하는지 모르겠구려."

"그곳에서 이상한 의식을 치르는데 박사님이 계셨다는 얘기도 들었고요."

"손탁빈관 말이오? 거긴……"

말을 이으려던 헐버트 박사는 옆에 서 있던 두루마기 차림의 남자에게 말을 건넸다.

"손 장로님, 잠시만 자리를 비켜주시겠습니까?"

그러자 두루마기 차림의 남자가 고개를 끄덕이고는 교회 밖으로 나가며 문을 닫았다. 한숨을 쉰 헐버트 박사가 입을 열었다.

"그들은 프리메이슨이요."

"그게 뭡니까?"

"신사들의 사교 모임이오."

"종교 모임입니까?"

이준의 물음에 헐버트 박사가 손사래를 쳤다.

"아니요. 오히려 교회의 탄압을 받는 쪽이지요."

"그럼 어떤 형태의 모임이었습니까?"

"사람들을 돕고 세상을 좀 더 좋은 쪽으로 바꾸기로 맹세한 집단이오. 계몽주의라는 말을 들어보았소?"

대답 대신 고개를 끄덕인 이준에게 헐버트 박사가 설명을 이어갔다.

"이 백여 년 전 구라파에서 시작된 사상운동이오. 낡은 구습을 타파하고 인간의 가치를 찾아가자는 뜻을 가지고 있소. 하지만 왕정 국가에서는 혁명을 하자는 말이나 다름없었기 때문에 극심한 탄압을 받았소."

"유길준과 서재필이 쓴 책에서 본 적이 있습니다. 프리메이슨은 계몽주의 단체입니까?"

"복잡한 성격을 가지고 있어서 딱 잘라서 말할 수는 없소. 어쨌든 영길리에서 시작된 이 모임은 전 세계로 퍼져나갔소. 그러면서 롯지(Lodge)라는 지부가 곳곳에 생겨났소. 청나라에도 무려 열 개의 롯지가 있을 정도로 많이 퍼져있소."

"그 프리메이슨이 이 땅에도 있단 말입니까?"

"그들이 이 땅에 발을 디딘 건 벌써 이십 년 전의 일이요. 상동교회를 세운 월리엄 스크랜턴이 이 나라에 온 최초의 프리메이슨이었소."

"그 사람 외에도 프리메이슨들이 많이 있습니까?"

"대한매일신보를 세운 배설*씨도 프리메이슨이오. 요즘 바쁘고 일본의 감시가 심해서 자주 오지는 못하지만. 그밖에도 운산금광을 운영 중인 데이비드 데슐러와 얼마 전에 온 치과의사 데이비드 한도 마찬가지고. 조만간 이곳에도 롯지가 세워질 것이오."

"종교적인 모임은 아니라는 말씀입니까?"

"사실 모두 신실한 종교인이고 선교사가 많긴 하지만 딱히 종교색이 강하지는 않소. 그러니 지금 한성에 퍼지고 있는 소문은 모두 잘못된 것이지. 프리메이슨은 이상하거나 나쁜 단체가 아니라오."

"그렇다면 왜 그렇게 감추려고 한 겁니까?"

---

* 어니스트 베델

"앞에서 설명한 대로 교회의 탄압을 받은 것이 가장 큰 이유였소. 그리하여 폐쇄적으로 운영되는 바람에 모르는 사람들이 많아졌고, 이런저런 얘깃거리를 만들게 되었소. 그래서 죽은 마크 부부의 집에 로고가 새겨진 것을 보고 황급히 사람들을 내보낸 것이오. 혹시나 이상한 소문이 퍼질까 봐 걱정돼서."

"죽은 마크 부부 집과 손탁빈관의 커튼에 새겨진 것이 프리메이슨의 상징인가요?"

이준의 물음에 잠시 침묵을 지키던 헐버트 박사가 대답했다.

"컴퍼스와 직각자가 위아래로 교차한 모양은 프리메이슨을 상징하오. 우리가 그곳에서 모임을 가지니 손탁 여사께서 특별히 수를 새겨주신 모양이오. 그곳에 들어가 보았소?"

"우연찮게요. 죽은 마크 트래비스와 하인즈, 그리고 실종된 앙쥬르 모두 프리메이슨이었습니까?"

"그렇소. 마크와 하인즈는 이 나라에 오기 전부터 프리메이슨이었고, 앙쥬르는 이곳에서 회원이 되었소."

"그들의 죽음과 실종이 프리메이슨과 연관이 있을까요?"

헐버트 박사는 질문을 던진 이준의 눈을 똑바로 쳐다봤다. 그러더니 천천히 고개를 저었다.

"나도 잘 모르겠소. 확실한 건 살인자가 프리메이슨에 대해 아주 잘 안다는 것뿐이오."

"그 말은 살인자가 프리메이슨일 수도 있다는 뜻으로 들립니다만……"

이준의 말에 헐버트 목사의 안색이 어두워졌다.

"마크 부부의 집에서 피 묻은 프리메이슨의 로고를 본 순간, 나도
그런 생각을 했소. 하지만 믿고 싶지 않소이다."

그 말을 끝으로 무거운 침묵이 흘렀다. 헐버트 박사는 큰 충격을
받았고, 이준은 프리메이슨이라는 단체를 처음 접하며 혼란을 느꼈
기 때문이다. 침묵은 조금 전 헐버트 박사가 밖으로 내보낸 손 장로
가 들어서며 깨졌다. 한 손에 신문을 든 채 다가온 그가 헐버트 박
사에게 말했다.

"앙쥬르라는 법국인을 찾은 것 같습니다. 박사님."

"그게 무슨 말이오?"

손 장로가 영문을 모르겠다는 헐버트 박사에게 신문을 건넸다.
대한매일신보였다.

"이 기사입니다. 제물포에서 양인의 시신이 발견되었답니다."

이준과 헐버트 박사는 서로의 얼굴을 쳐다본 채 할 말을 잊었다.
이준이 신문을 건네받아 손 장로가 이야기한 부분을 읽었다.

"정말이군요. 제물포 선착장에서 신원 불명의 양인 시신 발견. 금
발 머리에 양복 차림으로 현재 감리서에서 조사 중."

"하느님 맙소사."

헐버트 박사는 짧은 탄식 후 그대로 눈을 감아버렸다. 이준은 신
문을 헐버트 박사의 무릎에 올려놓으며 물었다.

"그 시신이 앙쥬르라는 것을 확인할 만한 특징이 있습니까?"

이준의 물음에 헐버트 박사가 눈을 떴다.

"왼쪽 관자놀이에 커다란 점이 있소. 그리고 오른쪽 귓가에서 목덜미까지 가느다란 상처가 있는데 상해에서 불량배와 싸우다가 칼에 맞은 상처라고 했소."

"알겠습니다. 그럼 제가 가서 살펴보겠습니다."

"제물포로 가신다는 얘기요?"

헐버트 박사의 물음에 이준이 고개를 끄덕거렸다.

"가서 단서를 찾아보겠습니다."

새문안교회에서 나온 이준은 머리가 지끈거렸다. 일이 이렇게 복잡하게 돌아갈 줄은 몰랐던 데다가 프리메이슨이라는 비밀 결사의 존재까지 드러났다. 일단 집으로 돌아가 제물포로 떠날 준비를 해야겠다고 마음먹은 이준은 발걸음을 옮겼다. 그때 눈앞에 누군가가 자신을 가로막고 있는 것을 느꼈다. 고개를 들자 어디선가 본 기억이 있는 남자가 서 있었다.

"당신은……"

지난번 한미전기에서 스쳐 지나간 일본인 모던 보이였다. 머리에 쓴 중절모를 가볍게 들어 인사한 그가 조선말로 입을 열었다.

"만나서 반갑습니다. 저는 조선신보의 모리시타 시게루 기자입니다."

일본인 기자에게 안 좋은 기억을 가지고 있던 이준은 자신도 모르게 눈살을 찌푸렸다.

"조선신보라면 제물포의 일본 조계지에서 발행하는 신문으로 알고 있소만."

"잘 아시는군요. 조선 사람 중에서 우리 신문을 아는 사람은 별로 없는데 말이죠."

"독립신문과 황성신문에서 조선신보의 기사를 인용한 걸로 알고 있소이다. 그리고 5년 전에 이민법 문제로 조선신보와 황성신문이 설전을 벌인 적이 있어 기억하고 있지요."

"그러셨군요. 넓은 한성 땅에서 두 번이나 마주친 걸 보니 보통 인연이 아닌 것 같습니다."

"같은 목적이 있다면 같은 장소에서 마주칠 수도 있지요. 그럼."

이준이 가볍게 인사를 하고 지나치려 하자 모리시타가 돌아서서 말을 걸었다.

"시간이 괜찮으시면 잠시 이야기를 나누고 싶습니다만……"

"미안하지만 좀 바빠서 말이오."

"양인들이 죽은 사건을 조사 중이시지요?"

뜻밖의 말에 놀란 이준이 물었다.

"그걸 어찌 아셨소?"

이준의 물음에 모리시타가 주변을 쓱 둘러보고는 입을 열었다.

"그 시작이 바로 저였으니까요. 좀 걸으며 이야기를 나누시겠습니까? 마침 서대문역으로 가야 하거든요."

잠시 주저하던 이준이 대답했다.

"그럽시다."

낯선 일본인이 자신의 앞에 나타난 이유가 궁금해진 이준은 일단 이야기를 들어보기로 했다. 두 사람은 나란히 서대문 쪽을 향해 걸었다. 이준이 길게 담배 연기를 내뿜자 모리시타가 주머니에서 둥근 금속 통을 꺼내더니 손바닥에 탁탁 털어 붉은색의 작은 구슬 같은 것을 몇 알 꺼냈다. 그리고 단숨에 삼켰다. 이준이 그 모습을 바라보자 모리시타가 씩 웃었다.

"모리시타 인단입니다. 멀미나 배탈이 났을 때 먹으면 좋답니다."

"정로환 같은 거요?"

"좀 다릅니다. 이걸 먹으면 입안이 상쾌해져서 하루 종일 기분이 좋지요. 작년부터 일본에서 팔리기 시작했으니 조만간 조선에도 들어올 겁니다."

인단이 든 금속 통을 주머니에 넣은 모리시타가 주변을 쓱 둘러봤다.

"죽은 양인들에 대해서는 알아내신 게 좀 있습니까?"

"별다른 건 없소. 조선신보에 실릴 기삿거리를 찾는 거요?"

"그것보다 더 중요한 걸 찾는 중입니다."

"기자들은 대부분 그렇게 말하지. 사실 검사도 마찬가지일세. 사건 자체보다 더 중요한 게 있다고 믿고 있으니까."

"이번 사건이 딱 그렇습니다. 단순한 살인사건이 아니라 그 뒤에 거대한 것이 존재하고 있죠."

두 사람의 대화는 소달구지가 요란한 소리를 내며 지나가는 바람에 잠시 멈췄다. 뒤이어 경희궁과 경운궁을 잇는 운교를 지나칠 때는 전차가 요란한 소리를 내며 다리 밑을 통과했다. 전차에는 갓과 도포를 쓴 조선 노인들 한 무리가 앉아 있었다. 전차가 지나간 후 이준이 모리시타에게 물었다.

"거대한 것?"

"죽은 자들은 모두 프리메이슨입니다. 마크 부부와 하인즈, 그리고 제물포에서 시체로 발견된 앙쥬르까지 말이죠."

조금 전 헐버트 박사에게 같은 말을 들은 이준은 애써 속마음을 숨겼다. 하지만 모리시타의 빠른 정보력에는 감탄하지 않을 수 없었다. 이준의 표정을 슬쩍 살펴본 그가 덧붙였다.

"프리메이슨은 아주 위험한 단체입니다. 그들은 조선을 집어삼킬 음모를 꾸미고 있지요."

"그게 사실이오?"

헐버트 박사에게 들었던 것과 사뭇 다른 내용에 이준은 흥미가 생겼다. 이준의 물음에 고개를 끄덕거린 모리시타가 말했다.

"그들은 고대 그리스부터 시작된 오래된 단체입니다. 피타고라스라는 학자부터 유래된 것이죠."

"그렇게나 오래 되었단 말이오?"

모리시타의 말은 중세시대 석공들의 조합에서 출발했다는 헐버트 박사의 이야기와 한참 달랐다. 어리둥절해 하는 이준을 보며 모리시타가 말했다.

"그리스 출신인 그는 이태리 반도 남부에 있는 크로톤*이라는 도시에 정착합니다. 그리고 그곳에 학교를 세우는데 훗날 그의 이름을 따서 피타고라스 학파라고 부르죠. 하지만 그가 세운 건 단순한 학교가 아니었습니다. 비밀스럽고 은밀한 의식을 치른 학생에게만 입학이 허락되었죠. 피타고라스는 그렇게 입학시킨 제자들과 함께 크로톤의 지배권을 장악했죠. 소수의 지배자가 국가를 통치한다는 철인 정치가 시행된 것이죠. 피타고라스가 세운 학교는 그가 죽은 이후에도 계속 이어지며 하나의 세력을 형성합니다."

"그들이 바로 프리메이슨이라는 말이오? 들리는 소문으로는 신사들의 사교 단체라고 했소."

"겉으로 내세운 것은 그렇습니다. 하지만 그들은 비밀 종교집단이라는 이유로 오랫동안 탄압받았기에 표면적으로는 다른 간판을 내세우는 경우가 많습니다. 프리메이슨이 석공들의 단체에서 시작되었고, 지금은 신사들의 사교 단체라고 내세우는 이유도 그것 때문이죠. 그들이 왜 석공들의 조합이라고 내세우는지 아십니까?"

모리시타의 물음에 이준은 고개를 저었다.

"잘 모르겠소."

"집을 짓는다는 것은 중세 시대에는 큰 특권이었습니다. 단순히

• 고대 그리스의 도시 국가

장인이 아니라 사회 지도층으로 나아갈 수 있는 길이기도 했습니다. 고대 이스라엘의 왕 솔로몬이 성전을 짓기 위해 초빙한 히람 아비프에서 시작되었죠. 성전 건축의 총 감독관이었던 그는 기술의 비밀을 밝히라는 협박에도 굴하지 않고 비밀을 지키다가 살해당하고 말았습니다. 이후 그들 집단은 더욱더 비밀스러워졌습니다. 그러다가 결정적인 변화를 겪게 된 것이 바로 십자군 전쟁이었죠."

"십자군 전쟁이면 구라파 인들이 성지인 예루살렘을 탈환하기 위해 출병한 것 아닙니까?"

"맞습니다. 예루살렘을 빼앗은 후 9명의 기사들이 폐허가 된 성전에 자리를 잡고 기사단을 만듭니다. 성전 기사단이라고 부르는 그들은 프리메이슨과 깊은 연관이 있습니다. 히람 아비프가 지은 솔로몬 성전에 터를 잡았거든요. 우연의 일치라고 보기에는 너무 연관성이 깊습니다. 프리메이슨의 입단 의식에는 히람 아비프의 죽음과 환생을 상징하는 것들이 들어갑니다. 그들을 상징하는 로고 역시 히람 아비프를 죽일 때 쓰인 직각자를 사용한 것입니다."

"그럼 다른 뜻이 있었다는 말입니까?"

"물론이죠. 그들은 히람 아비프가 세웠다가 폐허가 되어버린 성전을 재건하려고 했던 것 같습니다. 그러기 위해서인지 기사단답지 않게 막대한 재물을 모읍니다. 그러면서 점차 이상하게 변질되었습니다."

"변질되다니요?"

"신을 믿기로 했으면서 신을 부정하고 조롱하게 된 것이지요. 입단 의식을 치르며 신을 부정하거나 십자가를 밟고, 성상에 침을 뱉었답니다."

"그게 사실입니까?"

헐버트 박사에게 들은 이야기와 너무도 달라 이준은 혼란스러웠다. 모리시타는 확신에 찬 표정으로 설명을 이어갔다.

"그들의 의식은 비밀리에 거행되기 때문에 아무도 실체를 모릅니다. 그 의식을 통해 입단을 하면 서로를 돕고 이익을 나눠 가지게 됩니다. 그들은 전 세계에 지부를 만들었고, 누가 회원인지 모릅니다. 오직 특별한 암호를 통해 서로를 알아볼 수 있을 뿐이죠. 다른 뜻이 없었다면 굳이 이렇게 비밀리에 움직일 필요가 있겠습니까?"

"음모를 꾸미기 위해 비밀 결사를 만들었다는 얘기요?"

"결국 그것 때문에 불란서의 왕에게 탄압을 받고 몰락하게 됩니다. 하지만 그 후에도 성전 기사단은 프리메이슨으로 이름을 바꾸고 오늘날까지 명맥을 유지합니다."

"적어도 이천 년은 된 것 같은데 그렇게 오랜 시간 동안 단체를 유지하는 게 가능하단 말이오?"

"그들은 시간이 흐르며 많은 사람들을 회원으로 받아들였습니다. 야소교*에서 이단이라고 할 정도로 독특한 입단 의식을 치르고 비

---

* 개화기에는 가톨릭과 프로테스탄트(개신교)를 구분하지 않고 야소교(예수교)라고 부름

밀 서약을 통해 사람들에게 자신들의 존재를 감췄기 때문에 가능했습니다."

"무엇을 이룩하려고 그리 오랫동안 탄압을 받으면서도 이어져 온 것이오?"

"정확히는 모릅니다. 회원들은 모두 침묵의 서약을 하기 때문에 외부 사람들에게 자신이 아는 것을 절대로 발설하지 않습니다. 그들은 수십 개의 등급으로 구성되어 있어서 하급 회원의 경우에는 누가 동료인지조차 모르고 있죠. 확실한 건 대략 이백 년 전 영길리의 수도 런던에서 기존의 프리메이슨과는 다른 새로운 프리메이슨들이 탄생되었다는 사실입니다."

"새로운 프리메이슨이라니요?"

"기존과는 다른 사상을 가진 자들이 생겨난 것이죠. 당시 영길리와 불란서에서는 많은 철학자들이 있었는데 그들 중 일부가 자신들의 사상을 세상에 널리 퍼트리기 위해 프리메이슨을 이용하기로 한 겁니다."

"어떻게 이용한단 말입니까?"

"회원들끼리 손을 잡고 최고 권력자를 포섭하거나 혹은 자기 입맛에 맞는 자들을 세우는 방식으로요. 그리고 자신들의 사상을 그 나라에 전파하는 방식을 씁니다. 비밀 의식을 거행하고 동지가 된 그들은 서로를 돕습니다. 그 첫 번째가 바로 불란서 대혁명이었습니다."

"불란서 대혁명과 그들이 연관이 있단 말이오?"

"연관 정도가 아닙니다. 불란서 대혁명을 주도한 이들은 자신이 꿈꾸는 세상을 건축하려고 했습니다. 마치 석공들이 집을 짓는 것처럼 말이죠. 혁명을 주도한 세력 중 상당수가 프리메이슨이었고, 그들을 지지한 지식인들 중에도 적지 않았죠. 하지만 나팔륜(羅八崙)*이 황제로 즉위하며 큰 타격을 받습니다."

"그럼 지금은 세력이 많이 약해졌겠구려."

"그렇지 않습니다. 불란서와 영길리에서는 여전히 굳건하게 세력을 유지했습니다. 그리고 바다 건너 미리견의 건국에도 큰 영향을 끼칩니다."

"미리견까지 진출했단 말이오?"

"새로운 집을 짓기에 더할 나위 없이 적당한 곳이었으니까요. 미리견의 초대 대통령인 화성돈(華盛頓)** 역시 프리메이슨이었습니다. 그 외에도 영길리와 싸워서 독립을 쟁취하자고 주장한 미리견 정치인 중 상당수가 프리메이슨이었지요."

"참으로 대단하구려."

"그들은 전 세계에 지부를 두고 영향력을 넓혀나가고 있습니다. 수단과 방법을 가리지 않고 은밀하게 움직이기에 알아차리기 어렵습니다."

"그런데 그런 그들이 왜 이 땅에서 차례대로 죽어 나가는 것이고,

---

* 나폴레옹
** 조지 워싱턴

그 사건에 배후가 있다고 주장하는 겁니까?"

이준이 날카로운 질문을 던지자 모리시타는 잠시 걸음을 멈추고 주변을 돌아봤다. 전차 선로가 지나는 서대문이 바로 앞에 보였고, 왼편에는 상림원이, 그 뒤편 언덕으로 아라사 공사관의 하얀 탑이 보였다. 주변을 살피던 모리시타가 말했다.

"아까 말했듯이 그들은 자신이 꿈꿔왔던 새로운 세상을 만들기 위해 움직이고 있습니다. 그것이 정확하게는 무엇인지는 모르지만 그걸 위해서 오랫동안 치밀하게 준비하고 움직이고 있다는 건 확실합니다."

"그 일이 양인들의 죽음과 연관이 있단 말입니까?"

"그들이 이렇게 죽어 나간다는 건 분명 뭔가 있다는 뜻이죠."

"프리메이슨 회원들이 연쇄적으로 죽고 있다면, 누군가 그들을 막으려고 한다고 봐야 하지 않겠소?"

이준의 물음에 모리시타는 양인들처럼 어깨를 으쓱거렸다.

"저는 그들의 죽음을 내부 갈등으로 보고 있습니다."

"서로를 죽인다는 말이오? 비밀스러운 의식을 치르고 동지가 되었는데."

"우리나라도 대정봉환* 때 반 막부파 사무라이들이 서로 의견이 다르다고 죽고 죽인 적이 있습니다. 방법론에서 차이를 보인다면 충

---

* 일본의 에도 막부 말기, 막부의 쇼군 도쿠가와 요시노부가 일왕에게 국가통치권을 돌려준 사건

분히 그럴 수 있죠."

"그럼 말해보시오. 그들이 이 땅에서 노리고 있는 것이 무엇이고, 꾸미는 음모가 무엇인지 말이오."

"저도 정확하게는 모릅니다. 확실한 건 그들의 음모가 우리 모두에게 안 좋을 수 있다는 것이죠."

"왜 그렇게 생각합니까?"

이준은 고개를 삐딱하게 기울인 채 물었다. 그의 말에는 외교권을 박탈하고 통감부를 설치한 너희들이 더하지 않겠느냐는 뜻이 숨어 있었다. 모리시타는 그 뜻을 알아차렸는지 굳은 표정으로 대답했다.

"프리메이슨은 불란서에서 혁명을 일으켜 왕을 죽이고 공화정을 세웠습니다. 미리견에서는 영길리의 지배를 벗어나기 위해 전쟁을 벌였고 말이죠. 그들의 목표가 무엇인지는 모르겠지만 기존 세력을 무너뜨리고 자신들이 원하는 정권을 세우는 일을 하고 있습니다. 그렇다면 조선에서도 황제의 지배를 끝장낼 생각을 하고 있겠죠."

"단순한 추측일 뿐이군요."

이준의 대꾸에 모리시타가 고개를 저었다.

"갑신년에 정변을 일으킨 김옥균이 프리메이슨과 연관이 있다는 것을 아십니까?"

"그자가 어떻게 프리메이슨을 안 단 말이오?"

"정변을 일으키기 몇 년 전 일본에 왔을 때 프리메이슨을 접한 걸로 보입니다. 일본의 프리메이슨은 유구한 전통을 자랑합니다. 지부인 롯지도 도쿄와 나가사키에 여러 개 있죠."

"그가 프리메이슨 회원이라는 증거가 있소?"

"명확한 증거는 없습니다. 하지만 영일동맹을 체결한 하야시 다다스 백작은 일본 프리메이슨의 최고 지도자인 그랜드 마스터입니다. 그와 가까운 사람이 바로 후쿠자와 유키치였죠."

"후쿠자와 유키치라면 김옥균이 스승이라고 불렀던 자가 아니오?"

"맞습니다. 회원인지 아닌지는 불분명하지만 연관되었을 가능성이 무척 높습니다. 한 가지 더, 당시 조선 주재 일본 공사였던 다케조에 신이치로는 중립을 지키라는 외무성의 훈령을 어긴 채 김옥균을 도왔습니다."

"그자도 프리메이슨이었소?"

"도쿄 롯지 소속으로 알고 있습니다. 일본에서도 그들은 끊임없이 암약하며 자신들의 목적을 위해 움직였습니다. 조선에서도 마찬가지일 겁니다."

"그들은 한 번도 모습을 드러내거나 위험한 행동을 하지 않았소."

"그게 그자들의 특징입니다. 절대로 모습을 드러내지 않고 움직이죠. 그래서 저처럼 소수의 사람들만 그들의 정체를 파악하고 있습니다."

"어떻게 말이오?"

"일본에서도 그들의 정체에 대해서 의구심을 품는 사람들이 있었으니까요. 조선에 온 양인들 중 상당수가 프리메이슨이거나 그들과 연관이 있다는 건 비밀도 아닙니다."

"그래서 그들을 막아야 한단 말이오?"

이준의 물음에 모리시타가 고개를 끄덕였다.

"조선에 온 양인들은 숫자는 적지만 황제의 측근으로 곳곳에 자리 잡고 있습니다. 황실 전례관으로 일하며 빈관을 운영 중인 손탁 여사부터 헐버트 박사와 황제의 어의로 일했던 알렌까지 손으로 꼽을 수조차 없습니다."

"그들은 조선에 아무런 해를 끼치지 않았소, 그리고 프리메이슨이라는 증거도 없고 말이요."

"지금까지 괜찮았다고 앞으로도 괜찮다는 생각은 버리십시오. 그들은 기회를 노리고 있을지도 모릅니다."

"어떤 기회를 말이오?"

"자신들의 목적을 이룰 기회 말입니다. 그게 무언지 정확히는 모르겠지만 최근 프리메이슨들의 움직임이 활발해지고 있는 건 확실합니다. 조만간 프리메이슨 지부인 롯지가 생긴다는 말도 있고요."

이준은 헐버트 박사에게서 들었던 말과 일치하는 내용과 다른 내용을 마음속으로 정리했다. 조심스러운 계산에 의심스러운 점이 드러났다. 무엇보다 그들의 진짜 목적이 무엇인지 명확하지 않다는 것이 이상했다. 헐버트 박사의 말대로 단순한 사교 단체일 수도 있지만 그들이 연쇄적으로 죽어가는 과정에는 숨겨진 이유가 있는 게 분명했다. 이준이 골똘히 생각에 잠기자 지켜보던 모리시타가 조심스럽게 덧붙였다.

"저는 조선 사람들이 이 문제를 좀 더 심각하게 받아들였으면 합니다. 그래서 마크 부부의 죽음을 검사님에게 알린 것이고요."

"편지의 주인공이 당신이었소?"

이준의 물음에 그가 희미하게 웃었다.

"마크 트래비스를 오랫동안 주목하고 있었습니다. 문제의 그날은 회합이 있는 날이라서 회사 밖에서 기다리고 있다가 조용히 따라갔었죠. 하지만 그는 회합 장소로 가는 대신 집으로 향했고, 얼마 후에 총성이 들렸습니다."

"공식적으로는 마크 트래비스가 말다툼 끝에 아내를 죽이고 자살한 걸로 되어 있소."

"터무니없는 얘기입니다. 총소리는 들어가자마자 나왔어요. 말다툼을 할 시간은 없었습니다."

"그럼 집 안에 누군가가 있었고, 둘을 죽이고 자살로 위장했단 말이요?"

"밖으로 나가는 인기척을 듣기는 했지만 어두워서 확인하지는 못했습니다. 겁도 좀 났고요. 일단 집으로 돌아갔다가 다음 날 아침에 다시 현장 주변을 살피면서 경무관들이 제대로 조사를 안 하는 것 같다는 느낌을 받았죠."

"그래서 나에게 편지를 보낸 것이오?"

"마침 근처에 평리원이 있다는 걸 기억했습니다. 검사님은 작년 공판 때 취재차 뵌 적이 있는데 공평하고 강직한 분이라는 느낌을 받았습니다. 그래서 이번 사건을 잘 해결해줄 것이라는 믿음을 가지고 편지를 보낸 겁니다."

그의 이야기를 듣고 잠시 생각에 잠겨 있던 이준이 말했다.

"프리메이슨이 우리에게 위험한 존재라는 것을 입증할 만한 증거를 찾아보겠소. 하지만 그 전에는 당신 말을 믿기 어려울 것 같소."

"이해합니다. 저도 처음 그들을 접했을 때 같은 생각이었으니까요. 하지만 조심해야 합니다. 그들이 황제를 둘러싸고 무슨 짓을 저지를지 알 수 없습니다."

"그나저나 그들의 죽음에는 어떤 배후가 있다고 생각하십니까?"

모리시타는 이준의 물음에 아랫입술을 살짝 깨물었다.

"내분인 듯합니다. 아니면 중대한 비밀을 감추기 위해서 저지른 짓일 수도 있고요."

"그렇게 생각하는 이유는 무엇이오?"

"검사님도 보셨겠지만 양인들은 모두 가까운 사람들 손에 죽었습니다. 마크 부부 집에는 외부 침입 흔적이 없었고, 하인즈 역시 밤중에 혼자 누군가를 만나러 갔다가 죽었습니다. 아는 사람이 아니면 불가능한 일입니다. 그렇다면 조선인이나 일본인보다는 양인일 가능성이 높습니다."

그 부분은 이준도 추리했던 부분이라 공감이 갔다.

"확실한 건 그들이 프리메이슨이라는 점이고 아는 사람들 손에 죽었다는 겁니다. 그 부분을 파고들면 진실에 다가갈 수 있을 것입니다. 다만 그들이 어떤 계획을 가지고 있는지, 그것이 살인에 어떤 영향을 미쳤는지가 관건입니다."

"그들이 노리는 바가 무엇인지 알아내야 한다는 말이로군."

"그렇습니다. 특히 집 안에 프리메이슨의 로고가 남아있는 건 일종의 경고라고 할 수 있습니다."

"누구에게 말이오?"

"프리메이슨의 존재를 아는 모두에게요. 그들은 침묵의 서약을 하고 외부인에게 발설하지 않는 것을 원칙으로 합니다. 따라서 어떻게든 감추려고 합니다."

"그래서 헐버트 박사가 굳은 표정으로 우릴 모두 쫓아낸 것이군."

이준의 말에 모리시타가 맞장구를 쳤다.

"맞습니다. 프리메이슨들의 음모를 막아야 합니다. 안 그러면 조선은 큰일을 겪을지 모릅니다."

"알겠소. 최선을 다해서 조사해보리다."

"그럼 저는 이만 가보겠습니다."

이야기를 마친 모리시타가 가볍게 인사를 하고 서대문 방향으로 사라졌다. 뒷모습을 지켜보던 이준은 답답한 마음에 한숨을 푹 내쉬었다. 헐버트 박사의 말과 너무도 다른 내용에 혼란스러웠기 때문이다. 만약 모리시타의 말이 사실이라면 황제와 조선은 큰 위기를 겪고 있는 것이다. 담배 파이프를 꺼낸 이준은 불을 붙여 힘껏 빨았다. 담배 연기를 맡자 조금 진정되었다. 그러자 근처에 하인즈를 만났던 정동구락부가 있다는 사실이 떠올랐다. 이준은 그쪽으로 발걸음을 돌렸다.

× × ×

남자는 이준과 이야기를 나누고 헤어진 오경남을 멀찌감치 쫓았다. 그들은 진고개로 향하는지 남쪽으로 향했다. 제법 솜씨가 있는지 중간중간 멈춰 서서 누가 쫓아오는 건 아닌지 확인했다. 하지만 오랜 경험이 있는 남자는 어렵지 않게 그들의 눈길을 피했다. 멀리 환구단이 보였다. 아라사 공관으로 파천했던 임금이 제국을 선포하고 하늘에 제사를 지내기 위해 세운 제단이다. 팔각정 형태의 황궁우 위로 새들이 한가롭게 날아갔다. 환구단을 지나친 오경남은 소공주골로 접어들었다. 남자가 오경남 일행을 따라잡은 것은 진고개 입구에 있는 일본 제일은행 공사장 근처였다. 건물을 짓기 위한 돌과 철근, 나무가 많이 쌓여 있어 주변의 눈길을 피하기 쉬웠기 때문이다. 남자가 일부러 접근하자 오경남 일행은 바로 미행을 눈치챘다. 서로 눈짓을 주고받던 세 사람은 갑자기 흩어져버렸다. 하지만 남자는 당황하지 않고 그 자리를 지켰다. 원래 미행하는 쪽만큼이나 당하는 쪽도 상대의 정체에 관심이 많은 법이다. 잠시 후, 남자 앞에 오경남과 두 왈짜가 나타났다. 오경남 앞에 선 왈짜 둘이 소매에서 육모 방망이와 쇠도리깨를 꺼냈다. 뒤에 선 오경남이 두 왈짜의 어깨에 양손을 올려놓으며 물었다.

"뭐 하는 놈인데 남의 꽁무니를 졸졸 따라와."

"궁금한 게 있어서, 얌전하게 대답하면 크게 안 다칠 거야."

남자의 대답을 들은 오경남이 껄껄 웃었다.

"아무래도 따끔한 맛을 봐야겠군."

두 왈짜가 간격을 벌린 채 다가왔다. 오른쪽으로 돌아선 쇠도리깨를 든 왈짜가 신경을 긁는 사이 왼쪽에서 육모 방망이를 든 왈짜가 거리를 좁혔다. 그리고 예상대로 쇠도리깨를 붕붕 휘두른 왈짜가 눈길을 끄는 동시에 육모 방망이가 어깨를 노리고 날아왔다. 남자는 몸을 옆으로 슬쩍 돌려 피한 다음 균형을 잃은 상대의 오금을 걸어 찼다. 그리고 앞으로 쓰러지는 상대의 어깨를 밟고 훌쩍 날아 쇠도리깨를 휘두르며 다가오는 왈짜의 머리를 노렸다. 무릎으로 가슴을 치며 손날로 어깨를 동시에 공격하자 상대는 쇠도리깨를 놓치고 나뒹굴었다. 소매에서 십수를 꺼낸 남자는 돌아서서 방금 밟았던 왈짜의 뒤통수를 내리쳤다. 퍽 소리와 함께 왈짜의 뒤통수에서 피가 솟구쳤다. 순식간에 왈짜 둘이 쓰러지자 오경남은 사색이 되었다.

"호, 혹시 진고개의 아편굴을 혼자서 쓸어버렸다는 게 다, 당신이었소?"

"이제 내가 묻는 말에 대답해줄 마음이 생겼어?"

남자의 물음에 오경남이 필사적으로 고개를 끄덕였다.

"너에게 이번 일의 조사를 지시한 사람이 누구야?"

"평리원 검사인 이준 나리입니다."

"아까 모전교에서 이야기를 나누던 그 사람?"

"네."

"그자가 왜 이번 사건을 조사하는 거지?"

"그냥 호기심 같습니다. 원래 그런 분이라 예전에도 종종 사건을 혼자 조사해서 해결한 적이 많습니다."

남자는 부들부들 떨고 있는 오경남에게 다가갔다. 주춤거리며 뒤로 물러나던 오경남은 돌무더기에 막혀 더 이상 물러나지 못했다. 허리춤에서 창수형 수리검을 꺼낸 남자가 오경남의 목덜미에 가져 갔다. 그리고 펄떡거리는 경동맥을 살짝 그었다. 순식간에 피가 분수처럼 터져 나오자 오경남은 황급히 두 손으로 목덜미를 감쌌다.

"다음에 만날 때는 이걸로 끝나지 않을 거야."

차가운 경고의 말을 남긴 남자는 비명을 지르며 주저앉은 오경남을 뒤로 한 채 자리를 떴다.

✖ ✖ ✖

정동구락부의 문을 열고 들어선 이준은 웅성대는 말소리와 짙은 담배연기를 느꼈다. 하지만 분위기는 지난번에 왔을 때보다 한결 가라앉아 있었다. 맞은편 벽의 긴 테이블에 흩어져 앉은 양인들이 담배를 피우며 영자신문을 들췄고, 몇몇은 창가에 모여서 이야기를 나누는 중이었다. 이준의 모습을 본 나타샤가 환하게 웃었다

"오셨어요. 검사님."

"평리원으로 가는 길에 잠시 들렸네."

"커피 한잔하시겠어요? 조선 사람들은 가배라고 부르는 거요."

고개를 끄덕인 이준이 자리에 앉으며 대답했다.

"양탕국이라고도 부르지. 양인들이 마시는 탕국이라는 뜻으로 말이야."

"재밌네요."

나타샤가 하얀색 잔에 가득 따른 커피를 테이블에 조심스럽게 올려놓았다. 그리고 작은 도마에 놓인 긴 빵을 칼로 썰어서 한 조각 건넸다.

"아라사 사람들이 먹는 빵이에요. 딱딱하니까 커피에 적셔서 드세요."

"고맙네. 방금 개천에서 오는 길이야."

"개천이면 하인즈의 시신이 발견된 곳이죠?"

그녀의 대답에 커피를 마시고 빵을 한 조각 먹은 이준이 쓴웃음을 지었다.

"소문이 빠르군."

137

"여긴 용광로 같은 곳이라서요. 죽은 사람을 험담하는 것 같아서 내키진 않지만 하인즈 같이 입이 근질근질한 사람도 많고, 이곳에서는 비밀이 지켜질 거라는 근거 없는 믿음을 가진 사람들이 적지 않아요."

나타샤의 이야기를 듣던 이준이 구락부의 양인들을 쭉 살펴봤다.

"이곳을 들락거리는 사람 중 누군가가 하인즈를 죽였을 거야."

"너무 끔찍하네요."

"정면에서 칼을 맞았더군. 밤중에 누군가를 만나러 갔는데 그 사람에게 찔린 거지."

이준의 말에 나타샤가 고개를 갸웃거렸다.

"왜 여기서 안 만나고 개천에서 만난 걸까요? 여기서는 누굴 만나더라도 전혀 이상한 눈으로 바라보지 않거든요. 따로 대화를 나누고 싶으면 저 사람들처럼 구석에서 속삭여도 되고요."

나타샤의 말은 들은 이준은 커피잔을 내려다보며 생각에 잠겼다.

"여기서 만나면 안 되는 사람이었겠지. 하인즈에게 그럴만한 사람이 있을까?"

"딱 한 사람이요. 앙쥬르의 일이라면 하인즈가 입을 다물고 약속 장소에 나갔을 거예요. 성격도 다르고 하는 일도 다른데 왜 그렇게 붙어 다니는지 도통 이해가 안 갔거든요."

"앙쥬르는 아니야."

"왜요?"

"어제 제물포 앞바다에서 시신으로 발견되었으니까, 앙쥬르가 죽은 게 오늘 새벽이니 두 사람이 만났을 리 없지."

이준의 말에 나타샤의 얼굴이 일그러졌다.

"그럼 딱히 떠오르는 사람이 없어요."

"여기 양인들 분위기는 어떤가?"

"수군거려요. 무섭다며 떠나야 한다고 말하는 사람도 있지만 대부분 일을 하러 왔으니 쉽게 움직이지는 못할 거예요."

"혹시 단서가 될 만한 얘기를 들은 게 없나?"

이준의 물음에 잠시 생각에 잠겼던 나타샤가 대답했다.

"며칠 전에 일본 기자가 찾아왔어요."

"하인즈를 만나러 온 건가?"

그의 물음에 나타샤가 고개를 끄덕였다.

"네, 저한테 물어보길래 마침 당구를 치고 있던 하인즈를 알려줬죠. 가서 몇 마디 나누더니 돌아섰어요. 아마 보는 눈이 많으니까 따로 보자고 한 것 같더라고요."

"그 일본인 기자가 누구인지는 알아?"

"물론이죠. 명함을 보여줬는데 조선신보의 모리시타 시게루라고 적혀 있었어요."

"그자가……."

이준이 나지막하게 중얼거리자 나타샤가 물었다.

"아는 분이세요?"

"지나가다 한 번 본 적이 있네. 커피 잘 마셨어."

이준이 일어나려고 하자 나타샤가 조심스럽게 물었다.

"앙쥬르가 죽은 게 사실이에요?"

"확인해봐야겠지만 거의 확실하네."

"좋은 사람이었는데 안타깝네요. 꼭 범인을 잡아주세요."

이준은 천천히 고개를 끄덕거렸다.

3
비밀결사

아침 일찍 집을 나온 이준은 서대문역으로 향했다. 제물포로 가장 빨리 갈 수 있는 열차를 타기 위해서였다. 서대문역 앞은 열차를 타려는 사람들로 붐볐다. 6년 전에 개통된 경인선은 아무리 빨리 잡아도 하루는 걸렸던 한성과 제물포 간 거리를 두 시간으로 단축시켰다. 처음 제물포와 연결했던 경인선의 시작점이었던 경성역은 작년에 경부선이 개통되며 새로 증축했다. 그리고 이름도 서대문역으로 바꿨다. 양인의 집 모양을 닮은 뾰족한 두 개의 지붕을 연결한 모양의 서대문역은 몹시 낯설었다. 지붕의 박공*에는 넝쿨무늬가 새겨져 있었고, 큼지막한 유리 창문과 굴뚝이 보였다. 앞으로 뻗은 긴 처

• 지붕의 양쪽 옆 부분

마 아래에는 곰방대를 물고 갓을 쓴 양반 차림의 조선인 서넛이 서성거리는 중이었는데, 얼마 전에 설치한 전화소를 구경하는 것 같았다. 팔각형 지붕을 가진 전화소는 전보를 같이 취급했는데 책임자인 장리(掌理)가 귀찮은 표정으로 구경꾼들을 쫓아냈다.

서대문역 안은 일본인들로 가득했다. 그들은 아라사와의 전쟁에서 승리한 이후 마치 자기 나라인 양 활보하고 다녔다. 일본의 승리가 아시아의 승리, 곧 우리의 승리라고 굳게 믿었던 이준은 자신의 실수를 깊게 자책했다. 이런저런 생각에 잠겨 있는 사이 기적 소리가 들려왔다. 고개를 들자 거대한 증기기관차의 육중한 몸체가 서서히 플랫폼으로 진입해왔다. 새하얀 증기가 마치 안개처럼 바닥에 깔린 가운데 깃발을 든 전철수와 연결수가 바쁘게 철로를 뛰어다녔다. 증기기관차가 완전히 멈추자 플랫폼에서 기다리던 일본인들이 일제히 열차에 올랐다. 뒤늦게 갓과 도포 차림의 양반과 양복 차림의 조선인들이 움직였다. 자신을 기다리지 않고 먼저 출발했다고 양반이 역정을 내거나 열차 선로가 지맥을 끊어서 흉년이 온다는 소문이 돌기도 했지만, 모두 옛날 이야기였다.

열차에 올라탄 이준은 표를 들고 1등 칸으로 향했다. 온통 일본어만 들리는 통로를 지나 열차표에 찍힌 번호를 확인했다. 창가에 붙은 자리를 확인한 이준은 슈트케이스를 짐칸에 올려놓고 의자에 앉았다. 물끄러미 창밖을 바라보는 사이 열차가 서서히 출발했다. 점차 속도를 높이는 열차의 뿌연 유리창 너머로 서대문역이 빠르게 사라졌다. 이준은 등받이에 기댄 채 눈을 감았다. 잠을 좀 청하려 했지만 그동안 겪었던 일이 주마등처럼 스쳐 지나갔다.

어제 헐버트 박사와 모리시타 기자에게 들었던 상반된 이야기의 충격이 좀처럼 사라지지 않았다. 죽거나 사라진 자들이 모두 프리메이슨이라는 사실은 이번 사건을 새롭게 바라보게 만들었다. 처음부터 단순한 살인이나 실종은 아니라고 생각했지만 뜻밖의 사실을 어떻게 바라봐야 할지 난감하기 이를 데 없었다. 헐버트 박사의 설명대로라면 음모를 꾸미는 집단이라기보다 신사들의 사교 단체에 가까웠기 때문이다. 반면 모리시타의 주장이 사실이라면 자신의 목적을 이루기 위해 물밑에서 움직이는 비밀 결사였다. 그 목적이 무엇인지 명확하게 드러나진 않았지만 황제 주변에 포진해 어떤 음모를 꾸미고 있다는 것은 그냥 넘길 수 없는 말이었다. 게다가 함께 제물포에 갔다면 든든했을 오경만이 갑자기 자취를 감춘 것도 마음에 걸렸다. 이런저런 생각에 잠겨있던 이준은 자신을 따라 열차에 탄 중국인 차림의 남자를 눈치채지 못했다.

✖ ✖ ✖

이용익이 정관헌 앞에 도착하자 계단 아래 서 있던 내관이 눈짓을 하고는 옆으로 물러났다. 로마네스크 양식으로 지어진 정관헌은 전면과 좌우에 발코니가 있고, 회색과 붉은색 벽돌로 지어 몹시 이

국적이었다. 황제는 이곳에서 가배를 마시거나 외국 사절과 만났다. 이용익이 안으로 들어서자 가배를 마시던 황제가 그를 바라봤다. 황제의 가배 사랑은 남달랐다. 몇 년 전 아라사 통역관이었던 김홍륙이라는 자가 유배를 가게 되자 앙심을 품고 사람을 시켜 가배에 아편을 넣은 적이 있었다. 그 일로 황제는 크게 고생했지만 가배를 끊지는 않았다. 맞은편 의자에 앉으라는 눈짓을 한 황제가 말했다.

"가배 한잔하겠는가?"

"황공하옵니다."

다른 대신들이 이 모습을 봤다면 미천한 보부상 주제에 황제와 마주 앉았다며 화를 냈을 것이다. 하지만 그가 이 자리에 앉을 수 있었던 것은 그들과 달리 목숨 걸고 황제를 지키고 임무를 수행했기 때문이었다. 그가 자리에 앉자 손탁 여사가 직접 가배를 따라주었다. 이용익이 고맙다고 말하자 손탁 여사는 가볍게 고개를 숙이고는 뒤로 물러났다. 쓰디쓴 가배를 한 모금 마신 이용익에게 황제가 물었다.

"조사는 어찌 진행되는가?"

"통신원 7호가 실종된 법국인의 행방을 쫓기 위해 제물포로 향했습니다."

"범인은?"

"아직 밝혀진 게 없다고 합니다. 다만 면식범의 소행이라는 점은 확실하다고 합니다."

"그자들끼리 죽고 죽인 것인가? 군부대신은 그들이 믿을 만하다고 하지 않았는가?"

황제의 목소리가 다소 거칠어지자 이용익은 잔뜩 긴장했다.

"내부의 소행인지 아니면 그들의 정체를 아는 자들의 짓인지는 아직 밝혀지지 않았습니다. 프리메이슨은 서로 돕고 비밀을 지키기로 맹세를 하기에 믿을 수 있는 자들이옵니다."

"만약 살인자들이 그것을 모두 알게 된다면, 그동안의 노력은 물거품이 된다네."

담담한 듯 말하는 황제의 목소리에 담긴 불안감이 어렵지 않게 느껴졌다.

"신이 최선을 다해 막도록 하겠습니다."

"안팎으로 나라를 팔아먹으려고 혈안이 된 자들이 많다는 것을 자네도 알고 있지 않은가."

"그것은 놈들 눈에 띄지 않는 곳에 있어야 합니다."

이미 몇 번의 실패를 겪었던 이용익이 대답하자 황제가 가배를 한 모금 마시고는 입을 열었다.

"그래서 그들에게 손을 내민 것이라네. 그런데 이런 일이 벌어지다니……"

"신이 기필코 범인을 잡고 지켜내도록 하겠습니다."

"만약 통감부에서 이 사실을 알면 그동안 준비했던 것들이 모두 허사가 된다는 점을 명심하게."

"알겠습니다."

이용익은 잔뜩 굳은 표정으로 대답했다. 4월답지 않은 찬바람이 주변을 스쳐지나갔다. 주변을 살핀 이용익이 황제에게 말했다.

"신에게 계책이 하나 있사옵니다."

"말해보게."

이용익은 황제에게 다가가 귓속말을 건넸다.

✖ ✖ ✖

한강 철교를 지나 노량진을 거쳐 오류역에 도착할 무렵 살짝 잠이 든 이준은 열차의 기적 소리에 잠이 깼다. 창밖으로 야트막한 응봉산 위에 붉은색 지붕을 한 서양식 별장이 보였다. 이준이 눈을 떼지 못하자 옆자리에 앉은 노인이 아는 척을 했다.

"저것이 바로 존스턴 별장이여."

"존스턴이란 사람 겁니까?"

"그럼, 상해인가 어디에서 큰 사업을 하는 사람인데 인천이 좋다고 여기에다 별장을 지었다는구만. 가본 사람 말로는 별천지가 따로 없다던데. 그 옆에 탑이 있는 단층 건물 보이지?"

"네."

"저건 덕국 회사인 세창양행 직원들이 사는 곳이야. 저게 인천에서 가장 먼저 세워진 양인 건물이지."

"언제 세워진 겁니까?"

"이십 년이 훌쩍 넘었지. 저거 지을 때 구경 갔었는데 무슨 성을 짓는 줄 알았지. 아라사 공사관도 저렇게 건물에 첨탑이 붙어 있더구만."

"맞습니다. 잘 아시네요."

이준의 말에 노인이 으쓱한 표정을 지었다.

"지금이야 뒷방이나 지키는 늙은이지만 한때는 알아줬지."

"인천에 외국인들이 그렇게 많다면서요?"

"많다마다. 지금은 조선 사람보다 외국인이 더 많을 거야. 특히 일본 놈이 어찌나 어깨에 힘을 주고 다니는지. 조계지는 물론이고 그 밖에서도 힘깨나 주고 다니지. 나라가 어찌 되려는지……."

혀를 찬 노인의 걱정에 이준은 고개를 끄덕거릴 수밖에 없었다. 한때 아라사를 비롯한 서양 세력을 물리쳐줄 고마운 존재로 생각한 적도 있었지만 일본은 조선을 위해 싸우지 않았다. 승리한 그들은 청이나 서양보다 더 악랄하게 조선을 약탈하고 착취했다. 언제까지 이렇게 버틸 수 있을지 알 수 없다는 생각에 이준의 마음이 많이 어두워졌다.

서서히 속도를 낮춘 열차는 인천역에 도달했다. 역 앞에는 엿판을 둘러맨 아이부터 인력거꾼과 장사꾼으로 북적거렸다. 가방을 들고 나온 이준은 밀짚모자를 쓴 인력거꾼에게 다가갔다.

"감리서로 가세."

"알겠습니다요."

밀짚모자를 눌러쓴 인력거꾼이 곧장 출발했다. 이준을 뒤따라 나온 남자 역시 다른 인력거를 타고 그의 뒤를 쫓았다.

인력거에서 내린 이준은 곧장 감리서로 들어섰다. 분위기가 뒤숭숭해서 아무도 그가 들어서는 걸 눈여겨보지 않았다. 이준은 지나가는 사환을 붙잡았다.

"한성의 평리원에서 왔네. 감리를 만나고 싶은데 어디로 가면 되느냐?"

"감리 어른은 얼마 전에 잡혀, 아니 한성으로 가셨고 서기관 중한 분이 대신하고 계십니다."

"감리도 없고 그 아래 방판도 자리를 비운 것이냐? 어찌 서기관이 중차대한 감리서를 총괄한다는 것이냐."

이준의 말에 사환이 고개를 저었다.

"소인은 아는 게 없습니다요. 서기관 어르신은 오른쪽 제일 끝 방에 계십니다."

말을 마친 사환이 꾸벅 인사를 하고 자리를 떴다. 그가 가르쳐준 방으로 향한 이준은 모자를 벗고 문을 두드렸다. 안에서 들어오라는 말이 들렸다. 이준을 본 상대가 자리에서 일어났다. 양복 차림에 상투를 자르고 기다란 얼굴에 콧수염이 아주 적게 나서 동헌의 아전* 같은 느낌이었다. 그에게 자리를 권한 서기관이 물었다.

"어디서 오셨습니까?"

"한성 평리원에서 온 이준 검사라고 하네."

"저는 감리서의 서기관 김태정입니다. 평리원에서 어쩐 일로 오셨습니까? 다 잡아간 걸로 알고 있는데요?"

"잡아가다니?"

이준의 반문에 김태정이 깊은 한숨을 쉬었다.

"얼마 전에 감리서가 발칵 뒤집혔습니다요."

"무슨 일로?"

"그 일 때문에 오신 게 아닙니까?"

의자에 앉은 이준이 고개를 젓자 김태정의 표정에 묘한 안도감이 서렸다. 담배를 권한 그가 맞은편 의자에 앉으며 입을 열었다.

"감리 어르신이 일본 놈들 뒤를 봐주고 있던 것이 발각되었지요. 감리 어른뿐 아니라 그 밑의 방판 어른과 다른 서기관들도 줄줄이 끌려갔습니다."

"어느 정도기에 감리서가 쑥대밭이 되었는가?"

"궁내부의 수륜과 직원이 월미도에 가짜 지계를 발급해서 일본인에게 넘겼는데 거기에 관여된 모양입니다. 저는 마침 몸이 아파서 나오지 않았는데 들리는 말로는 일본인이 여기까지 난입했었답니다."

"무슨 일로?"

• 지방 관청의 하급 관리

"순검인지 누군지 알 수 없는 자가 가짜 지계를 찾아서 여기로 왔답니다. 그런데 감리 어른이 일본인을 끌어들여서 그자를 없애려고 했다가 오히려 당했다고 합니다. 직접 보지는 못했지만 무릎에 그자가 쏜 총을 맞았다고 하더군요."

"그래서 감리서가 이렇게 풍비박산이 났군."

"조만간 감리서의 업무가 통감부나 이사청으로 넘어간다고 해서 다들 뒤숭숭한 시점이었습니다. 저야 아버지가 하는 장사를 물려받으면 되지만 다른 사람들은 어떻게든 연줄을 찾으려고 했답니다."

"명색이 나라의 녹을 먹는 자들이 그따위로 굴다니, 잡혀가서 처벌을 받아도 싸네."

"안타까운 일이지요. 그런데 평리원 검사께서 어쩐 일로 오셨습니까?"

"어제 제물포 앞바다에서 양인의 시신이 발견되었다고 해서 말이야."

"정확하게는 엊그제 발견된 겁니다."

"발견된 장소는 어디인가?"

담배 연기를 내뿜은 이준의 물음에 김태정이 대답했다.

"잔교 근처입니다. 창고로 짐을 나르던 청국인 쿨리들이 발견해 신고했습니다. 발견 시간은 오후 4시쯤으로 한창 물이 빠질 때였습니다."

"신분은 확인했는가?"

이준의 물음에 김태정은 고개를 저었다.

"사람이 물에 빠지면 반나절만 지나도 퉁퉁 불어납니다. 유가족이 확인해주지 않는 이상 찾기 힘들죠. 이번에는 양인인 데다가 머리가 금발이라 눈에 띈 것이지 누군지는 알 수 없습니다."

"시신은 지금 어디 있나?"

"감리서 뒤편 창고에 있습니다. 내일 내리교회에서 장례식을 치러준다고 해서 놔뒀습니다. 장례를 치른 다음에는 양인들이 묻히는 각국 묘지에 안장될 겁니다."

"일단 시신을 먼저 보고, 그다음에 발견된 장소로 안내해주게."

담배를 재떨이에 비벼 끈 이준의 말에 김태정이 조심스럽게 물었다.

"죽은 자가 누구인지 아십니까?"

"한성법어학교 선생인 법국인 앙쥬르일지도 모르겠지만 나도 직접 봐야 알 것 같군."

"가시지요."

담배를 마저 피운 김태정이 일어나 코트와 모자를 걸쳤다. 뒷문으로 나오자 널빤지로 지은 허름한 창고가 보였다. 김태정이 문을 열기 전에 조끼 윗주머니에서 손수건을 꺼내 코와 입을 가렸다. 문이 열리자마자 그 이유를 알게 됐다.

"윽."

짧은 비명을 지른 이준이 뒤늦게 손으로 입을 가렸다. 창고 안은 음식물 썩는 냄새와는 비교할 수 없을 만큼 강한 악취가 고여 있었다. 창고 문을 닫은 김태정이 말했다.

"물에 빠진 시신이 원래 악취가 심합니다. 그나마 여름이 아니라 다행이죠."

시신은 창고 구석에 놓여 있었다. 위에는 거적이 덮여 있고 머리와 발끝이 살짝 빠져나왔다. 김태정이 탁자에 놓은 석유등을 건네며 뒷걸음질 쳤다.

"저는 이미 몇 번 봤습니다."

석유등을 건네받은 이준은 시신 쪽으로 걸어갔다. 가까이 다가갈수록 악취가 심해졌다. 머리맡에 석유등을 내려놓고 거적을 걷어내려는데 김태정의 목소리가 들려왔다.

"눈이나 입에서 벌레가 갑자기 나올지도 모릅니다."

알겠다는 말을 남긴 이준이 조심스럽게 거적을 들춰냈다. 악취가 확 치솟아서 구역질이 나오려는 것을 겨우 참았다. 시신은 금발 머리에 양복 차림이었고, 신발은 모두 벗겨져 있었다. 김태정의 말대로 물속에 잠긴 시신이라 퉁퉁 불었다. 때문에 헐버트 박사가 말한 관자놀이의 점과 귓가에서 목덜미까지 이어진 상처의 흔적을 확인할 수 없었다. 이준은 석유등으로 시신을 위아래로 비췄다. 손톱이 모두 빠졌고, 손가락도 심하게 뒤틀려 있었다. 발등에는 뼈가 드러날 정도로 깊은 상처가 나 있었다. 이준은 시신이 조끼 안에 껴입은 와이셔츠를 살폈다. 뭔가 이상한 점을 눈치챈 그는 다시 소매 쪽을 확인했다. 고개를 갸웃거린 그가 멀리서 손수건으로 입을 막고 있던 김태정에게 물었다.

"사인은 뭔가?"

"모르겠습니다. 확실하게 말씀드릴 수 있는 것은 물에 빠지기 전에 죽었다는 겁니다."

"그건 어떻게 아는가?"

"감리서 간수 중에 오작인* 출신이 하나 있어서 살펴보라고 했습니다. 발톱 밑에 갯벌의 진흙이 묻어 있지 않았고 콧구멍 안에도 없었답니다. 만약 살아있는 채로 물에 빠졌다면 발버둥치며 숨을 쉬려고 했기 때문에 손발톱 밑과 콧구멍 안에 진흙이 묻어 있을 거라고 했습니다."

"누군가의 손에 죽은 상태로 버려졌다는 얘기군."

"그럴 겁니다. 죽은 자가 앙쥬르가 맞습니까?"

"잘 모르겠네. 자네 말대로 물에 빠진 시신이라 확인이 어렵군."

"그럼 굳이 현장에 가실 필요는 없지 않겠습니까?"

김태정의 말에 이준이 고개를 저었다.

"뭐라도 찾아봐야지. 같이 가세."

석유등을 내려놓은 이준은 거적으로 시신을 덮고 일어섰다.

감리서를 나선 두 사람은 일본 조계지 방향으로 걸어갔다. 낮은

---

* 시신을 살펴보고 수습하는 일을 하던 하급 관리

초가집과 기와집 사이를 지나 일본 조계지로 접어들자 반듯한 건물과 곧게 뻗은 길이 보였다. 저 멀리 조선인과 청국인 일꾼들이 지게에 돌과 흙을 짊어지고 응봉산으로 올라가는 게 보였다. 개미 떼처럼 줄줄이 올라가는 모습을 본 이준이 김태정에게 물었다.

"저 사람들은 어디로 가는 건가?"

김태정이 응봉산 꼭대기를 바라보며 대답했다.

"일본인이 홍예문을 만드는 공사를 하고 있는 중입니다."

"홍예문이라니? 산꼭대기에 말인가?"

이준의 물음에 김태정이 고개를 끄덕였다.

"조계지에 사람은 넘쳐나고 더 넓히고는 싶은데 응봉산이 가로막고 있으니 굴을 만드는 모양입니다. 공병대까지 동원해 짓고 있는데 조선인과 청국인이 많이 동원되고 있습니다. 자기네들끼리는 혈문이라고 부릅니다."

"혈문이라, 막힌 혈을 뚫는다는 뜻인 것 같군."

이준의 말에 김태정이 고개를 끄덕거렸다.

"작년에 아라사와의 전쟁에서 이기고 어찌나 기고만장한지. 얼마 전부터는 공사 기간을 줄인다고 감리서의 제지에도 폭약을 써서 발파 작업까지 했습니다."

"허가도 받지 않고 말인가?"

이준의 물음에 김태정이 우울한 표정으로 대답했다.

"이제 통감부까지 설치되었으니 막을 도리가 없지요."

"어떻게든 막아낼 걸세. 어찌 이 땅을 저들의 손에 넘긴단 말인가!"

"그랬으면 좋겠습니다."

이준과 김태정은 줄지어 응봉산으로 올라가는 일꾼들을 가로질렀다. 해안가로 가자 벽돌로 만든 커다란 창고와 짐을 옮기는 잔교가 보였다. 바다 너머에는 월미도가 있었는데 나무로 만든 다리를 세우는 공사가 한창이었다. 일본 조계지는 대부분 양식이나 일본식으로 지어져 그의 눈에는 한없이 낯설게 보였다.

"여긴 한성보다 일본인이 더 많아 보이는군."

"조계지니까 그럴 수밖에요. 지금이야 철도가 뚫려서 오가는 게 편리하지만 예전에는 하루는 잡아야 했습니다. 그래서 돈을 만드는 전환국도 처음에 여기에 만들었지요."

곁을 지나가는 일본인을 쳐다보며 설명하던 김태정이 덧붙였다.

"조만간 조선 팔도에 이런 게 넘쳐날 겁니다."

딱히 반박할 수 없었던 이준은 잠자코 뒤를 따랐다. 해안가 부두에 거의 도착할 무렵, 멀리서 대포 소리가 울려 퍼졌다. 그 소리를 들은 김태정이 걸음을 멈추고 조끼에서 회중시계를 꺼냈다.

"측후소에 쏜 오포* 소리입니다. 시계가 있으면 맞추십시오."

"대포를 쏴서 시간을 알려주는군."

"올 이월부터 시작했습니다."

───────────

*낮 열두 시를 알리는 대포

시간을 맞춘 회중시계를 조끼 주머니에 집어넣은 김태정이 턱으로 해안가를 가리켰다.

"저 대아해운 아래쪽 해안가에서 시신이 발견되었습니다. 저기 두 개의 잔교 사이에서요."

"가보세."

"이쪽으로 오시죠."

김태정이 내리막길로 이준을 데리고 갔다. 이준은 길을 사이에 두고 양쪽의 분위기가 확연하게 다르다고 느꼈다.

"여기가 일본과 청국 조계지의 경계군."

"맞습니다. 서로 원수지간이죠. 지금도 좀처럼 양쪽으로 안 넘어갑니다. 여기로 쭉 올라가면 각국공원이 있습니다."

이준은 김태정이 대불호텔이라고 알려준 건물 옆을 지나 해안가로 향했다. 대궐의 전각만 한 창고가 줄지어 서 있는 사이로 웃통을 벗은 일꾼들이 바쁘게 오갔다. 조선인과 청국인 쿨리로 보였다. 바다로 뻗은 잔교 너머로 큰 배들이 월미도 주변에 떠 있는 게 보였다. 작은 배는 큰 배와 잔교 사이를 열심히 오갔다. 물이 빠진 해안가에서는 갯벌이 조금씩 모습을 드러내는 중이었다. 잠시 걸음을 멈춘 이준이 김태정에게 물었다.

"큰 배에서 작은 배로 짐을 옮겨 싣는 모양이군."

"밀물과 썰물 차이가 워낙 심해서 큰 배가 가까이 못 들어옵니다. 그래서 짐을 부리려면 저렇게 작은 배로 옮겨서 잔교까지 싣고 와야 합니다. 여기서 물이 더 빠지면 아예 뭍에 대고 짐을 나르죠."

"한성에서 쓰고 있는 상당수의 서양 물건들이 이렇게 들어오는군."

"철도가 놓여서 더 많이 들어오고 있습죠. 저렇게 수백 명을 동원해 밤낮없이 날라도 부족하다고 아우성이라 갑문을 만든다는 얘기도 나오고 있답니다."

"갑문?"

"바닷가에 커다란 둑을 쌓아서 물을 가둔 다음에 큰 문을 만들어서 배들이 드나들 수 있게 한답니다. 그것만 만들면 지금처럼 작은 배로 옮겨 싣느라 야단법석을 떨 이유가 없지요."

김태정은 설명을 이어가며 잔교 쪽으로 걸어갔다. 마침 잠시 쉬는 시간인지 잔교와 주변에는 웃통을 벗은 일꾼들이 삼삼오오 모여서 담배를 피우는 중이었다. 김태정은 삐걱거리는 잔교를 건너다가 중간 즈음에 멈춰 서서 물이 고여 있는 갯벌을 가리켰다.

"저기쯤입니다. 짐을 나르던 일꾼들이 물 빠진 갯벌에서 엎어져 있는 시신을 발견한 것이죠."

"여기까지 와서 시신을 던져버린 걸까?"

이준의 질문에 김태정이 고개를 저었다.

"그렇지는 않을 겁니다. 여긴 밤낮으로 배가 들어오고 물건을 나르는 일꾼들이 오가는 곳입니다. 인적이 드문 각국 묘지 쪽이나 조계지 밖에서 버렸을 겁니다."

"그런데 어떻게 여기까지 흘러왔단 말인가?"

"이 근처는 섬이 많고 크고 작은 배가 쉴 새 없이 오가느라 바닷물이 심하게 요동치는 곳입니다."

"앙쥬르가 종적을 감춘 게 열흘쯤 전일세. 시신 상태로 봐서는 죽은 지 며칠 지나지 않은 것 같은데. 대체 누구 소행일까?"

"이런 말씀을 드리긴 그렇지만 이곳에서는 사람이 죽어 나가는 게 이상한 일이 아닙니다. 그래서 며칠에 한 번씩 시신이 발견되지요. 보셔서 알겠지만 누구 손에 죽었는지 알 도리가 없습니다."

"조선 사람이나 일본인이라면 그랬겠지. 하지만 죽은 자는 금발 머리를 한 양인일세. 그러니까 신문에도 실렸고 말이야. 게다가 시신을 너무 눈에 띄게 처리했네."

"그게 무슨 말씀이십니까?"

"사람을 죽인 다음 물에 빠트린다는 것은 종적을 감추기 위함일세. 시신이 발견되지 않으면 범죄가 일어났는지 모를 테니까 말이야."

"그렇긴 하지요."

김태정이 고개를 끄덕이자 이준은 일꾼들로 북적거리는 주변을 쓱 둘러보고는 입을 열었다.

"여긴 보는 눈이 너무 많네."

"다른 곳에 버렸는데 이곳으로 흘러왔을 수도 있지 않겠습니까?"

"어느 곳에 버리든 이 주변으로 오게 될 가능성이 크지 않은가. 물길이 복잡해서 시신이 흘러갈 가능성이 크다면 무거운 돌을 매달거나, 배를 타고 먼 바다로 나가 버렸을 걸세."

"다른 뜻이 있다는 말씀이십니까?"

"이건 마치 시신이 금방 눈에 띄기를 바란 것처럼 여러 일꾼이 오가는 잔교에 던져놓은 거나 마찬가지네. 시신 주변에는 별다른 게 없었나?"

"없었다고 합니다. 있었다고 해도……"

잠시 말을 끊은 김태정이 쉬고 있는 일꾼들을 힐끔 보며 덧붙였다.

"귀중품은 저들이 다 가져갔을 겁니다."

"한성에서 여기까지 빈손으로 오지는 않았을 텐데."

"아쉽지만 방도가 없습니다."

"죽은 양인의 물건을 내게 가지고 온다면 후한 값을 쳐준다고 소문을 내주게."

"그렇게까지 해서 찾아야 합니까?"

"한성에서 최근 양인들이 잇달아 죽거나 실종되는 일이 벌어졌다네. 이번 사건도 그 일과 연관이 있는 것 같아서 말이야."

"말씀하신 대로 전달은 하겠지만 어쩐지 찜찜합니다."

"어쩔 수 없지. 며칠 동안 이곳에 머물러야 하는데 적당한 곳이 있을까?"

"아까 지나온 대불호텔은 어떻습니까?"

"일본인이 하는 곳은 피하고 싶네."

"그럼 청국 조계지에 있는 스튜어드 호텔이 좋겠습니다. 여기와

가까운 곳이죠."

"안내해 줄 수 있겠나?"

"물론이죠. 따라오십시오."

스튜어드 호텔은 김태정의 말대로 일본 조계지와 맞닿아 있었다. 오르막길에 있어서 길 건너 대불호텔은 물론 일본 조계지와 해안가가 내려다보였다. 호텔은 벽돌로 만든 3층 건물로 나무로 만든 난간과 베란다가 있었다. 1층에는 잡화점이 있었는데 주인인 양기당이라는 청국 사람은 김태정과 잘 알고 있는 눈치였고, 조선말도 곧잘 했다. 그가 직접 방으로 안내해줬다. 가방을 내려놓은 이준은 양기당에게 말했다.

"혹시 나를 찾는 사람이 있으면 알려주시게."

"여부가 있겠습니까. 푹 쉬십시오."

✖ ✖ ✖

남자는 청국 조계지 골목을 천천히 걸어갔다. 몇 차례 같은 자리를 돌며 미행이 따라붙지 않은 걸 확인한 다음 목적지로 향했다. 짜장면을 파는 산동회관을 지나 오르막길을 오르자 골목 끝에 자그마한 2층 벽돌집이 보였다. 반쯤 열린 문 앞에는 웃통을 벗은 뚱뚱한 청국 남자가 앉아 있었다. 그가 다가오자 뚱보가 천천히 오른손을 의자 아래의 바구니로 가져갔다. 그의 왼손은 팔뚝 아래가 없었다.

남자가 모자를 벗어 얼굴을 보여주자 뚱보가 바구니에서 꺼내려던 칼을 도로 내려놨다. 그가 열어준 문을 넘어 어두컴컴한 집 안으로 들어가자 남자의 귓가에 경쾌한 칼질 소리가 들렸다. 벽을 바라본 채 화덕 앞에 선 노인이 두툼한 채도로 가지를 써는 중이었다. 뒤를 힐끔 돌아본 노인이 남자를 바라보고는 희미하게 웃었다. 깡마르고 앙상한 얼굴은 살아있는 사람처럼 보이지 않았다. 강시라는 별명다운 모습이었다.

"당분간 안 보일 것 같다니 금방 돌아왔군."

"노인장 요리가 먹고 싶어서요."

"조선 놈들은 참 거짓말을 못 한단 말이야. 가지볶음을 하는 중이니 잠깐만 기다리게."

"기꺼이요."

원탁 구석에 모자를 던져놓은 남자가 의자에 앉아 노인을 바라봤다. 칼로 썬 가지를 커다란 냄비에 쓸어 넣은 노인이 익숙한 손놀림으로 냄비를 흔들었다. 그때마다 불길이 일어나 천정까지 치솟았다. 노인의 정체와 나이를 아는 이는 아무도 없었다. 확실한 건 대략 여든 살쯤 되었다는 것과 20여 년 전에 위안스카이*가 조선에 들어왔을 때 함께 들어온 상인 중 하나라는 사실이다. 그리고 산둥성 출신으로 황씨 성을 가졌다는 것 정도였다. 황 노인은 오랫동안 청국

---

* 중국의 정치가로 총리교섭통상대신으로 조선에 부임해 국정을 간섭하고 일본, 러시아를 견제했음

조계지에 머물며 막대한 영향력을 행사했다. 오랜 경력과 인맥으로 청국 조계지는 물론 일본 조계지와 각국 조계지에서 벌어지는 일을 속속들이 알고 있었기 때문이다. 표면적으로 청국 조계지를 대표하는 인물은 보빙사*를 따라갔던 역관 출신의 상인 오례당**이나 동순태호***의 인천 분호를 운영하는 담청호였다. 하지만 실질적인 최고 권력자를 꼽으라고 한다면 오례당이나 담청호 모두 황 노인을 지목할 것이다. 몇 번의 뒤척임이 끝나고 불길이 잦아들자 황 노인이 기다란 국자로 그릇에 가지를 담았다. 그러고는 자그마한 고량주 병과 함께 남자가 있는 원탁으로 다가왔다. 의자에 앉은 황 노인이 대나무로 만든 젓가락을 건넸다.

"먹어보게. 가지가 통통하게 살이 올라서 제법 맛이 있을 거야."

"고맙습니다."

젓가락으로 가지를 하나 집어서 입에 넣은 남자에게 황 노인이 고량주를 작은 잔에 따라 건넸다. 가지를 씹고 고량주를 단숨에 마신 남자가 대답했다.

"솜씨는 여전하시네요."

"고맙네. 나이가 드니 세상만사가 귀찮아졌는데 이상하게 요리는 재미있어진단 말이야."

---

* 1883년 조선에서 최초로 미국 등 서방 세계에 파견된 외교 사절단
** 중국에서 태어나 인천에 정착한 대부호
*** 19세기 말부터 20세기 초까지 조선에서 활동한 대표적 화교상점

"증손자는 잘 있습니까?"

남자의 물음에 황 노인의 표정이 굳어졌다.

"청도에 있네. 가끔 편지를 보내곤 하지. 여름에 가서 볼 생각이야."

"안부 전해주세요."

"그나저나 여긴 어쩐 일인가?"

"물어볼 게 좀 있어서요."

"빚은 지난번에 다 갚은 걸로 알고 있는데?"

황 노인의 말에 남자가 가볍게 웃으며 빈 고량주 잔을 흔들었다.

"그럼 제가 빚을 지는 걸로 하죠. 나중에 필요한 일이 있으면 부탁하십시오."

잠시 주저하던 황 노인의 남자의 잔에 고량주를 채웠다.

"일단 들어보도록 하지."

"며칠 전에 여기 앞바다에서 양인 시신이 하나 발견되었잖아요."

"여기 앞바다가 아니라 일본 놈 조계지 앞바다야."

"어쨌든요."

"그자가 누군데?"

"열흘 전쯤에 한성에서 종적을 감춘 법국인 앙쥬르로 추정됩니다."

"우리랑은 상관없는 문제야. 발견된 곳도 일본 조계지고."

"아편쟁이 같은데 뭐 나올 만한 거 없을 까요?"

남자의 물음에 황 노인이 코웃음을 쳤다.

"인천 바닥에 아편쟁이가 한둘인 줄 알아?"

"그렇긴 하지만 금발 머리를 한 양인 아편쟁이는 극히 드물죠. 눈에 잘 띄기도 하고요."

"그자의 행적을 알아봐 달라는 얘긴가?"

"어디에서 지냈고, 누구랑 만났는지, 그리고 왜 여기에 왔는지요. 참, 누가 죽였는지도 알아봐주세요."

황 노인은 얼굴을 찌푸린 채 고개를 저었다.

"요구 사항이 너무 많군. 나한테 그렇게 무리한 부탁을 하는 것은 조선 천지에 자네밖에 없을 거야."

"청도에 있는 증손자 손가락이 여덟 개죠? 제가 아니었으면 손가락이 몇 개 더 없어져서 편지를 못 썼을 겁니다. 그리고 문밖에 있는 저 뚱보도 살아남지 못했을 거고요."

남자의 말을 들은 황 노인이 굳은 표정으로 젓가락을 내려놨다. 그러고는 한참을 쏘아봤지만 남자는 개의치 않고 가지를 집어 먹었다. 결국 황 노인이 끙 하는 신음과 함께 젓가락을 집었다.

"내 증손자를 구해주지 않았다면 자네 입과 혓바닥은 무사하지 못했을 거야."

"저는 이 일을 시작한 다음부터 내일을 생각하지 않습니다."

남자의 단호한 대답에 황 노인이 고개를 절레절레 저었다.

"앙쥬르인지 누군지는 모르겠지만 금발 머리 양인이 여기에 처음

164

나타난 건 엿새쯤 전이었네."

"어디에 머물렀습니까?"

"일본 조계지에 머무른 것 같은데 정확하게 어딘지는 모르겠어."

"아편쟁이니까 아편굴에 머물지 않았겠습니까?"

"양인이었으니까 허름한 곳이었다면 금방 눈에 띄었겠지."

"그럼요?"

"처음에는 나도 몰랐어. 그러다가 시신이 발견된 후에 혹시나 해서 알아봤지. 아편쟁이인 건 알겠는데 어디 있었는지까지는 확인을 못 했어."

"여기 아편굴 중에 남의 눈에 띄지 않을 만한 곳이 있습니까? 온통 드나드는 사람들 천지잖아요."

남자의 물음에 황 노인이 잠시 생각에 잠겼다가 입을 열었다.

"그렇긴 하지. 하지만 돈이 많거나 뒤가 구린 아편쟁이들은 아편굴 대신 다른 곳에서 아편을 피우곤 해. 아마 죽은 양인도 그랬을 거야."

"몇 군데 없으니 찾기 쉽겠군요."

"우리 청관 안에 머물지 않은 건 확실해."

"그럼 왜국 조계지에 있었겠군요."

"아편을 취급하는 요정 중 한 군데였을 거야. 그쪽으로 줄을 대서 알아보도록 하지."

"이곳에 와서 누굴 만났고 무슨 일을 했을까요?"

"청관 쪽이라면 알아봤겠지만 일본 조계지 쪽은 나도 옛날 같지 가 않아서 바로 알아볼 수가 없네. 하지만 금발 머리 양인이니 수소 문을 하면 대략이나마 알 수 있을 거야. 내일 청국 영사관에서 회의 가 열리니 그때 알아보겠네."

"고맙습니다."

"그런데 왜 그 양인에 대해서 관심을 가지는 건가? 제국익문사가 그렇게 한가한 상황은 아닐 것 같은데 말이야."

"비밀입니다."

남자가 무뚝뚝하게 대답하자 노인이 가지를 우물거리며 말했다.

"서로 비밀의 무게가 비슷해야 털어놓을 수 있는 게 많아지는 법 일세. 내가 지금까지 살아남은 건 누구보다 입이 무거웠기 때문이 지. 안심하고 말해보게."

"최근 한성에서 양인들이 잇달아 죽거나 실종되고 있습니다."

"앙쥬르라는 법국인도 그중 하나군."

"그렇습니다. 열흘 동안 세 명이 죽고 한 명이 실종되었습니다. 제 국익문사에서는 이들의 죽음과 실종이 우연이라고 보지 않고 있습 니다."

"누군가 양인들을 연쇄적으로 죽였다 이 말이군."

남자는 대답 대신 고개를 끄덕거리며 고량주를 비웠다. 천천히 고량주를 채워준 황 노인이 물었다.

"양인은 건드리면 골치 아픈 존재야. 그런데 그자들을 한두 명도

166

아니고 여럿이나 죽였다니, 누구 소행인지 궁금해지는군."

"아편과 연관이 있지 않을까 싶습니다. 동순태호는 요즘 아편에 손 안 대나요?"

"누가 그딴 헛소문을 내는지 모르겠군."

"한창 잘나갈 때 인삼을 청국 군함에 실어서 보내고 그 배에 다시 아편을 실어온 걸로 알고 있습니다만……"

"그거야 전쟁 전이지. 그리고 요즘은 채표*를 팔아서 큰돈을 버는데 그렇게 위험한 일을 할 필요가 있겠어?"

"그렇군요."

"단순한 사건이라면 제국익문사가 나서지는 않을 것 같은데. 거기다 자네처럼 솜씨 좋은 통신원을 투입하지도 않았을 거고."

"아무것도 밝혀진 게 없으니 저에게 지시를 내린 겁니다."

"어느 정도 수준으로 처리할 건가?"

황 노인의 물음에 남자가 가볍게 대답했다.

"사람이면 자백을 받고 죽여도 좋다고 했고, 조직이면 말살해 버리랍니다."

"음, 생각보다 심각한 일인가 보군."

"앙쥬르를 죽인 건 누굴까요?"

"누가 죽였는지, 제 발로 물에 빠져 죽었는지 어떻게 알아?"

---

* 오늘날의 복권이나 경마와 같은 것

"감리서 창고에 있는 시신을 살펴봤습니다. 발등은 망치로 맞아서 뼈가 부러졌고, 손톱도 죄다 빠진데다가 손가락도 몇 개 부러진 상태입니다. 자백을 받으려고 고문한 것 같습니다."

"자백을 받은 다음에는 입을 다물게 하려고 물에 빠져 죽게 했군."

"맞습니다. 그리고 그렇게 고문을 하려면 비명이 새어 나가지 않을 집과 도구들이 필요합니다. 솜씨 좋은 기술자도 필요하고요. 일본이나 청국 조계지 사람의 손을 빌리지 않으면 불가능한 일이죠."

황 노인이 남자의 설명을 듣고 납득이 간다는 듯 고개를 끄덕거렸다.

"그런데 시체를 감추려면 멀리 월미도에 갖다버리는 게 맞지 않겠나? 바닷가는 던져봤자 물이 빠지면 바로 드러나는데 말이야."

"일부러 시체를 보여주려고 했거나 이곳 상황을 몰랐거나. 둘 중 하나인 거 같아요. 앙쥬르 납치에 가담한 일파를 족치면 알 수 있을 겁니다."

"거듭 얘기하지만 우리 쪽 소행은 아닐세."

"그렇게 믿겠습니다. 하지만 이번 일에 청국 사람이 관여했다면 누구든 살아남지 못할 겁니다."

남자의 얘기를 들은 황 노인의 얼굴이 일그러졌다.

"척살령이 내려온 모양이군."

"말살령입니다. 지난번 가짜 지계 사건 때는 일본인을 죽이지 말라고 했지만 지금은 그런 거 없습니다. 그러니까 만약 청국 쪽 사람이 가담한 것이라면 지금 털어놓으십시오. 윗선은 건드리지 않겠습니다."

담담하게 이야기한 남자가 고량주를 단숨에 비웠다. 황 노인이 고량주 병을 들고 일어났다.

"술이 비었군. 한 병 더 가져오지."

찬장을 열고 고량주 병을 찾던 황 노인이 슬쩍 물었다.

"그 일에 만약 내가 연관되어 있다면 나도 무사하지 못하는 건가?"

"저를 구해준 적이 있으니 해치지는 않겠습니다."

"자네답지 않군."

"대신 청도로 가는 배를 탈겁니다."

돌아선 황 노인이 굳어진 얼굴로 남자를 노려봤다.

"지독하군."

"제가 이 일을 시작했을 때 배운 게 뭔지 아십니까? 움직일 때는 최대한 신중하되, 일단 움직이면 상대를 완벽하게 제압하라는 겁니다. 그걸 못해서 첫 번째 임무가 마지막 임무가 될 뻔 했죠."

원탁에 새 고량주 병을 내려놓은 황 노인이 말했다.

"최근 만석동 패거리가 일본 놈 밑을 닦아준다는 소문이 있어."

"걔들은 원래 족보가 없는 애들이죠?"

"그러니까 일본 놈 밑에서 일을 하지."

황 노인이 혀를 차며 얼굴을 찌푸렸다.

"그자들이 앙쥬르의 죽음과 관련이 있습니까?"

"최근에 일본 조계지의 아편굴에서 돈 많은 손님들이 표적이 된 적이 있어. 아편을 피우기 위해 챙겨 온 돈이나 패물을 훔치는 거지. 어차피 조선에서는 아편을 피우면 크게 처벌을 받기 때문에 털려봤자 끽소리도 못한다는 걸 악용한 수법이지."

"그때 만국동 패거리가 동원되는군요."

남자의 물음에 황 노인이 고량주를 잔에 따르며 한숨을 쉬었다.

"나라가 어지러우니 돈에 자존심을 팔아버리는 놈들이 나오는 거지. 거기다 일본 조계지에 새로운 오야붕이 나타났다는 소문이 돌고 있어."

"누군데요?"

"대아해운 회장이라는데 실제로 본 적은 없어."

"거긴 황후마마를 죽인 자들의 배후인 현양사와 관련 있는 곳으로 알고 있는데요."

"맞아. 소문에는 조선의 황후를 직접 죽인 자라고도 하네. 그동안 한 번도 모습을 드러낸 적이 없어서 나도 궁금해하던 차였지."

"만국동 패거리가 그 회장이라는 자의 수하 노릇을 하고 있습니까?"

"그런 것 같아. 연태에서 건너온 내 장조카 하나도 아편을 피우러 갔다가 장사 밑천을 죄다 털렸네. 앙쥬르라는 법국인도 아편을 피우러 갔다가 변을 당했을 수 있지."

"하지만 고문을 할 이유는 없지 않겠습니까?"

"고문을 할 만한 쪽도 그들밖에 없어."

"만국동 패거리는 어디 가면 만날 수 있습니까?"

"청관 안으로는 얼씬도 못 해서 각국 묘지 쪽에 모인다고 들었네."

"일단 그쪽을 캐보도록 하죠. 잘 먹었습니다."

남은 고량주를 비운 남자가 술잔을 내려놓고 일어서자 황 노인이 말했다.

"그자들을 만나거든 내 장조카 재산을 털어간 걸 내가 알고 있다고 전해주게."

"알겠습니다."

원탁에 던져놓은 모자를 챙겨 쓴 남자가 짧게 대답했다.

　　　　　　　✖　✖　✖

하루가 꼬박 지나도록 아무 연락도 받지 못한 이준은 초조했다. 주인이 올린 짜장면으로 간단히 배를 채운 그는 담배 파이프를 들고 테라스로 나갔다. 난간에 기댄 채 담배 파이프에 불을 붙였다. 짙은 안개 같은 담배연기가 퍼져나가는 가운데 석양 너머로 일본 조계지가 보였다. 전신주가 양쪽에 늘어선 거리는 일본식 건물과 서양식 건물이 빽빽히 들어서 있었다. 거리에도 온통 일본인뿐이었다.

조선인은 잔교가 있는 바닷가에서 무거운 짐을 나르는 노동자로 일하고 있었다. 끝이 보이지 않을 정도로 넓은 일본 조계지를 바라보며 이준은 깊은 한숨을 쉬었다.

아관파천 이후 기세등등하던 일본은 아라사에게 밀려나고 말았다. 1년 남짓한 파천이 끝나고 경운궁으로 돌아온 황제는 제국을 선포하고 광무개혁을 시작했다. 철도와 도로를 놓고 전신을 설치하고 군대를 보강했지만 일본이 아라사와의 전쟁에서 승리하며 모든 것이 물거품이 되고 말았다. 을사년에 맺어진 조약으로 한성에는 통감부가 설치되었고, 개항장의 조계지에는 이사청이 세워졌다. 이 비극의 끝이 무엇일지 생각하던 이준은 애써 고개를 저었다.

'절대로 놈들의 손에 넘겨줄 수는 없지.'

혼잣말을 중얼거리던 이준은 계단을 올라오는 발소리에 고개를 돌렸다. 스튜어드 호텔의 주인 양기당이 쪽지를 건넸다.

"누가 이걸 전해주라고 하던데요."

"고맙네."

건네받은 쪽지에는 짧은 글이 적혀 있었다. 그 내용이 사실일지 잠깐 생각하던 이준이 양기당에게 물었다.

"각국 묘지는 어디에 있나?"

"저기 뒤쪽 언덕을 넘어가면 인천역이 나오는데 그 왼편에 바다에 접한 작은 언덕이 있습니다. 거기가 각국 묘지입니다. 바로 옆에 영길리 공사관으로 쓰던 양관이 있으니 알아보기는 쉬울 겁니다."

"고맙네."

"거긴 대낮에도 사람이 가지 않는 무덤가입니다. 나쁜 놈들이 모여 있다는 소문도 있고요."

"설마 무슨 일이야 있겠는가? 염려 말게."

스틱을 챙긴 이준이 가벼운 웃음과 함께 계단을 내려갔다. 그런 이준에게 양기당이 걱정스러운 표정으로 말했다.

"여긴 한성이 아니라 제물포입니다. 거친 탁류가 흐르는 곳이죠."

그 말을 들은 이준은 걸음을 멈추고 돌아서서 양기당에게 말했다.

"한성이든 제물포든, 평지든 탁류든, 모두 대한의 땅이고 백성들의 자리일세."

4
죽
음
너
머

　제물포에서 죽은 서양인들이 묻힌 각국 묘지는 바닷가의 야트막
한 언덕 위에 있었다. 돌계단을 밟고 올라가 철로 된 문을 지나자 가
지각색의 묘지석이 보였다. 양인들은 봉문을 쓰고 비석을 세우는
조선 사람들과 달리 그들이 믿는 야소교의 상징인 십자가를 석물
대신 세웠다. 어떤 무덤은 아예 집처럼 만들어놓기도 했는데, 그 모
양이 제각각이라 기괴한 느낌을 주었다. 태양이 월미도 너머로 사라
질 기미를 보이는 어스름한 시간에 전달된 쪽지에는 각국 묘지로 오
라는 내용밖에 없었다. 누가, 언제 나타날지 전혀 알 수 없으니 무
작정 기다리기로 했다. 이준은 파이프를 꺼내 담배를 피웠다. 그러
는 사이 해가 거의 떨어져버렸다. 제물포항을 향해 가는 배 한 척이
일으킨 항적이 바다에 긴 흔적을 남겼다. 그 풍경을 바라보느라 이

준은 그들이 접근한 것도 눈치채지 못했다. 무언가 이상하다고 느꼈을 때는 십여 명이 넘는 무리가 주변을 빼곡히 둘러싼 다음이었다. 변발에 마괘자를 입은 것으로 봐서는 중국인이 분명했다. 헛기침을 크게 한 이준이 큰 목소리로 외쳤다.

"나는 대한제국의 평리원 검사 이준이다. 이곳에 오면 중요한 말을 하겠다는 연락을 받고 왔느니라. 너희들이 날 불렀느냐?"

잠시 후, 무리를 제치고 한 사내가 나타났다. 마괘자 차림의 다른 녀석들과 달리 붉은 비단으로 만든 조끼를 걸치고 있었다. 깡마르고 큰 키에 찢어진 눈을 하고 있어 몹시 사나워 보였다. 어스름한 햇살에 사내의 가슴팍과 어깨에 크고 작은 상처가 있는 게 보였다. 붉은 조끼의 사내가 바닥에 누런 가래침을 뱉고는 서툰 조선어로 말했다.

"내가 부른 게 맞아. 하지만 너에게 따로 해줄 얘기는 없어."

"감히 조정의 관리를 기망한 것이냐?"

이준의 호통에 붉은 조끼의 사내가 히죽 웃었다.

"별 볼 일 없는 조선의 관리 주제에 큰소리치기는. 미안하지만 누가 널 손봐달라고 해서 말이야. 반항하지 않으면 곱게 죽여주지."

어느 틈에 붉은 조끼의 사내는 두툼한 채도를 손에 쥐고 있었다. 다른 사내들도 모두 칼과 몽둥이를 든 상태였다. 자신을 상대로 이런 공격이 올 줄 몰랐던 이준은 아랫입술을 깨물었다. 조금씩 뒤로 물러났지만 포위된 상태에서 빠져나갈 구석이 없었다. 마지막이라고 생각한 이준이 눈을 감으려는 순간, 붉은 조끼 사내의 뒤에 있던 남자가 갑자기 옆에 있는 동료의 뒤통수를 몽둥이로 내리쳤다. 퍽 소리와 함께 피가 허공으로 튀며 십자가에 묻었다.

"뭐, 뭐야?"

붉은 조끼의 사내가 당황해 돌아봤다. 그러고는 몽둥이를 든 사내에게 물었다.

"처음 보는 놈인데 너 누구야?"

"이런, 자기 부하가 바꿔치기 된 줄도 모르셨나?"

몽둥이를 든 남자의 비아냥에 사내가 버럭 화를 냈다.

"감히 이 관 대인의 심기를 건드리고도 무사할 줄 알아!"

붉은 조끼의 사내가 손짓하자 부하들이 서서히 몽둥이를 든 남자에게 다가갔다. 유유히 서 있던 남자는 갑자기 몽둥이를 뒤로 던져 몰래 다가오던 자를 맞췄다. 그리고 그대로 훌쩍 묘지석을 밟고 날아올라 두 발로 다가오는 사내들을 걷어찼다. 현란한 솜씨는 눈으로 봐도 못 믿을 지경이었다. 땅에 내려선 남자는 소매에서 이상하게 생긴 쇠몽둥이를 꺼내 상대의 명치를 찌르거나 발을 걸어서 넘어뜨렸다. 정신없이 싸우고 있을 때 붉은 조끼의 사내가 칼을 휘두르며 끼어들었다. 하마터면 머리가 두 동강이 날 뻔했지만 남자는 능숙하게 피한 다음에 허리 뒤춤에 손을 가져갔다. 그리고 빠른 손놀림으로 뭔가를 던져서 붉은 조끼 사내의 정강이에 맞췄다.

"으윽!"

비명을 지른 붉은 조끼 사내가 그대로 주저앉았다. 그것으로 싸움은 끝났다. 우두머리로 보이는 자가 쓰러지자 나머지는 뒤도 돌아보지 않고 사라져버린 것이다. 도망치는 자들을 힐끔 바라 본 남자가 신음을 내며 땅바닥을 기어가려는 붉은 조끼 사내에게 다가갔다. 그리고 정강이에 박힌 수리검을 비틀어 뽑았다.

"관 대인? 고작 일본 놈 밑이나 닦아주는 주제에 이름 하나는 거창하군."

"제, 제발 살려주시오. 가지고 있는 아편을 다 넘겨드리겠습니다."

"그딴 건 관심 없고, 몇 가지 물어볼 게 있는데 말이야."

관 대인이라는 자를 상대하는 남자의 모습은 마치 맹수가 사냥감을 가지고 노는 것처럼 보였다. 겁이 질린 관 대인이 연신 살려달라고 하자 남자가 몇 발자국 떨어져 있는 이준을 가리키며 물었다.

"누가 저 사람을 죽이라고 했어?"

"그, 그건?"

"저 사람이 누군지 알아? 아편쟁이도 아니고, 감리서 나부랭이도 아냐. 평리원 검사란 말이야."

"모, 몰랐습니다. 그냥 손만 봐달라고 해서."

관 대인이 애걸복걸했지만 남자는 들은 척도 하지 않았다. 정강이에 박혔던 피 묻은 수리검을 관 대인의 눈앞에 들이댔다.

"오른쪽? 왼쪽?"

"네?"

"눈알을 하나 파낼 거거든, 어느 쪽을 파낼지 선택권을 주는 거야."

"자, 잘못했습니다."

"길바닥의 거지도 상대를 알아보며 동냥하는 게 이 바닥 생리 아닌가? 그런데 누가 시켜서 그저 손보려고 했다는 말을 내가 믿을 거 같아?"

"저, 정말입니다."

"어떻게 돌아가는지 알겠군. 여기서 나한테 눈깔 하나 잃는 것보다 배후가 더 무섭다 이거지?"

"아이고, 제발……."

관 대인의 애원은 비명으로 이어졌다. 남자가 손에 들고 있던 수리검으로 왼쪽 눈을 찔러버린 것이다. 밤하늘에 길게 울려 퍼진 비명 뒤로 남자가 재차 물었다.

"평생 장님으로 살고 싶으면 그 입을 계속 다물어도 좋아."

"마, 말하겠습니다. 대아해운 쪽 사람입니다."

"얼씨구, 청국 놈이 일본 놈 밑에서 일한다고 하더니 진짜였네?"

"쥐도 새도 모르게 죽이라고 했습니다."

"새로 왔다는 대아해운 사장이 시킨 거야?"

"그 밑에 있는 고바야시 슌스케라는 자입니다. 콧수염에 짙은 뿔테 안경을 썼습니다."

"그자가 너에게 이런저런 일을 맡겼군."

"마, 맞습니다."

"저 사람에 대한 정보는 어떻게 알아냈지?"

"그, 그걸 제가 어떻게 알겠습니까? 그냥 스튜어드 호텔에 머물고 있는 이준이라는 사람을 없애라고만 했습니다. 제가 아는 건 그게 전부입니다."

관 대인의 대답을 들은 남자가 고개를 들어 이준을 바라봤다. 방금 사람 눈알을 찌르고도 너무나 태연해 보이는 남자의 눈빛에 이준은 저도 모르게 소름이 돋았다. 남자는 누워있는 관 대인의 오른쪽 발뒤꿈치를 수리검으로 베었다. 그리고 수리검의 피를 그의 뺨에 닦으며 속삭였다.

"황 노인 알지? 발목은 황 노인의 장조카 몫이야. 살고 싶으면 내일 해가 뜨기 전까지 멀리 도망치라고. 황 노인한테 잡히면 산채로 기름 솥에 들어갈 테니까."

짐승 같은 괴성을 지르며 바닥을 뒹굴던 관 대인은 절뚝거리며 사라졌다. 피 묻은 수리검을 챙긴 남자가 이준에게 다가왔다.

"어디 다치신 곳은 없습니까?"

"괘, 괜찮네. 자넨 누군가?"

"일단 여길 떠야겠습니다. 신동공사*에서 알면 귀찮은 일이 벌어질 수 있으니까요."

"알겠네."

---

* 각국 조계의 자치의회에 해당하는 단체

두 사람은 각국 묘지를 내려와 스튜어드 호텔로 향했다. 어둠 속의 침묵이 이어지는 가운데 이준이 조심스럽게 물었다.

"귀신같은 솜씨를 지녔더군."

"어릴 때부터 총 쏘고 칼부림하는 걸 배웠습니다. 사람 한둘 죽이는 것은 저한테는 일도 아닙니다."

"아무리 그렇다고 해도 함부로 사람을 치다니……."

이준이 혀를 차자 남자가 씁쓸하게 웃었다.

"제 일입니다."

"그래도 법에 따라서 처벌을 해야지."

"검사님이 원칙주의자라는 말은 들었습니다. 하지만 세상은 그렇게 녹록지 않습니다."

"그럴수록 원칙을 지켜야만 하네."

"그럼 대답해보십시오. 평리원이 지금 원칙대로 돌아갑니까?"

아픈 곳을 찔린 이준이 눈가를 찡그렸다. 그런 이준에게 남자가 말했다.

"검사님에게 원칙이 있듯 저에게도 원칙이 있습니다. 어차피 목적은 같지 않습니까?"

"목적이 같다니?"

"제국을 지키는 것 말입니다. 검사님의 무기는 법전이고, 제 무기는……."

남자는 관 대인의 눈을 찔렀던 창수형 수리검을 흔들었다.

"이거라는 차이만 있을 뿐이죠."

"그자들은 누군가?"

"차차 알게 될 겁니다. 그 전에 여쭤볼 게 있습니다."

"대답을 안 하면 아까 그놈처럼 내 눈을 쑤셔버릴 건가?"

"그런 건 돈만 아는 겁쟁이한테나 먹히는 겁니다. 검사님에게는 안 먹힐 수법이죠."

"날 잘 알고 있는 모양이군."

이준의 물음에 남자가 대답했다.

"저는 제 일과 관련된 모든 사람들을 파악하고 있습니다."

"일이라니, 앙쥬르의 죽음 말인가?"

"그전에 벌어졌던 일도 모두 포함해서입니다."

차갑고 냉정한 남자의 대답을 들은 이준은 영문을 모르겠다는 듯 고개를 저었다. 그렇게 이야기를 주고받는 사이 멀리 스튜어드 호텔이 보였다. 호텔 앞에서 서성거리던 양기당이 이준의 모습을 보고 반색했다.

"대인! 무사하셨군요."

"이 친구 덕분일세."

"혼자 오셨는데 누굴 말씀하신 겁니까?"

양기당의 반문에 이준이 고개를 돌려 뒤를 바라봤다. 방금 전까지 뒤따라오던 남자가 감쪽같이 사라진 걸 확인하고는 중얼거렸다.

"귀신이 곡할 노릇이군."

양기당의 부축을 받아 숙소로 올라온 이준은 문을 잠그고 의자에 걸터앉았다. 그러자 창가의 커튼 뒤에 숨어있던 남자가 모습을 드러냈다. 이준이 어이없다는 표정으로 바라봤다.

"자네 정체가 뭔가?"

남자는 잠시 고민하다가 허리춤에서 창수형 수리검을 꺼냈다. 이준이 흠칫했지만 남자는 자신의 왼손 손목 위를 살짝 그었다. 피가 손으로 타고 흘러내리자 손목 안쪽에 글씨가 나타났다. 핏물 속에서 드러난 글씨를 본 이준이 중얼거렸다.

"성총보좌(聖聰補佐)*!"

주머니에서 꺼낸 천으로 피가 흐르는 손목을 감싼 남자가 말했다.

"밝혀서는 안 되지만 특별한 상황이니 말씀드리겠습니다. 저는 제국익문사의 통신원입니다."

"제국익문사라면 황제 폐하께서 비밀리에 만들었다는 정탐기구 아닌가?"

"맞습니다. 알고 계셨군요."

"예전에 잠깐 인연이 있었지. 물론 모르는 사람들이 더 많겠지만."

이준의 대답에 남자가 희미하게 웃었다.

"제국익문사는 공식적으로 존재하지 않습니다. 그리고 통신원인

• 황제를 보좌한다

저 역시 마찬가지고요. 황제 폐하의 지시를 받은 제국익문사 독리의 지휘를 받아서 일을 처리합니다."

"아까 보니까 관운장이 살아 돌아온 것 같더군."

"자세히 말씀드리기는 어렵지만 어릴 때부터 훈련을 받았습니다."

"사람을 죽이는 것을 말인가?"

남자가 상대를 잔혹하게 다루던 모습을 떠올린 이준이 물었다.

"그건 훈련의 일부입니다. 암호로 전보를 보내는 법부터, 사람을 미행하고, 몰래 잠입하는 법에 청국어와 왜어도 배웠습니다."

"맙소사. 못하는 게 없군. 그런 것들은 대체 어디서 배운 건가?"

"강화도의 깊은 산속에서요. 그곳에 제국익문사 통신원들을 가르치는 비밀 훈련소가 있었습니다."

그 시절을 떠올린 남자의 속이 쓰려왔다.

"몇 살 때 간 것인가?"

이준의 물음에 남자가 차분하게 대답했다.

"열 살 때입니다."

"그렇게 어릴 때부터 말인가? 아무리 나라에서 하는 일이라지만 부모님이 고이 보내주던가?"

"그럴 수밖에 없는 상황이었습니다. 할아버지와 아버지가 줄을 좀 잘못 서셨습니다."

무슨 뜻인지 알아차린 이준은 씁쓸하게 웃었다. 그 역시 황제의 정책에 반발했다가 일본으로 떠나야만 했던 적이 있었기 때문이다.

"참으로 고약한 일이군."

"어디로 가는지 몰라 가는 내내 울기만 했습니다. 할아버지는 방에 틀어박혀서 나오지 않으셨고, 아버지는 미안하다는 말만 하셨죠. 배를 타고 강화도로 가 밖에서는 보이지 않는 산골짜기로 계속해서 들어갔습니다. 기와 몇 채가 전부인 그곳에는 제 또래 아이들수십 명에 조선인과 외국인 교관들이 기다리고 있었죠."

"집에 돌아가고 싶지 않았나?"

"그러고 싶었지만 그럴 수 없었습니다. 제 뒤에 있던 아이가 울며집에 돌아가겠다고 하자 교관이 죽지 않을 만큼 때렸거든요."

"저런……."

이준이 혀를 차자 남자는 쓴웃음을 지었다.

"교관은 이제 바깥의 가족들은 잊으라며 우리가 새로운 가족이라고 했습니다. 그리고 지독히도 힘든 훈련을 받았습니다. 영길리와 법국에서 온 교관에게는 권총을 비롯한 신무기의 사용법과 지도를 보는 독도법, 모스 부호를 이용해 암호 전보를 보내고 직접 무전을 치는 법도 배웠죠. 조선인 교관에게서는 맨손 격투와 칼과 활을다루는 법을 배웠습니다. 훈련은 하루도 쉬지 않고 계속되었습니다. 성적이 좋지 않으면 종일 굶기거나 때렸기 때문에 다들 죽지 않기위해 했습니다."

"그런 일이 있는 줄 정녕 몰랐네."

"시간이 지날수록 훈련은 혹독해졌습니다. 훈련 과정에서 권총 오발 사고로 죽거나 칼을 가지고 격투 훈련을 하다가 심한 부상을 입고 죽기도 했습니다. 견디다 못한 아이들 몇이 탈출을 시도했지만 섬이라 달아날 곳이 없었죠. 붙잡혀온 아이들은 우리가 보는 앞에서 교관들에게 처형당했죠. 죽은 아이들은 살아남은 아이들이 뒷산에 묻었습니다. 그렇게 세월이 흐르면서 우리는 점점 싸우는 것에 익숙해졌습니다. 영길리 교관이 놀랄 만큼 뛰어난 사격 솜씨를 가졌고, 독도법은 물론 모스 부호로 무전을 보내는 속도도 빨라졌죠. 활을 비롯한 전통 무기는 교관을 압도할 정도였습니다. 나중에는 청국과 일본에서 온 무기들도 다뤘는데 모두 익숙해졌습니다."

"그때가 몇 살쯤이었나?"

"열네 살쯤이었을 겁니다. 처음 들어온 아이들의 절반 정도만 남았을 때입니다."

"그 절반은 죽었단 말인가?"

"훈련 중 사고가 나거나 도망치다가 잡혀서 처형당했습니다. 그즈음부터는 변장술과 외국어도 익혔습니다. 청나라 상인이 청국어를 가르쳤고, 유곽에서 탈출한 일본인 유녀에게 일본어를 배웠습니다. 그렇게 이 년 남짓 훈련을 하니 청국인이나 일본인으로 완벽하게 변장할 정도가 되었습니다. 그다음 훈련은 물살이 빠른 강화도 주변에서 수영을 하는 것이었죠."

"황제 폐하께서 그런 것을 준비했을 줄 몰랐네."

"측근인 이용익 대감이 종종 찾아와 상을 내리거나 맛있는 음식을 하사했습니다. 하지만 대부분의 아이들은 가족을 만나기 위해 끝까지 살아남으려고 했습니다."

"그래서 가족은 다시 만났는가?"

이준의 물음에 남자가 천천히 고개를 저었다.

"할아버지는 얼마 후 돌아가시고, 부모님은 압록강을 건너 만주로 떠나셨습니다. 교관들의 말대로 함께 훈련받은 아이들이 서로 형제가 되고 가족이 된 것이죠. 그렇게 육 년의 시간을 보내고 마침내 훈련이 끝났죠. 그즈음 살아남은 아이는 처음 들어온 숫자의 삼 분의 일에 불과했습니다. 최종 훈련은 실전이었습니다."

"어떤 임무를 부여받았나?"

"감시였습니다."

"누굴?"

"훈련소에서 친해진 동생입니다. 몇몇이 친하게 지냈는데 그중 유독 저를 잘 따른 친구죠. 교관은 그 녀석에게 개항장인 제물포로 가 일본 영사관 직원에게 정보를 넘기는 매국노 조선 상인을 죽이라는 임무를 부여했습니다. 저에게는 그 녀석이 제대로 임무를 수행하는지 감시하고 여차하면 제거하라는 임무가 내려졌죠."

"그 매국노를 말인가?"

"아뇨. 임무를 수행하러 나간 동생을 제거하라는 임무였습니다. 사실 임무를 받았을 때 저도 이해할 수 없었습니다. 실력이 뛰어난 친구라 실패할 리 없으니까요. 하지만 그곳에 가서야 왜 그런 임무가 주어졌는지 알게 되었습니다."

"무슨 이유였는가?"

"접선지는 인천 해관 근처였습니다. 임무는 먼저 도착한 조선 상인을 죽이고 현장을 벗어나는 것이었죠. 하지만 목표물인 조선 상인을 만난 동생은 귀신에 홀린 것처럼 꼼짝도 못 하더군요. 나중에 들어보니 그 조선 상인은 다름 아닌 그의 아버지였습니다."

"뭐라고?"

놀란 이준의 반문에 남자가 깊게 한숨을 쉬었다.

"자신이 제거해야 할 목표가 아버지라는 걸 안 동생은 아무것도 못 했습니다. 결국 제가 나서야만 했습니다."

"어떻게 말인가?"

괴로운 표정을 지은 남자가 말했다.

"제가 대신 동생의 아버지를 죽였습니다. 그리고 얼이 빠진 동생을 데리고 현장을 도망쳤죠."

"꼭 그래야만 했는가?"

"힘든 훈련을 견딜 수 있게 해준 친구입니다. 제 손으로 죽일 수도 없었고, 누군가의 손에 죽게 놔둘 수 도 없었습니다. 그게 우리처럼 버림받은 아이들의 숙명이었던 것이죠."

"그 동생은 충격을 많이 받았겠군."

"저를 죽이려고 했습니다. 그래서 사실대로 털어놓고 멀리 도망가라고 했죠. 동생은 결국 저와 함께 훈련소로 돌아왔습니다. 알고 보니 다들 자신의 가족이나 친척을 죽이는 임무를 맡았더군요. 아마 임무에 투입되기 전에 인연이 될 법한 가족을 처리하려고 했던 모양입니다. 저도 부모님이 만주로 가지 않으셨다면 똑같은 임무를 부여받았을 겁니다."

"지독한 일이군."

"임무를 받고 나간 아이들 중 상당수는 돌아오지 않았죠. 그리고 돌아온 아이들 중 몇 명은 목을 매거나 권총을 입에 물고 방아쇠를 당겨 스스로 목숨을 끊었습니다."

상상도 못할 처참한 이야기에 이준은 할 말을 잊었다. 남자는 차분하게 말을 이어갔다.

"그렇게 폭풍 같은 밤이 지나고 교관은 살아남은 아이들을 모아놓고 팔에 문신을 새겼습니다."

"아까 보여준 그 문신 말인가?"

"네, 피가 묻어야만 드러나는 이 문신은 그들이 고종황제가 비밀리에 세운 첩보 조직인 제국익문사의 최정에 비밀 요원이라는 사실을 증명합니다. 그때부터는 이름 대신 통신원과 호수로 불리며 임무에 투입되었습니다. 개항장과 한성을 비롯해 전국을 다니며 대한제국을 집어삼키려는 일본에 맞서 치열하게 싸운 것이죠."

"제국익문사에 대해 들은 것이 1902년이니 그즈음에 세워졌거나 계획이 무산된 것으로 알고 있었네."

"실제로는 그보다 십 년도 전부터 준비했습니다. 조직은 완전히 비밀에 싸여 있습니다. 우리가 하는 모든 일은 비밀입니다. 저도 독리 어르신과 몇몇 사람만 만났을 뿐 다른 통신원이 누구인지, 어디서 무얼 하는지 알지 못하니까요.”

“어떤 일을 하는지 물어봐도 되는가?”

“모든 일을 다 합니다. 일본에 빌붙은 관리들과 장교들을 기찰하고, 개항장에 암약하며 제국에 위해를 가하려는 외국인을 감시합니다. 해외에도 파견을 나가는데 주로 일본에 집중하고 있죠.”

“황제 폐하께 직접 보고를 올리나?”

이준의 물음에 남자가 고개를 끄덕였다.

“화학비사법으로 처리해서 그냥은 보이지 않고 불빛을 비춰야만 볼 수 있는 방식으로 아룁니다. 명령 역시 독리를 통해서 직접 내려집니다.”

“안 그래도 그런 조직이 필요하다고 생각했는데 진짜 있었군.”

“거듭 말씀드리지만 저도 독리 어른과 몇몇 동료 외에는 다른 통신원의 신분에 대해서는 아는 바가 없습니다. 그러니까 검사님도 저와 만났다는 사실을 절대 발설해서는 안 됩니다.”

“그리하겠네. 나에 대해서는 얼마나 아는 건가?”

“물장수로 유명한 북청에서 태어나셨고, 과거 초시에 합격해서 함흥에 있는 순릉 참봉을 역임하셨죠. 다음 해 법관 양성소를 나와 한성재판소 검사보가 되셨다가 그해 아관파천이 일어나자 사임하시고 일본으로 건너가 와세다 대학교 법학과를 졸업하셨고요. 졸업

후 귀국한 뒤에는 독립협회에 가입해 누구보다 열성적으로 활동하신 걸로 압니다."

"그것까지 알고 있단 말인가?"

이준이 놀란 눈으로 바라보자 남자가 어깨를 으쓱거렸다.

"그때 연설하는 걸 직접 봤습니다. 물론 변장을 해서 못 알아보셨을 겁니다."

"맙소사."

"재작년에는 보안회를 조직해서 일본의 황무지 개척권을 요구에 반대하는 운동을 펼치셨고, 결국은 무산시키는 데 한몫하셨죠. 그후에는 공진회 회장에 올랐다가 황해도의 철도로 반년 동안 유배를 하러 가기도 하셨고요. 석방 후에는 을사조약 반대 상소문을 올리며 활발하게 활동하시는 한편, 평리원 검사로 임명되었는데 상관과 마찰 끝에 현재는 징계를 받고 정직 중인 상태고요."

"아주 세세하게 알고 있군."

"이 사건의 주요 관련자 중 한 명이니까요. 거기다 평리원 검사 정도면 제국익문사에서 주기적으로 동향 파악을 합니다. 저도 본사에 있는 자료를 본 겁니다."

남자의 대답을 듣고 한동안 생각에 잠겨 있던 이준이 말했다.

"이번 일에 제국익문사가 나섰다는 것은 황제 폐하의 명이 있었다는 말이로군."

이준의 물음에 남자는 대답 대신 조용히 고개를 끄덕거렸다.

"그만큼 중대한 일이라는 뜻인가?"

"제가 받은 지시는 양인들이 계속 죽는 이유와 배후를 밝혀내는 것입니다."

"왜 그런 명령이 내려온 건가?"

"통신원들은 하달된 명령에 의문을 품지 않습니다. 배후를 찾아내면 그 이유를 알겠죠."

"단순한 사건이 아닌 건 확실하네."

이준의 말에 남자가 손가락을 천천히 꼽으며 대답했다.

"며칠 사이에 양인 넷이 죽었습니다. 그리고 잘 모르시겠지만 올 초에 두 명의 양인도 비슷하게 죽었습니다."

"뭐라고?"

이준의 반문에 남자가 작게 한숨을 쉬었다.

"저도 조사를 하며 알게 된 겁니다. 이월에 미리견 사업가인 해리 모슬리라는 자가 죽었고, 그달 말에는 운산금광회사에서 일하던 척 우드워드란 영길리 기술자도 죽었습니다. 모두 심한 고문을 당한 흔적이 있었죠."

"이런, 전혀 몰랐네."

"정동에서 죽은 게 아니라서요. 특히나 황제 폐하께서 소문이 나면 좋지 않다고 조용히 넘어가자고 해서 신문에서도 다루지 않았던 걸로 압니다."

"그럼 여기서 죽은 앙쥬르까지 몇 달 사이에 여섯이나 죽은 셈이군."

"그렇습니다. 게다가 그냥 죽은 게 아니라 고문을 당한 흔적이 남아 있습니다. 비록 작년에 일본과의 조약으로 각국 공사관이 모두 철수한 상태이긴 하지만 엄중한 문제가 될 수 있는 상황입니다."

"나도 그 문제가 걱정스러워서 나섰네. 경무관이라는 작자가 너무 천하태평이라서 말이야."

"독리 어른께 지시를 받고 조사에 착수했지만 단서가 너무 없습니다. 그래서 검사님의 도움이 필요합니다."

"나와 손을 잡겠다 이 말인가?"

"어차피 사건의 배후를 캐겠다는 같은 목표가 있지 않습니까? 그래서 제 정체도 밝힌 겁니다."

남자의 말을 듣고 곰곰이 생각하던 이준이 고개를 끄덕였다.

"하긴, 이 사건의 범인을 밝혀낸다고 해도 경무청에서 손대지 못할 것 같다는 생각이 들던 차였네."

"양인들을 고문해 죽인 걸 보면 한두 놈이 아니고 막강한 배후 세력이 있을 가능성이 높습니다. 특히 그 세력이 일본과 손을 잡았을 경우에는 법으로 처벌하기가 어려울 겁니다."

"자네도 일본을 의심하는 건가?"

이준의 물음에 남자가 고개를 끄덕거렸다.

"다른 건 몰라도 제물포에서 앙쥬르를 고문하고 죽인 건 일본 놈 짓일 확률이 높습니다."

"왜 그렇게 생각한 건가?"

"앙쥬르는 금발 머리 양인이라 눈에 잘 띄는 존재입니다. 청국 조계를 들쑤셔봤는데 흔적이 남아 있지 않습니다."

"남은 건 일본 조계라는 얘기군."

"죽은 앙쥬르는 엄청난 고문을 받았습니다. 그러려면 기술자가 있어야 하고 장비도 필요하고, 비명이 새어나가지 않을 공간도 있어야 합니다. 그리고 무엇보다 양인을 고문하고 죽일 이유가 있어야 하죠."

"같은 생각이네. 양인을 잘못 건드리면 그 나라에서 가만있지 않을 테니."

"일본도 양인은 어려워합니다. 그러니 그런 문제를 다 무시하고 일을 저지를 만한 사람을 찾아야만 합니다. 그자가 바로 살인자이고 배후겠죠. 그걸 알려면 첩보가 필요합니다. 제가 모르는 걸 알려주십시오."

남자의 말에 이준은 잠시 고민하다가 입을 열었다.

"헐버트 박사에게 들었는데 그들은 모두 프리메이슨이라고 하더군."

"프리메이슨이 무엇입니까?"

"처음에는 비밀 결사가 아닐까 생각했는데, 헐버트 박사 말로는 신사들의 사교 클럽이라고 하더군. 아라사 공사관 맞은편에 있는 손탁빈관에서 정기적으로 모임을 갖는 모양이야."

"죽은 자들이 모두 프리메이슨이라는 게 어떤 의미가 있을까요?"

남자의 물음에 이준은 의자에서 일어나 창가로 걸어갔다.

"일단은 우연의 일치라 생각할 수 있겠지. 하지만 한두 명이면 모를까, 이렇게 많은 양인이 죽었고 그들이 모두 프리메이슨이라는 건 우연이라고 보긴 어려워. 거기다 몇몇 시신에서 발견할 수 있는 공통점 한 가지가 걸리네."

"고문의 흔적 말입니까?"

"맞아. 죽기 전에 고문을 당했다는 건 양인들이 어떤 비밀을 알고 있다는 건데……."

"그렇습니다."

"누가 양인들을 죽였는지 몰라도 그자는 지금 모든 비밀을 알고 있을 가능성이 높아. 그 비밀이 이번 사건을 푸는 결정적인 열쇠가 될 걸세."

"양인들만의 비밀이라. 어떤 게 있을까요?"

남자의 물음에 창밖을 물끄러미 바라보던 이준이 고개를 저었다.

"양인이라는 것, 그리고 프리메이슨 회원이라는 걸 제외하고는 공통점이 별로 없네. 직업도 다르고 성격도 달라. 죽기 전에 만났던 하인즈라는 자는 성격이 몹시 고약해서 어떤 비밀을 감출만한 사람으로 보이지 않았어. 여기 제물포에서 죽은 앙쥬르는 아편쟁이고 말이야."

"그러니까 죽은 자들은 모두 프리메이슨이며 어떤 비밀을 가지고 있는데 그것 때문에 고문을 받고 죽임을 당했다는 뜻이군요."

"맞아. 그 비밀이 무엇이고, 누가 그걸 알아내려고 하는지를 밝혀 내야만 또 다른 죽음을 막을 수 있네."

"앙쥬르의 죽음에서부터 시작해야 합니다."

"맞아. 이상한 점이 한둘이 아니었어. 일단 다른 양인처럼 가만있지 않고 제물포로 도망쳐왔네."

"뭔가를 알고 있거나 최소한 위험하다는 것을 눈치챘을 겁니다."

"그게 뭘까? 양인들은 조선 사람은 물론이고 일본인도 쉽게 건드리지 못하는 존재일세. 그런데 처참하게 죽여 놓고 프리메이슨의 로고도 현장에 남겨놨네."

"로고를 말입니까?"

남자의 물음에 이준이 벽에 프리메이슨의 로고를 그렸다.

"덕분에 헐버트 박사를 통해 프리메이슨의 존재를 알았지. 아니었으면 여기까지 오지도 못했을 거야."

"살인자가 오히려 흔적을 남겨놓은 셈이군요."

"그래서 제물포까지 왔지만 단서를 찾기가 쉽지 않군. 감리서도 얼마 전에 벌어진 일 때문에 풍비박산이 나서 꼼짝도 않고 있고 말이야. 따로 일을 부리는 자가 있었는데 얼마 전부터 종적을 감췄지 뭔가."

남자는 이준이 말한 사람이 누구인지 짐작했지만 짐짓 모른 척하고 입을 열었다.

"아마도 앙쥬르의 죽기 전 행적을 확인하면 배후를 알아낼 수 있을 것 같습니다."

"어째서 말인가?"

"앙쥬르가 왜 이곳으로 도망쳤다고 보십니까?"

"살인자를 피해서겠지. 법어학교 교장인 마태을도 그가 갑작스럽게 사라져서 걱정하고 있었으니까."

이준의 대답에 남자가 손으로 탁자를 두드리며 대답했다.

"제물포는 외국으로 나가는 배가 수시로 드나듭니다. 여차하면 이곳에서 배를 탈 생각이었겠죠."

"그러지 못하고 살인자에게 붙잡혔군."

"맞습니다. 그러니까 앙쥬르가 죽기 전에 여기서 누굴 만났고, 어디에 있었는지를 확인하면 살인자의 꼬리를 잡을 수 있을 겁니다."

"각국 묘지에서 나를 죽이려고 한 사람들은 앙쥬르를 죽인 자가 보낸 것일까?"

"검사님이 이곳에 와서 앙쥬르의 죽음에 관한 조사를 한다는 소문은 이미 쫙 퍼졌습니다."

"그 소문을 듣고 뒤가 켕긴 자가 아까 그 되놈*들을 보냈다는 얘기군."

"심지어 평리원 검사라는 신분을 알고 있었음에도 손을 쓰려고 했습니다."

_____

* 중국 사람을 낮잡아 이르는 말

남자의 말을 들은 이준이 콧수염을 만지작거렸다.

"엄청나게 중요한 비밀이거나 혹은 굉장한 힘이 있는 자겠군."

"둘 다일 수 있죠. 들으셨는지 모르겠지만 그자들은 되놈인데도 일본 놈의 사주를 받은 겁니다. 여기에서는 서로 조계의 경계지 조차 넘어가지 않으려고 하는 걸 생각하면 엄청난 일입니다."

"그자들을 사주한 게 대아해운 사람이라고 들었네. 어떤 회사인가?"

이준의 물음에 남자가 살짝 고개를 저었다.

"알려진 게 전혀 없는 회사입니다. 나가사키와 제물포를 오가는 해운 항로를 가지고 있고, 배도 몇 척 있다고 하지만 실제로 운영은 하지 않는 것으로 파악됩니다. 해안가에 창고를 몇 개 가지고 있긴 한데 그것도 진짜 운영자는 따로 있습니다."

"낮에 시체가 발견된 곳으로 가느라 지나친 적이 있네. 벽돌로 만든 이층 건물이던데 무슨 수로 유지한단 말인가?"

"전혀 밝혀진 게 없습니다. 심지어 사장도 오랫동안 모습을 보이지 않다가 최근에 나타났다고 합니다."

"그자가 누구인가?"

"하야시 무타로라는 이름만 알려졌는데 그마저도 사실이 아닐 가능성이 큽니다. 본사에 말해서 일본에 있는 통신원에게 최대한 정보를 알아봐달라고 했습니다만 크게 기대하지는 않는 게 좋을 겁니다."

"그자가 그렇게 힘이 대단한가?"

"우리 첩보망은 물론 청국인의 첩보망에도 걸리지 않은 걸 보면 그렇습니다. 자신의 정체를 완벽하게 숨기며 세력을 구축한다는 건 쉬운 문제가 아닙니다."

"그자가 앙쥬르의 죽음을 파헤치려는 나를 없애려고 했다면 이번 일의 배후일 가능성이 높겠군."

"사실 양인들은 의심도 많고 대부분 무기를 가지고 다녀서 조선 사람이나 일본인이 접근해서 죽이기가 쉽지 않습니다."

"그렇지. 트래비스 부부도 집에서 죽었는데 침입한 흔적이 없었네. 거기다 두 번째로 죽은 하인즈도 이상해. 한밤중에 인적이 드문 개천가에 홀로 간 이유를 모르겠어. 누굴 만날 것이라면 양관도 있고 손탁빈관도 있는데 말이야."

"누굴 만났는지가 관건이군요."

남자의 말에 이준이 혀를 찼다.

"도통 모르겠네."

"조건을 맞춰보면 찾을 수 있을지도 모릅니다. 일단 하인즈가 잘 아는 사람이겠죠?"

"그렇지. 거기다 손에 별다른 상처가 없고 앞쪽에만 상처가 있다는 건 상대가 하인즈를 앞에 두고 흉기를 휘둘렀다는 건데. 흉기를 가진 상대와 가까이 있을 정도라면 보통 사이는 아니었을 거야. 그리고 남의 눈에 띄어서는 안 되는 존재이기도 할 거야."

"누구 눈에 띄면 안 되는 걸까요?"

남자의 물음에 이준은 한동안 생각에 잠겼다.

"아마 동료 양인이겠지. 어차피 우리나라 사람들이야 하인즈가 누굴 만난다고 해도 알 도리가 없을 테니 말이야."

"상대도 그걸 알고 있었기 때문에 이용했을 겁니다. 다른 사람의 눈에 띄면 곤란해할 사람이 바로 하인즈를 죽인 범인입니다."

"양인들끼리 모여서 예배를 보고 모임도 갖는 것으로 알고 있네. 보통 관계는 아니겠지."

"맞습니다. 그러니까 얼굴은 아는 사이지만 둘이 만난다는 것을 다른 사람들, 특히 양인들에게 들키면 안 되는 사람입니다."

"누굴까? 앙쥬르가 이곳으로 오지 않았다면 충분히 조사해봤을 텐데 아쉽군. 그나저나 하야시 무타로와 앙쥬르가 관련이 있다면 평리원에서 조사하는 게 낫지 않겠나?"

"그렇게 쉽게 볼 문제는 아닙니다. 명확한 증거 없이 밝혔다가는 오히려 역공당하기에 십상이죠. 거기다 평리원에 친일파가 한둘이 아닌 걸로 알고 있습니다만……."

남자의 말에 이준이 쓴웃음을 지었다. 평리원의 재판장은 물론 상급 기관인 법부의 대신조차 통감부를 제집처럼 드나든 지 오래였다. 이준이 정직을 당한 것도 황태자의 혼인을 축하하기 위한 사면을 둘러싼 갈등 때문이었다. 이준은 작년에 체결된 을사늑약에 반대했다가 투옥된 죄인을 석방시키는 문제로 그들과 갈등을 일으켰다. 법대로 하자는 이준의 반발에 재판장과 법부대신은 꿀 먹은 벙어리가 되었다. 그리고 결국에는 상관을 능멸했다는 얼토당토않은 이유를 든 것이다. 한숨을 쉰 그가 혼잣말처럼 중얼거렸다.

"차라리 보재(溥齋)*처럼 간도로 떠났어야 했는데 말이야."

이준의 말을 들은 남자가 눈빛을 번뜩였다.

"보재라면 의정부 참찬을 지낸 이상설 선생을 말씀하시는 겁니까?"

"맞네. 얼마 전에 간도로 떠난 걸로 알고 있네."

"아는 사이였습니까?"

"물론이지. 보안회가 만들어져서 일본의 황무지 개척권 요구를 반대했던 것의 시작이 보재의 반대 상소였네. 상소문이 얼마나 통쾌했는지 보는 사람마다 입에 침이 마르게 칭찬했었지."

"재미있는 인연이군요. 아무튼 명확한 증거가 없이는 섣불리 움직일 수 없습니다."

"하긴, 일본 조계지 안이니 평리원이 아니라 황제 폐하라도 손을 쓸 수 없겠군."

이준의 푸념에 남자가 웃었다.

"해결 방법을 찾아볼 테니 너무 걱정 마십시오."

"앙쥬르가 이곳에서 뭘 했고, 누굴 만났는지를 먼저 알아봐야겠

• 독립운동가 이상설의 호

군. 그럴 방도가 있겠는가?"

"청국 조계 쪽에 줄을 댔습니다. 아편쟁이라 분명 이곳에서도 아편을 피웠을 터, 아편굴을 중심으로 뒤져보면 행적을 알 수 있을 겁니다."

"그 행적이 대아해운의 하야시 무타로란 자와 연관이 있었으면 좋겠군."

"쉽게 나오지는 않을 겁니다."

"협약이 체결되어서 통감부가 들어서고 이사청이 세워졌다고 해도 이 땅은 여전히 황제 폐하와 백성들의 땅일세. 여기서 벌어진 치졸하고 잔인한 사건은 기필코 우리 손으로 해결해야 해."

"옳은 말씀입니다. 일단 오늘은 푹 쉬십시오."

"이제 어찌 움직일 건가?"

"들쑤셔봐야죠. 쥐가 구멍에 들어가서 안 나올 때는 그 앞에 모닥불을 피워 연기를 집어 넣어야 합니다."

"자네와 연락하려면 어찌해야 하는가?"

"제가 알아서 찾아오겠습니다. 그건 걱정 마십시오."

이야기를 마친 남자가 문 쪽으로 다가갔다. 문고리를 당겨 살짝 문을 연 남자가 주변을 살펴보고는 나갈 채비를 했다. 그 모습을 본 이준이 물었다.

"참, 자네 이름이 어찌 되는가?"

"저는 이름이 없습니다."

"이름이 없다니?"

이준의 반문에 남자가 차갑게 대답했다.

"통신원이 된 이후부터는 본명을 쓰지 않습니다. 그냥 7호라고 불러주십시오."

7호가 문을 닫고 나갔다. 이준이 황급히 뒤따라 나갔지만 7호의 종적은 어디에도 보이지 않았다. 귀신이 곡할 노릇이라는 말을 남긴 이준은 다시 방으로 돌아왔다.

7호는 어둠을 걸었다. 좁은 골목길을 올라간 그는 황 노인의 집에 도달했다. 낮이나 밤이나 바깥을 지키는 외팔이가 그를 알아보고는 옆으로 물러났다. 문을 열고 안으로 들어서자 조용히 태극권을 연마하던 노인이 깊은 숨을 내쉬었다.

"방금 관 대인이 왔다갔네. 눈알 하나가 없어지고 다리병신이 되어서 말이야."

"뭐랍니까?"

"가진 것 전부라며 돈과 아편을 내놓더군. 제발 목숨만 살려달라고 했어."

"살려주셨군요."

7호의 물음에 노인이 고개를 끄덕였다.

"내일 아침 첫 배를 타고 청도로 가라고 했네. 여비는 좀 챙겨줬지."

"성격 많이 좋아지셨군요. 예전 같으면 목을 잘라다가 매달아 놓고도 남았을 것 같은데요."

"증손자가 나보고 사람 좀 그만 죽이라고 해서 말이야."

"좀 알아보셨습니까?"

"청관에 가서 이것저것 물어보고 왜국 조계에도 사람을 보내서 알아봤네. 몇 가지 흥미로운 걸 찾긴 했어."

"뭡니까?"

"죽은 법국인이 이곳에 와서 어디 머물렀는지 알아냈네."

"어딥니까?"

"용궁각."

황 노인의 대답을 들은 7호가 눈살을 찌푸렸다.

"용궁각이면 사도 쪽에 있는 일본 요정 아닙니까?"

"맞아. 바다 위에 지어서 아무나 들어갈 수 없는 곳이지."

"거기에 앙쥬르가 머물렀단 말입니까? 그렇게 돈이 많아 보이지는 않았는데요."

"거긴 돈만 있다고 들어갈 수 있는 곳이 아니야. 머무르기 위해서는 누군가의 허락이 필요하지."

황 노인이 마지막에 허락이라는 말에 힘을 주어 말했다. 7호가 나지막하게 중얼거렸다.

"하야시 무타로군요."

"맞아. 누군가를 구워삶아야 할 필요가 느껴지면 그곳으로 데려다가 홀딱 벗은 게이샤를 안겨주고 아편을 피우게 하지. 그래도 설득이 안 되면 어디론가 데려간다는 소문이 있어."

"아마 고문실이겠군요. 용궁각 지하에 있답니까?"

"아니면 대아해운 지하겠지."

"앙쥬르가 용궁각에 머물렀다면 하야시 무타로와 어떤 관계가 있다는 뜻이군요."

"그 부분이 설명이 안 된단 말이야."

"하야시 무타로와 앙쥬르의 연결고리가 없다는 말이군요."

황 노인이 대답 대신 고개를 끄덕거리며 숨을 몰아쉬었다.

"그 연결고리를 찾아내면 되겠군요."

"적당한 게 있어?"

"관 대인에게 지시를 내린 게 대아해운의 고바야시 슌스케라는 자라고 했습니다."

"그자를 털면 연결고리를 찾을 수도 있겠군. 하지만 일본 놈은 입이 보통 무거운 게 아니라서 말이야. 거기다 고바야시라는 자가 입을 열어도 하야시 무타로가 아니라고 하면 손 쓸 방법이 없어. 조계지라 감리서에서도 손을 못 쓰고 있으니."

"작업해 주실 수 있습니까?"

7호의 물음에 황 노인이 고개를 저었다.

"지금은 분위기가 많이 달라졌어. 여차하면 일본 경찰까지 상대해야 할지 몰라. 우리 조계지에 분란을 남기고 싶지는 않아. 대신 눈감아주는 건 어렵지 않지. 아직도 일본 놈들 손봐주는 일이라면 다들 싫어하지는 않거든."

"알겠습니다. 내일 허수아비로 쓸 일꾼 둘만 보내주십쇼."

"언제 필요한데?"

"아침 일찍이요."

"둘이라면 자네와 그 평리원 검사겠군."

"맞습니다."

"그거야 어렵지 않지. 대신 비밀이야."

"여부가 있겠습니까."

"피곤해 보이는군. 2층 구석방이 비어 있으니 거길 쓰게."

"고맙습니다. 영감님."

7호가 계단을 올라가자 태극권을 마친 황 노인이 중얼거렸다.

"또 평지풍파가 일겠군."

✄ ✄ ✄

대아해운 2층의 사장실은 창문이 넓어 해안가의 창고와 잔교는 물론 그곳을 오가며 짐을 나르는 일꾼들의 모습이 잘 보였다. 담배 파이프를 입에 문 하야시 무타로 사장이 뒷짐을 진 채 그 광경을 지켜보는 중이었다. 건장한 체구에 각진 얼굴, 짧은 머리에 양복 차림의 그는 대략 40대 정도로 보였다. 뺨에는 희미한 칼자국이 있고, 이마에도 대각선으로 상처가 나 있었다. 사장실은 온통 서구식 물건으로 채워져 있었지만 한쪽 구석에는 그의 조상이 입었다는 갑옷과 일본도가 걸려 있었다. 보고를 위해 들어와 있던 고바야시 슌스케 과장은 마른 침을 삼켰다. 하야시 무타로는 심기가 불편하거나 언짢은 일이 있으면 오랫동안 침묵한다는 사실을 잘 알고 있었기 때문이다. 허리를 굽힌 채 조용히 기다리고 있던 고바야시의 귓가에 마침내 하야시의 묵직한 목소리가 들렸다.

"관 대인이 사라졌다고?"

"예, 오늘 아침에 보고하라고 했는데 소식이 없어서 알아봤더니, 새벽에 첫 배를 타고 지나*로 갔다고 합니다."

"도망친 건가?"

"목격자 말이 한쪽 눈에 안대를 하고 다리를 절룩거렸다고 합니다. 부하도 없이 혼자 배에 오른 걸 보면 문제가 생긴 거 같습니다."

다시 침묵이 이어지자 고바야시의 속이 타들어 갔다. 침묵을 깬 하야시 사장이 물었다.

"무슨 일이 있었는지 파악해 봤나?"

"부하를 불러 알아보니 각국 묘지에서 이준 검사를 잡으려는 순간 훼방꾼이 나타났답니다."

"훼방꾼? 황 노인 쪽인가?"

고바야시는 이 황당한 사건을 어떻게 설명해야 할지 몰라 잠시

---

* 중국 본토의 다른 명칭

망설였다.

"처음 본 자라고 합니다."

"이준 검사가 데려온 수행원인가?"

"며칠 전 인천역에 내렸을 때 혼자였습니다."

"여기서 합류한 건가? 청국 쪽이라면 관 대인 패거리가 처음 보지는 않았을 터인데."

"일행인 척 끼어 있다가 갑자기 나타나서 관 대인과 부하들을 한번에 때려눕혔답니다."

"혼자서? 관 대인 패거리가 최소한 열 명은 넘었을 것 같은데?"

"맞습니다. 그래서 만만하게 보고 달려들었다가 한 방에 나가떨어졌답니다. 관 대인도 그자가 던진 수리검에 맞아 꼼짝도 못 했고 말입니다."

"누군지 궁금하군."

"알아보는 중입니다만 금방 밝혀질 것 같지는 않습니다."

"뜻하지 않은 복병을 만났군. 누군지 빨리 알아보게."

"그리하겠습니다. 심려를 끼쳐 죄송합니다."

고바야시의 정중한 사과에 하야시 사장이 빙그레 웃었다.

"나도 예상치 못한 일이니 어쩔 수 없지. 그나저나 관 대인 패거리가 족보는 없어도 싸움 솜씨는 어디 내놓아도 떨어지지 않는데 그들을 모조리 제압했다니 대단하군."

"보통 조선 놈은 아닌 것 같습니다."

"싸움 솜씨는 둘째 치고 끼어들었다는 게 더 대단하군."

"어째서 말입니까?"

"가족처럼 붙어 다니는 관 대인 패거리에 몰래 숨어들어서 정체를 드러내기 전까지 아무도 몰랐다니 은신술과 잠입술도 뛰어났다는 건데. 그렇게 갑자기 나타나면 아무리 숫자가 많아도 겁에 질릴 수밖에 없지. 또 누가 숨어 있을지 모르니까 말이야."

하야시 사장의 설명을 들은 고바야시가 고개를 끄덕이며 뿔테 안경을 끌어 올렸다.

"조선에 닌자 같은 존재가 있는지도 모르겠군요."

"그자들이 움직인 것인지도 몰라."

"그자들은 누굽니까?"

고바야시의 물음에 하야시 사장이 대답 없이 책상으로 가 만년필로 종이에 무언가를 썼다. 그러고는 고바야시에게 건넸다.

"지금 즉시 전신소로 가서 통감부에 이 내용을 보내게."

종이를 건네받은 고바야시는 고개를 갸웃거렸다.

"이게 뭡니까?"

"암호 전문일세. 세이난 전쟁 때 사용하던 거라 지금은 아는 사람이 몇 없지."

"당장 보내겠습니다."

"그리고 사람을 풀어서 이준 검사를 철저하게 감시해. 그자가 누군지는 몰라도 이준 검사와 함께 움직일 테니 주변에 있을 거야."

"오늘 아침부터 감시를 붙여뒀습니다. 오전에 스튜어드 호텔에서 나와서 감리서로 이동했다고 합니다."

"이준 그 작자가 얼마나 알고 있을지 궁금하군."

"만만하게 볼 자가 아닙니다. 평리원에서도 반일 분자로 소문이 대단하다고 합니다."

고바야시의 말에 하야시 사장이 차갑게 웃으며 이마의 상처를 손가락으로 두드렸다.

"이 상처는 세이난 전쟁 때 사이고 다카모리가 이끄는 반란군과 싸우다가 얻은 상처지. 포탄이 조금만 앞에서 터졌다면 상처가 아니라 머리가 터졌을 거야. 그때 난 정한론*이 성급하다고 믿었네. 그래서 사이고 다카모리가 세운 사학교 출신이면서도 반란에 가담하지 않고 정부군 편에 섰지. 하지만 조선은 대일본제국이 서구 열강과 어깨를 나란히 하기 위해서는 반드시 손에 넣어야 할 땅일세."

"동감합니다."

"이토 히로부미 같은 자들은 통감부를 설치해 위임통치를 하는 것으로 충분하다고 말하지만 어림도 없는 소리야. 조선인들은 틈만 나면 반항할 것이고, 황제 역시 마찬가지지. 그러니까 완벽하게 집어삼켜서 우리 땅, 우리 신민으로 만들어야 하네."

"맞는 말씀입니다. 사장님."

---

* 1870년대를 전후하여 일본 정계에 등장한 조선 침략론

힘차게 대답한 고바야시가 사장실을 나섰다. 문이 닫히는 소리를 들은 하야시는 뒷짐을 지고 창밖을 바라봤다. 오늘 아침에 도착한 영길리 선박에 실린 물건이 뭍으로 하역 중이었다. 그 모습을 보면서 중얼거렸다.

"제국익문사 통신원 같은데. 이 일에 그들이 끼어들었단 말이지?"

✖ ✖ ✖

중국인 옷을 입고 호떡을 먹고 있던 이준과 7호는 기둥에 기대서서 대아해운 사무실을 바라보는 중이었다. 호떡을 삼킨 7호가 대아해운에서 나온 양복 차림의 일본인을 쳐다보며 말했다.

"저자가 고바야시 슌스케 과장 같습니다."

"자네 예상대로군. 굴에 연기를 피워 넣으니 쥐가 밖으로 나왔어."

이준이 감탄하는 눈빛으로 7호를 바라봤다. 오늘 새벽, 불현듯 들이닥친 7호는 준비해온 양복을 건넸다. 그리고 함께 데리고 온 두 사내에게 옷을 바꿔 입히고 몰래 뒷문으로 나온 것이다. 이준은 자신의 옷을 입은 사내에게 미행이 붙는 것을 보고 소름이 돋았다. 하지만 7호는 하루이틀 겪은 일이 아닌지 태연했다. 7호가 이준에게 말했다.

"지금부터가 문제죠. 준비 되셨습니까?"

"나보다는 자네가 더 준비해야 하지 않는가?"

"전 항상 준비되어 있습니다."

"그래도 너무 위험한데 말이야."

"입을 열게 하려면 이 방법밖에는 없습니다."

호떡을 한 입 베어 문 이준이 물었다.

"이제 어떻게 할 건가?"

"저자를 납치해 어디까지 알고 있고, 연결고리가 어떻게 이어져 있는지 알아봐야죠."

"일본 조계지 한복판에서 말인가?"

"원래 등잔 밑이 어두운 법이죠. 조계 밖으로 나올 일도 없고, 만약 나온다 해도 엄청나게 주변을 경계했을 겁니다. 따라오십시오."

호떡의 기름기를 옷자락에 쓱쓱 닦은 7호가 언덕을 내려갔다. 고바야시는 제1은행 인천지점을 지나 일본 이사청으로 향했다. 원래는 영사관이라 불렸던 곳이지만 1906년 통감부가 설치된 뒤 이사청으로 개편해 사용 중인 건물이었다. 두 사람은 모자를 푹 눌러쓴 채 뒤를 따랐다. 일본 조계에 들어서자 이준은 팽팽한 긴장감을 느꼈다. 낯선 일본식 건물과 일본인으로 가득한 거리 때문에 더욱 그러한 듯했다. 천천히 걷던 7호가 이준에게 말했다.

"여긴 은행이 많아서 은행통이라고 부르는 거리입니다. 한성에서도 이렇게 번화한 곳은 찾아보기 어려울 겁니다."

"온통 일본인 천지군."

"자칫하다가는 나라 전체가 이 꼴이 날지도 모릅니다."

"어떻게든 막아야지."

이준이 깊은 한숨과 함께 대답했다. 하지만 작년의 조약 체결 이후 눈에 띄게 불안감이 높아졌다. 사방에 친일파가 있었고, 황제 폐하 역시 그들 손아귀에서 벗어나지 못했기 때문이다. 이런저런 생각을 하며 7호를 따라가던 이준은 고바야시가 인천 이사청으로 들어가는 것을 지켜봤다. 응봉산 기슭에 있는 인천 이사청은 기와를 얹은 2층 건물로 일본 조계지와 인천 앞바다를 내려다보는 모양이었다. 마당의 깃대에는 일장기가 펄럭거리고 있었다. 이준은 일본 경찰이 지키는 이사청을 지켜보며 7호에게 물었다.

"고바야시 슌스케가 왜 저곳으로 들어간 거지?"

"이사청에는 감옥과 경찰서가 있고, 전신소도 있습니다. 아마 이번 일에 대해 알아보라는 지시를 받고 전보를 보내러 갔을 겁니다."

"이제 어찌 할 건가?"

"일단 나올 때 까지 기다렸다가 데려가야죠."

"여긴 일본 조계지 한복판일세."

놀란 이준의 반문에 7호가 씩 웃었다.

"저만 살짝 도와주시면 됩니다."

인천 이사청으로 들어간 고바야시는 한 시간 뒤에 모습을 드러냈다. 정문을 향해 걸어오는 그를 본 7호가 이준에게 말했다.

"일본어 할 줄 아시죠?"

"그, 그럼."

"앞에 가서 말을 좀 붙여주세요. 잠깐이면 됩니다."

"어, 어찌하려고?"

"기회를 놓치면 안 됩니다."

"나더러 어쩌라고?"

"시간을 벌어달라는 얘깁니다."

"나, 난 못하겠네."

이준이 손사래를 치자 7호가 빙그레 웃었다.

"상관에게 왜놈들의 수하라고 일갈하던 것보다는 쉬울 겁니다."

"그거야……."

"어쩌면 마지막일지도 모릅니다."

7호는 어쩔 줄 몰라 하는 이준을 놔두고 어디론가 사라졌다. 주저하던 이준은 서류봉투를 옆구리에 끼고 걸어오는 고바야시 쪽으로 걸어갔다. 7호의 말대로 이번 기회를 놓치면 더는 단서를 찾지 못할 가능성이 높다. 용기를 낸 이준이 고바야시 앞을 가로막았다. 딴생각을 하고 있었는지 미처 그를 발견하지 못했던 고바야시가 흠칫 놀란 채 물었다.

"누구요?"

"미두취인소*에서 큰돈을 잃었소이다."

---

* 오늘날의 증권거래소라고 할 수 있는 곳

"뭐, 뭐라고?"

"미두취인소에서 큰돈을 잃었단 말이외다. 이게 다 조선 놈들 때문이오. 그러니 날 좀 도와주시구려."

"무슨 말인지 모르겠으니 비키시오."

"빈털터리가 되었단 말이오. 명색이 와세다 대학을 나온 엘리트가 이런 꼴로 지내서야 대일본 제국에 도움이 되겠소?"

이준이 일본어로 횡설수설하자 고바야시는 갈피를 잡지 못하는 눈치였다. 그러는 사이 고바야시 뒤로 7호가 접근했다. 이준은 혹시라도 고바야시가 눈치채지 않을까 하는 마음에 더더욱 목소리를 높였다.

"그러니까 당신이 날 도와줘야지 무시하면 안 되지. 내가 그 돈을 어떻게 모았는데 말이야."

"당신 이상한 사람이군. 비키시오."

고바야시가 뿔테 안경을 치켜 올리며 목소리를 높이는 순간, 뒤에서 다가오던 7호가 그의 어깨에 한 손을 둘렀다. 그리고 능숙한 일본어로 귓가에 대고 말했다.

"어이! 고바야시 슌스케 상 아닙니까?"

너무도 자연스러운 친근함에 이준조차 놀랐다.

"누, 누구야!"

그제야 일이 심상치 않음을 느낀 고바야시의 목소리가 떨렸다. 7호가 활짝 웃으며 말했다.

"이 독침에 찔리면 5초 후에 거품을 물고 쓰러질 거야. 그러니 얌전하게 따라와."

"내, 내가 누군지 알아?"

고바야시의 말에 7호가 마치 친한 친구와 장난치듯 머리를 살짝 때리며 말했다.

"당연히 아니까 걱정 마. 소리 지르거나 뒤돌아보면 그대로 찔러 버릴 거야. 얌전히 따라와."

7호는 잔뜩 주눅이 든 고바야시를 데리고 태연하게 거리를 걸었다. 그리고 일본 조계지를 벗어나자마자 7호는 고바야시의 눈을 가렸다.

✖ ✖ ✖

경운궁의 석조전 뒤편에 있는 돈덕전은 미리견 공사관을 앞에 두고 있는 형국이었다. 뒤쪽에는 역대 임금의 어진을 모셔둔 선원전이 있었지만 몇 년 전 화재로 없어지고 한창 다시 짓는 중이었다. 벽돌로 만든 2층 서양식 건물인 돈덕전은 황제가 신하를 만나거나 외국 관원들을 접견하는 곳이었다. 1층 알현실의 옥좌에 앉아있던 황제는 몹시 격분했다.

"한성에서 양인이 무참하게 죽은 일이 연거푸 발생했도다. 그런데 경무사는 대체 무얼 하고 있단 말이냐!"

경무사 이경환이 고개를 푹 숙인 채 더듬거리며 말했다.

"경무관 한동욱에게 지시해 사건을 조사 중입니다. 하지만 목격자가 없는 상황이라서……."

"그걸 말이라고 하는가! 당장 경무관 한동욱을 면관시키도록 하라."

"송구하옵니다."

황제가 분이 풀리지 않는다는 듯 연신 옥좌를 주먹으로 내리쳤다. 그가 불같이 화를 낸 것은 신문 기사 때문이었다. 영길리 사람인 배설이 발행하고 양기탁이 주간으로 있는 대한매일신보는 올 초부터 한성에서 연쇄적으로 발생한 양인들의 살인사건에 관해 대서특필했다. 그리고 사건을 조사해야 할 경무청이 수수방관하고 있어 한성에 머무는 양인들이 크게 불안해하고 있다고 신랄하게 비난했다. 얼마 전에 한성법어학교 선생이자 법국인인 앙쥬르가 제물포에서 시신으로 발견되었음에도 시신을 확인만 했을 뿐 별다른 조치를 취하지 않고 있다는 내용도 함께였다. 말미에는 헐버트 박사의 인터뷰도 실렸다. 피해자에 대한 이야기와 함께 대한제국 정부가 사실상 손을 놓고 있어 너무 아쉽다는 내용이었다. 이를 보고 대노한 황제가 회의를 소집했던 것이다. 신하들은 모두 꿀 먹은 벙어리처럼 입을 다물고만 있었다. 한참 화를 내던 황제가 이용익을 힐끔 바라봤다. 한숨을 깊게 내쉰 황제가 말했다.

"아무래도 군부대신이 처리해야겠네."

"엄연히 법부대신과 경무관이 있는데 어찌 신이 나설 수 있겠습니까? 재고하여 주십시오."

"경도 신문을 보지 않았는가? 양인들이 이리 죽어 나가는데 우리 조정이 손을 놓고 있다고 하였네. 이러다가 외국 정부에서 항의라도 들어오는 날에는 나라의 체통이 어찌 되겠는가."

작년에 일본과 체결한 조약으로 대한제국 정부는 외교권이 없어진 상태였다. 하지만 황제가 크게 화를 내고 있어 누구도 그 말을 꺼내지 못했다. 황제의 서슬 퍼런 하명에 이용익은 괴로운 표정을 지었다.

"그럼 신이 처리하도록 하겠습니다."

"일단 한성의 양인들을 만나 짐이 애통해한다는 뜻을 전하고, 제물포에 가서 죽은 법국인의 시신을 수습하도록 하게. 그리고 대체 누가 이런 짓을 저질렀는지 반드시 찾아내게."

"그리하겠습니다. 처리해야 할 일이 남아있어서 제물포에는 며칠 후에 가봐도 되겠습니까?"

"알겠노라."

그것으로 회의는 끝났다. 황제가 나가자 대신들은 안도의 한숨을 내쉬었다. 경무관은 아무래도 사직 상소를 올려야겠다는 넋두리를 남겨놓고는 일찌감치 자리를 떴다. 이용익은 그런 대신들을 조용히 바라봤다.

7호가 고바야시를 끌고 간 곳은 응봉산 산기슭에 있는 낡은 움막이었다. 안으로 들어간 7호는 고바야시를 의자에 앉힌 다음 눈을 가린 천을 풀어줬다. 몇 번 눈을 깜빡거린 고바야시가 주변을 둘러본 다음 7호를 바라보며 능숙한 조선말로 얘기했다.

"날 살려둘 생각이 없나 보군."

"왜 그렇게 생각하지?"

"얼굴을 가리지 않았잖아."

"죽고 사는 건 당신 손에 달려 있어. 우린 당신을 죽이려고 끌고 온 게 아니라 물어볼 게 있어서 데려온 거니까 말이야."

"내가 누군지 알고 있다는 뜻이군."

고바야시의 말에 7호가 그의 눈을 바라보며 고개를 끄덕였다. 한숨을 내쉰 고바야시가 희미하게 웃었다.

"그럼 내가 대답하지 않을 거라는 사실도 예상했겠군."

"물론이지. 하지만 나는 필요한 정보를 반드시 얻어낼 거야."

"절대 말하지 않을 거야. 날 고문이라도 할 생각인가."

"쓸데없이 피를 보기 싫어하는 성격이라서 말이야. 만약 말하지 않겠다면 곱게 회사 앞으로 보내주지."

"이대로?"

고바야시의 물음에 7호가 고개를 끄덕였다.

"반항하지 않으면 손가락 하나 다치지 않을 거야. 하지만 낯선 곳에 끌려갔다 온 사람이 멀쩡하게 돌아온 걸 보고 주변에서 어떻게 생각할까?"

7호의 말을 듣던 이준은 순간 오싹함을 느꼈다. 그의 반응을 본 고바야시가 씁쓸하게 웃었다.

"나라도 믿지 않겠지. 그야말로 외통수에 걸린 셈이군."

"자살하겠다는 생각은 마. 시신을 숨겨버리고 청나라 놈에게 붙어버렸거나 그놈들 손에 죽었다고 할 테니까."

7호의 무시무시한 협박에 고바야시가 어깨를 으쓱거렸다.

"그럼 양쪽은 피 튀기게 싸우겠군. 아무것도 모른 채 말이야."

"청나라 놈들은 하야시 무타로를 노릴 거야."

"사장님은 쉽게 당하실 분이 아니지. 하지만 나 때문에 그분에게 피해가 가는 건 있을 수 없는 일이야."

"그러니까 알고 있는 걸 털어놔. 그러면 하야시 무타로에게는 아무런 피해가 가지 않도록 하지."

"조선 사람들은 약속을 잘 지키지 않던데."

"그건 일본 사람들이 먼저 속였기 때문이지. 조선을 도와주겠다고 해놓고서 지금까지 무슨 짓을 했는지 모르는 거야?"

7호의 따끔한 반박에 고바야시가 움찔했다. 잠시 고민하던 그가 7호와 이준을 번갈아 바라보다가 마침내 입을 열었다.

"뭘 듣고 싶나?"

고바야시가 순순히 털어놓을 기미를 보이자 7호가 이준을 바라봤다. 목청을 가다듬은 이준이 한 걸음 앞으로 나섰다.

"한성법어학교에서 선생으로 일하던 앙쥬르라는 자를 아시오? 금발 머리에 몸이 마른 편이오."

"얼마 전 제물포 앞바다에서 시체로 발견된 그 법국인 말입니까?"

"그렇소. 그자가 갑자기 제물포로 오게 된 연유와 이곳에서 어디에 머물러 있다가 죽었는지 알아보는 중이외다."

질문을 받은 고바야시가 어이없다는 표정으로 물었다.

"그 문제 때문에 조계지 한복판에서 나를 납치한 것이오?"

"한성에서 양인들이 연쇄적으로 죽어나가고 있소."

"조선이 지금 그런 문제에 신경 쓸 틈이 있던가?"

고바야시의 비아냥에 7호가 조용히 다가가 정강이를 걷어찼다. 고바야시가 바닥을 뒹굴며 고통스러워했다. 그의 뒷덜미를 잡아서 의자에 도로 앉힌 7호가 차가운 목소리로 말했다.

"다음에는 뼈가 부러질 거야."

"주의하지."

바닥에 침을 뱉은 고바야시의 대답을 들은 이준이 재차 물었다.

"이곳에서 죽은 법국인 앙쥬르를 만난 적이 있소?"

고개를 들어 이준을 바라본 고바야시가 천천히 대답했다.

"직접 만나본 적은 없소."

"그럼 그가 다른 사람과 만난 것을 본 적이 있단 말이군."

"그렇소."

"그게 누구요?"

"하야시 무타로 사장."

그 이름을 들은 이준이 7호를 바라봤다. 7호가 생각보다 순순히 털어놓자 놀란 눈치였다. 그들의 모습을 본 고바야시가 피식 웃었다.

"어차피 그 말을 들으려고 나를 납치한 게 아니었소?"

이준은 침착함을 유지하려고 노력하며 재차 물었다.

"두 사람은 무슨 이유로 만난 거요?"

"하야시 무타로 사장님이 그자를 설득하기 위해서였소."

"어떤 설득 말이오?"

"그자가 프리메이슨의 일원이었기 때문이오. 그게 뭔지 아십니까?"

"신사들의 사교 단체로 알고 있소."

이준의 대답에 고바야시가 껄껄거리며 웃었다.

"역시 조선 놈들은 너무 순진하단 말이야. 그냥 사교 모임이었다고?"

"그럼 아니란 말이오?"

"그들은 백인들의 세상을 만들기 위해 움직이는 단체요. 원래는 중세시대 이곳저곳을 떠돌며 성당과 성을 만들던 석공 조합에서 출발했지만."

고바야시의 말에 이준과 7호가 서로의 얼굴을 바라봤다.

"그들은 조선뿐 아니라 일본에서도 활동 중이오. 하야시 사장님은 일본에서 그들의 음모를 알아차리고 막아냈던 사람이오."

이준은 짧은 신음소리를 냈다. 한성에 있을 때 조선신보의 모리시타 시게루 기자에게 비슷한 이야기를 들었기 때문이다. 이준의 반응을 살펴본 고바야시가 한 번 더 웃었다.

"그들은 조선도 집어삼킬 음모를 꾸미고 있소. 우리는 그들을 막기 위해서 총력을 기울이고 있고."

"우리를 위해서라는 말처럼 들리는군."

이준의 차가운 물음에 그가 고개를 저었다.

"그들이 조선을 집어삼키면 그다음은 우리가 될 게 뻔하니까. 그걸 막으려는 거요."

"그들을 죽여서 말이오?"

"하야시 무타로 사장도 그 점을 염려했지. 가뜩이나 의심을 사고 있는데 이런 일이 벌어지면 누명을 쓰기 좋다고 말이오."

"그들을 막는 가장 좋은 방법은 죽이는 게 아닌가?"

이준의 말에 고바야시가 혀를 찼다.

"역시 조선인은 순진해. 그들은 목적을 위해서라면 죽는 것조차 꺼리지 않는 놈들이야."

"그게 무슨 뜻이지?"

"조선의 황제는 예나 지금이나 서양을 너무 믿고 있지. 아라사와 미리견에게 막대한 이권을 챙겨주고 도움을 요청했지만 결과적으로 아무 도움도 받지 못했소. 하지만 황제는 여전히 양인들과 그들의 나라를 믿고 있지."

"그들이 우리나라를 집어삼킬 계획을 꾸민다는 거요? 금시초문이군."

"금시초문이라는 게 들어본 적이 없다는 뜻이 맞소? 그럼 틀린 얘기는 아니오. 그들은 자신의 존재를 감추니까."

"그럼 진정한 목적은 따로 있단 말인가?"

"그들이 꿈꾸는 건 세계 정부요."

"세계 정부?"

"전 세계를 하나의 나라로 만들려는 것이오. 물론 양인이 중심이 된 나라겠지."

"지금 나라가 얼마나 많은데 그런 망상을 한다는 거요?"

"망상이라고 치부할 문제는 아니오. 그들은 수 대에 걸쳐서 아주 오랫동안 준비해왔고, 시행에 옮기고 있소. 아시아와 아프리카에 있는 수많은 나라가 이미 그들의 식민지가 되었고, 청나라도 넘어가기 일보 직전이오. 과연 수십 년 뒤에 몇 개의 나라가 이 세상에 남아있을 것 같소?"

"하지만 열강이 남아있지 않소, 그들이 합치기라도 한단 말이오?"

"물론 황제나 총리들은 그럴 생각이 눈곱만큼도 없을 거요. 하지만 프리메이슨이 움직인다면 어찌 될지 모르는 일이지. 전 세계에 지부가 퍼져 있고, 수만, 아니 수십만 명이 넘는 회원이 물밑에서 손을 잡고 일을 꾸민다면 말이오."

고바야시가 흥분해 떠들어대자 7호가 나섰다.

"그런 몽상을 들으려고 어렵게 널 데려온 게 아니야. 앙쥬르와 하야시 무타로가 왜 만난 거지?"

"나도 잘 모르오. 어느 날 갑자기 사장님이 갑자기 외출을 한다고 해서 따라가 봤더니 금발머리 법국인이 기다리고 있던 게 전부요."

"어디서 만났지? 제물포 구락부?"

"그곳은 보는 눈이 많아 각국 공원 구석에서 만났소. 테니스장 근처."

"둘이 무슨 이야기를 나누던가?"

7호의 물음에 고바야시가 쓴웃음을 지으며 고개를 저었다.

"나는 사장님이 누군가와 이야기를 나눌 때 항상 멀리 떨어져서 지켜보지. 내가 들을만한 내용이라면 나중에 사장님이 따로 들려주시니까."

두 사람의 대화를 듣던 이준의 표정이 점점 무거워졌다. 처음에는 양인들끼리의 이권 다툼쯤으로 생각했는데 뜻밖에도 프리메이슨이라는 비밀 조직이 드러났다. 거기다 단순한 신사들의 사교 클럽이라는 애초의 의미를 의심할 정황이 드러났다. 모리시타 기자와 고바야시의 말대로 그들이 세계 정부를 꿈꾸는 비밀 결사일지 모른다는 생각이 머릿속을 채우기 시작한 것이다. 그런 이준의 속마음을 알아차렸는지 고바야시의 목소리가 차츰 높아졌다.

"그들이 왜 조선을 노리는지 아시오? 중국과 일본의 중간에 있기 때문이지. 조선을 손에 넣으면 그걸 발판으로 중국을 노릴 수 있고, 반대로 일본에 손을 뻗을 수도 있다 이 말이오."

"그들이 무슨 수로 대한제국을 손에 넣을 수 있겠소. 어차피 외교권과 감독권이 일본 손아귀에 넘어간 상황에서."

"황제가 이 나라를 그들에게 가져다 바칠 거요."

"황제 폐하는 나라를 지키기 위해 불철주야 노력 중이시오."

이준의 반박에 고바야시가 피식 웃었다.

"그 노력이 누구 손에 이 나라를 쥐어줄 것 같소? 황제는 우리를 너무 미워한 나머지 이성을 잃은 것 같소. 그래서 주변에 손탁이나 헐버트 같은 양인들을 두고 그들의 말에 푹 빠져 있지. 우리가 하는 일이라면 그 어떤 선의도 없다고 생각하고 있고, 양인들의 말이라면 무조건 믿고 있는 게 당신들의 황제가 지금 하고 있는 짓이오."

"닥치시오. 이 나라의 국모를 죽인 게 누구고, 의병들을 폭도로 몰아서 잔혹하게 죽인 것 또한 누구인데 그런 말을 하는 거요."

"그 국모가 아라사를 끌어들여서 나라를 팔아먹으려 들었고, 의병들을 소탕해달라고 우리에게 부탁한 게 황제였다는 사실을 정녕 모른단 말이오?"

"말도 안 되는 헛소리는 집어치우고 앙쥬르와 하야시 무타로가 왜 만났는지나 말하시오."

"직접 들은 건 아니지만 보호를 요청했다고 들었소."

"보호? 누구에게서 말이오?"

"조선 땅에서 법국인의 목숨을 위협할 수 있는 게 누구라고 생각하시오?"

고바야시의 반문에 이준이 짧게 중얼거렸다.

"설마……."

"맞소. 자신이 속한 프리메이슨이 어떤 음모를 꾸민다며 거기에 휩쓸리는 걸 두려워했소."

"그래서 제물포로 도망친 거요?"

"아마 우리 사장님에게 도움을 요청하기 위해서 온 것 같소."

"그런데 어째서 제물포 앞바다에서 시신으로 발견된 거요?"

"이틀 뒤에 갑자기 종적을 감췄소."

"보호해달라며 기껏 도망쳐왔는데 다시 자취를 감췄다니, 이해가 안 되는군."

"우리도 사방팔방 찾아다녔소. 하지만 시신으로 발견되고 말았소. 그것도 우리 해운회사 건물 앞바다에서 보란 듯이 말이오."

그 말을 들은 이준의 한 가지 의문이 풀렸다. 앙쥬르의 시신을 먼바다가 아니라 금방 발견될 갯벌에 버렸는지를.

"경고였군."

이준의 중얼거림을 들은 고바야시가 고개를 끄덕거렸다.

"아무도 자신들을 막을 수 없다는 자신감을 드러낸 거였소."

"결국 한성에서 양인들이 연쇄적으로 죽은 것과 이곳에서 앙쥬르가 죽은 것 모두 프리메이슨의 소행이라는 거요?"

"그것밖에는 설명할 방도가 없소이다. 대체 조선 땅에서 누가 양인들을 그렇게 죽일 수 있겠소. 일본에서도 불가능한 일이지."

고바야시의 말에 자신도 모르게 고개를 끄덕인 이준이 대답했다.

"범인을 찾으려면 그런 짓을 저지른 이유를 알아내야 하오."

"프리메이슨을 죽일 수 있는 것은 오직 프리메이슨뿐이요."

"그들이 회원들까지 죽이고 얻으려고 한 것이 무엇이란 말이오?"

"말하지 않았소. 그들의 목표는 이 나라라고."

"그럼 다시 묻지. 그들이 어떻게 이 나라를 손에 넣으려고 한단 말이오."

"작년에 하야시 곤스케 특명전권공사와 외부대신 박제순 사이에 체결된 한일협상조약의 문구가 몇 개 인지 알고 있소?"

"다섯 개 조항이었지."

이준이 우울한 표정으로 대답하자 고바야시가 히죽 웃었다.

"한 나라의 외교권과 감독권을 손에 넣을 때 필요한 조항이 고작 그 정도요. 만약 당신네 황제가 어느 날 열강 중 한 나라에게 조선의 운명을 맡긴다고 한다면 어떤 절차가 필요하겠소?"

"황제 폐하께서 그런 일을 하지는 않으실 거요. 작년에 조약이 체결될 때도 끝까지 옥새를 내주지 않고 버틴 것을 모르시오?"

"그러니 황제가 마음만 먹는다면 조선을 다른 나라에 바치는 게 얼마나 쉽겠소? 오직 한 사람만 마음을 먹으면 그만이니까."

"황제 폐하께서는 그럴 분이 아니라고 하지 않았소!"

이준이 버럭 화를 냈지만 고바야시는 물러나지 않았다.

"이 나라는 아직 미개해서 황제의 말이라면 팥으로 메주를 쑨다고 해도 무조건 믿을 사람들이 많지. 거기다 일본을 싫어하는 사람들도 많아서 무조건 찬성할 사람들도 많고."

완전히 틀린 말은 아니었기에 이준은 순간적으로 할 말을 잊었다. 그 모습을 본 고바야시가 물었다.

"우선 이준 검사 당신부터 물어보지. 황제가 일본에게 나라를 빼앗길 수 없다며 열강 중 한 나라에게 국가의 운명을 위임한다고 하면 어쩔 거요?"

이준이 반박하려는 찰나, 조용히 지켜보던 7호가 조용히 하라는 손짓을 했다. 그러고는 문가에 서서 바깥 동정을 살폈다. 당황한 이준이 물었다.

"무슨 일인가?"

"아무래도 꼬리를 밟힌 모양입니다."

"미행?"

7호가 대답 대신 고개를 천천히 끄덕거렸다. 두 사람의 모습을 본 고바야시가 슬며시 웃었다.

"사장님이 드디어 날 찾으신 모양이군."

이준은 7호가 살짝 열어놓은 문으로 바깥을 살폈다. 풀숲 사이로 그림자들이 살짝 드러났다. 7호가 나지막하게 중얼거렸다.

"조계지 밖까지 나올 줄은 몰랐는데."

"이제 어떡하지?"

이준의 물음에 7호가 의자에 앉아 있는 고바야시를 바라봤다. 그는 차분한 목소리로 말했다.

"이제 입장이 거꾸로 바뀌겠군."

이준이 어쩔 줄 몰라 하는 사이 7호가 바깥을 살폈다.

"놈들이 곧 들이닥칠 겁니다. 저랑 같이 빠져나가시죠."

이준은 7호의 말에 고개를 저었다.

"나까지 데려가면 빠져나가는 데 방해가 될 걸세."

"그럼 어쩌시려고요."

"내가 여기서 놈들을 막을 테니 자네는 도망치게."

"놈들이 가만 놔두지 않을 겁니다."

"저 자가 내 이름과 신분을 알고 있네. 당장 어쩌지는 않을 거야."

"그럴 수는 없습니다."

"어서 가라니까!"

이준이 버럭 화를 냈다.

"각자 방식이 다르다고 자네가 말하지 않았는가. 일단 몸을 피한 다음에 날 구해주게."

이준의 굳은 결심을 들은 7호가 대답했다.

"시간을 끌며 버티십시오. 제가 구출해드릴 때까지요."

말이 끝나자마자 7호는 문을 박차고 나갔다. 거친 발소리가 산기

숲에 울려 퍼지자 새 떼들이 일제히 날아올랐다. 7호는 곧장 발걸음을 돌려 응봉산 쪽으로 달렸다. 잠시 후, 일본인 사내들이 창고로 들이닥쳤다. 그들 중 한 명이 이준에게 성큼성큼 다가왔다. 왼쪽 귀가 없었다. 그가 다짜고짜 손날로 목덜미를 내리치자 충격을 받은 이준은 그대로 의식을 잃고 말았다.

7호는 응봉산 기슭을 헤치며 달렸다. 추격자들은 대략 20여 명이었는데 적당히 거리를 둔 채 따라오는 중이었다. 소리 없이 조용히 따라오는 걸 봐서는 상당한 훈련을 거친 듯했다. 어설픈 속임수는 먹힐 것 같지 않아 7호는 허리 높이의 풀숲을 헤치면서 계속 달렸다. 하지만 상대의 그림자가 앞에 보이자 걸음을 멈췄다.

"영리한 놈들이군."

넓게 포위망을 짜놓고 퇴로를 끊는 방식을 택했다. 일이 쉽게 돌아가지 않는다는 생각에 한숨을 쉰 7호는 응봉산 정상 쪽으로 방향을 틀었다. 쉬지 않고 달렸지만 방향을 트는 바람에 추격자와의 거리가 확 좁혀지고 말았다. 바위와 나무뿌리가 엉킨 길을 살짝 뛰어올라서 넘어가려던 7호는 나무 뒤에서 날아온 칼날의 서슬 퍼런빛과 마주쳤다. 간신히 고개를 숙여 피한 다음 바닥을 구르며 창수형 수리검을 그쪽으로 던졌다. 하지만 상대는 칼로 수리검을 가볍게 쳐내더니 이제 막 몸을 일으킨 7호에게 접근했다. 젊은 일본인 사내로 머리에 두건을 두른 하오리 차림이었다. 두어 번의 날카로운 칼질을 뒷걸음질로 피한 7호는 공격을 하는 척하며 뒤로 몸을 돌렸다. 동시에 뒤춤에서 뽑은 창수형 수리검을 재빨리 뿌렸다. 예상대로 경험이 부족한 상대는 도망치려는 7호의 모습에 방심했는지 수리검을 막지 못했다. 아랫배에 꽂힌 창수형 수리검을 내려다보던 그가 풀썩 쓰러졌다. 하지만 뒤로 더 많은 적들이 보였다. 7호는 지체 없이 달렸다. 숲이 끝나는 곳에 다 쓰러져가는 초가집과 움막이 옹기종기 모여 있는 게 보였다. 아마 조계지가 확장되며 밀려난 조선 사람들이 사는 곳 같았다. 머리에 수건을 쓰고 마당에서 고추를 말리고 있던 아낙네가 7호와 그를 뒤쫓는 사내를 보더니 기겁했다.

"에구머니나."

야트막한 싸리담장을 훌쩍 뛰어넘은 7호는 아낙네가 고추를 말리던 자리를 집어 추적자에게 던졌다. 순간적으로 시야를 가린 사이 뒤꼍으로 뛰었다. 허나 그쪽 싸리담장으로도 한 명이 넘어온 상태였다. 상대가 휘두른 쇠몽둥이에 진흙과 깨진 기와로 만든 굴뚝이 힘없이 부서졌다. 흩어지는 굴뚝의 파편 사이로 몸을 날려 싸리담장을 넘은 7호는 해안가에서 주워온 것 같은 널빤지와 천으로 이리저리 가린 움막으로 향하다가 갑자기 앞으로 넘어졌다. 뒤에서 몸을 날린 추적자에게 떠밀린 것이다. 얼기설기 만든 움막은 두 사람이 부딪치며 산산조각 났다. 움막 안에 있던 일가족의 비명을 들으며 뒹군 7호가 반대쪽 벽을 부수며 튕겨 나왔다. 함께 구른 상대의 옆구리를 팔꿈치로 내리친 그는 발로 턱을 걸어차 완전히 뻗어버리게 만들었다. 하지만 몸을 일으키기도 전에 검정 양복 차림의 추적자가 덤벼들었다. 상대의 발차기에 가슴을 얻어맞은 7호는 뒤로 넘어지며 그대로 굴렀다. 그러면서 소매에서 꺼낸 십수로 상대의 단검을 막아냈다. 뒤로 밀려난 7호는 또 다른 초가집 벽에 부딪히고 나서야 겨우 멈췄다. 상대가 휘두른 단검이 초가집의 진흙 벽에 꽂히는 틈을 타 십수로 발등을 찍고 머리로 턱을 들이받았다. 뼈가 부러지는 소리와 함께 상대의 몸이 허공에 붕 뜬 다음 쿵 소리를 내며 바닥으로 떨어졌다.

마을을 벗어나자 산에서 내려오는 개천을 가로지르는 좁은 나무다리가 나왔다. 중간 지점을 건널 때 7호는 뒤에서 날아온 수리검에 옆구리를 맞았다. 비틀거리는 사이 뒤쫓아 온 추적자가 사슬낫을 휘두르며 접근했다. 허리를 숙여 공격을 피한 7호는 상대의 오금을 걸어차 주춤거리게 만든 후 십수로 머리를 내리쳤다. 하지만 상대가 사슬낫으로 십수를 막아내고 오히려 사슬로 감아버리고 말았다. 십수를 놓친 7호는 창수형 수리검을 연거푸 던졌지만 상대의 사슬낫에 막혀버리고 말았다. 기세를 올린 상대가 사슬낫을 치켜들고 덤벼들자 7호는 나무다리를 발로 내리쳤다. 개천 중간에 걸쳐놓은 돌위에 통나무를 올려놓은 나무다리는 심하게 흔들렸다. 사슬낫을 든 상대도 휘청거렸다. 7호는 그 틈을 놓치지 않고 창수형 수리검을 날렸다. 몇 개의 창수형 수리검이 몸에 박힌 상대방은 온몸을 부르르 떨며 쓰러졌다. 하지만 쓰러진 동료의 몸을 뛰어넘으며 또 다른 추격자가 쫓아왔다. 몸을 돌린 7호는 쉬지 않고 산 정상으로 달렸다. 구부러진 길을 지나자 흰옷을 입은 조선 사람들이 개미 떼처럼 산 아래로 내려가는 게 보였다. 그들을 지나쳐서 뛰어가자 그들 중 한 명이 외쳤다.

"어딜 가! 좀 있다 발파하는데."

그들이 내려온 곳은 홍예문 공사 현장이었다. 곳곳에 붉은 깃발이 꽂혀 있고 사람들이 없는 걸로 봐서는 발파 작업을 하려는 모양이었다. 산은 이곳저곳 깎여나가고 파여 있어 곳곳에 암반이 드러났다. 짙은 콧수염에 도리우찌를 쓴 일본인이 헐레벌떡 달려오는 그를 보더니 멈추라는 손짓을 했다. 7호는 그의 옆을 지나 돌과 흙더미가 쌓인 홍예문 공사 현장으로 뛰었다. 주변에 사람이 없는 것으로 봐서는 발파 직전인 것 같았다. 뒤쪽을 힐끔 보자 추격자들이 발걸음을 멈춘 것이 보였다. 7호는 마지막 힘을 쥐어짜 홍예문 공사 현장을 지났다. 그리고 눈앞에 보이는 구덩이를 향해 몸을 날리는 순간, 엄청난 굉음과 함께 충격이 찾아왔다. 땅에서 솟구친 불길이 스쳐 지나가고, 커다란 돌덩이가 허공으로 치솟았다가 빗줄기처럼 바닥에 떨어졌다. 7호는 그 속에서 정신을 잃었다.

5
위기 속으로

충격을 받고 기절했던 이준은 잠시 정신이 들었다. 누군가 양쪽에서 그를 질질 끌며 어디론가 향하는 것이 느껴졌다. 그를 때려눕혔던, 한쪽 귀가 없는 일본인이 앞장서서 걷고 있었다. 그 옆에는 결박에서 풀려난 고바야시가 있었다. 소리를 듣고 삼삼오오 모인 조선인은 일본인의 기세에 눌려 말없이 물러설 뿐이었다. 이준은 도와달라고 말하고 싶었지만 혀가 움직이지 않았다. 이준이 신음을 내며 고개를 들려고 하자 앞장서 걷던 왼쪽 귀가 없는 일본인이 그의 턱을 치켜세우고 협박을 했다.

"어차피 널 도와줄 놈은 없어. 그러니까 포기하고 얌전하게 따라와."

"난 대한제국 평리원 검사 이준이다."

"사장님이 널 곱게 데려오라는 말씀만 하지 않았어도 시신을 끌고 갔을 거다. 그러니 입 닥치고 얌전하게 있어."

잠시 지체하는 사이 양복 차림의 조선인이 모습을 드러냈다. 그들 중 한 명의 얼굴을 본 이준이 마지막 힘을 쥐어짜냈다.

"이보게!"

하지만 이준의 외침을 들은 감리서 서기관 김태정은 그를 처다보지도 않고 왼쪽 귀가 없는 일본인과 마주 서서 담배를 피웠다. 한참 동안 이야기를 나누던 김태정이 이준에게 다가왔다. 그의 얼굴에 담배 연기를 훅 내뿜은 김태정이 말했다.

"어쩌다 이런 일에 끼어드셨습니까?"

"조계지 밖에서 일본인이 이리 행패를 부리는데 그냥 넘어갈 셈인가?"

"상황을 들어보니 일본인을 납치한 모양이던데요?"

"조사차 데려간 걸세."

"어쨌든 도와드릴 수 없겠습니다."

"명색이 나라의 녹을 먹는 자가 이럴 수 있느냐!"

이준이 분노의 눈빛을 보내자 김태정이 코웃음을 쳤다.

"그 나라가 언제까지 있을지 몰라서 말입니다."

"무엄하다!"

"아무튼 잘 가십시오. 혹시나 살아 돌아오시면 감리서로 오시죠. 차 한 잔 대접해 드리겠습니다."

김태정이 떠나고 이준은 다시 끌려갔다. 일본 조계지로 들어선 이준은 몇 번이나 지켜봤던 대아해운 안으로 들어섰다. 좁은 복도 끝에 2층으로 올라가는 계단이 보였다. 의식이 돌아온 이준이 양팔을 잡고 있던 일본인에게 외쳤다.

"내 발로 걸어가겠다."

그 말을 들은 왼쪽 귀가 없는 일본인이 귀찮다는 표정으로 풀어 주라고 손짓했다. 이준은 계단을 오르며 헝클어진 옷을 매만졌다. 2층 복도 끝 문은 다른 문과 다르게 쇠로 된 두툼한 경첩과 반짝이는 손잡이가 달려 있었다. 한쪽 귀가 없는 일본인이 그 앞에 서서 조심스럽게 문을 두드렸다. 안에서 들어오라는 소리가 들리고 등을 떠밀려 끌려 들어간 이준은 방 안의 평화로운 모습에 놀랐다. 은은한 담배 향이 풍기는 그곳은 유성기에서 구슬픈 일본 노래가 흘러나오고 있었다. 세 개가 나란히 붙은 창밖으로는 일본 조계지와 해안가의 모습이 한눈에 내려다보였다. 창문 앞에는 양복 차림의 사내가 그 모습을 지켜보고 있었다. 뒷모습만으로도 충분히 위압적이었지만 어쩐지 평온함이 느껴졌다. 함께 들어온 고바야시가 몇 걸음 앞으로 나아가서는 고개를 숙였다.

"사장님. 다녀왔습니다."

이준은 그가 하야시 무타로라는 것을 직감했다. 고개를 돌린 하야시 무타로가 날카로운 눈빛으로 그를 살펴보더니 입을 열었다.

"수고했네."

"사장님 말씀대로 미끼를 물었습니다."

"그런데 두 놈이라고 하지 않았나?"

"한 놈은 잽싸게 빠져나갔습니다. 부하들이 홍예문까지 추격했는데 마침 발파가 있는 바람에 놓치고 말았습니다."

"저런, 내가 다 잡아 오라고 했잖아."

"죄송합니다."

"놈을 찾아. 청국 조계지든 어디든 다 뒤져서 찾아오란 말이야!"

"하이!"

하야시 사장의 격한 반응에 고바야시가 우렁차게 대답하고는 곁에 있던 일본인에게 눈짓했다. 그가 부하들을 데리고 나가자 방 안에는 고바야시와 일본인 부하 하나, 그리고 이준과 하야시 사장까지 네 명만 남았다. 이준을 본 하야시 사장이 싱긋 웃으며 조선어로 말했다.

"부하들에게 최대한 정중하게 모셔오라고 했습니다만 결례가 있었다면 사과드립니다. 이준 검사님."

"대체 무슨 일을 꾸미고 있었던 겁니까?"

흥분한 이준의 물음에 하야시 사장이 부드럽게 웃으며 자리를 권했다.

"일단 앉으시죠. 할 얘기가 많으니까요."

이준이 자리에 앉자 하야시 사장이 테이블 구석에 있는 담배 상자를 열었다. 안에는 굵은 여송연이 들어 있었다.

"요즘 여송연을 피우는 데 재미가 들렸습니다. 하나 피워보시겠습니까?"

"괜찮소."

"그럼 다음 기회에 피워보시지요."

담배 상자를 닫은 하야시 사장이 창가로 걸어갔다. 그리고 창밖 풍경을 보며 말했다.

"십오 년 전 처음 이곳에 왔을 때는 정말 작은 어촌이었죠. 돛단배 몇 척에 초가집 몇 채가 전부였는데 이렇게 번화가가 될 줄 누가 알았겠습니까?"

자부심 가득한 그의 말에 이준은 큰 소리로 헛기침을 했다.

"조계지를 멋대로 넓히고 함부로 민가에 침입해 행패를 부린 것으로 알고 있소. 밖으로는 우리나라를 지켜주겠다고 하며 안으로는 이리 핍박하고 강탈을 시도하니 도둑이 따로 없소이다."

"역시 강단과 지조가 있다는 평이 그대로군요. 실제로 뵈었을 때 너무 점잖으셔서 살짝 헛소문이 아닌가 싶었는데 말이죠. 나는 사무라이처럼 올곧은 사람을 좋아합니다. 요즘은 서양의 괴상한 풍습이 전해지며 우리나라고 조선이고 멀쩡한 사람을 찾기 힘들죠."

"한성의 법어학교에서 선생으로 일하는 앙쥬르라는 법국인이 며칠 전 이곳에서 시체로 발견되었소. 당신이 그자와 접촉한 것으로 알고 있소."

"그 아편쟁이 양인 말입니까? 모리시타 시게루 기자가 소개해줬지요. 그 기자가 측근인 고바야시 과장의 사촌이라서 말입니다."

"당신에게 뭘 요구했습니까?"

"머물 곳이 필요하다고 해서 내가 아는 요정에 며칠 쉬게 해줬죠."

이준은 오랫동안 확인하고 싶었던 의문이 너무나 쉽게 풀리자 맥이 풀렸다. 이준의 표정을 지켜본 그가 씩 웃었다.

"그가 프리메이슨이고 한성에서 연거푸 죽은 양인들도 모두 프리메이슨이라는 것도 알고 있지요. 검사님께서 그 문제를 파헤치기 위해 이곳에 왔다는 사실도 알고 있습니다."

"당신도 그자들을 조사하지 않았소?"

"아주 오랫동안 살펴봤지요."

"그렇다면 그가 왜 죽었는지도 알고 있겠군요."

핵심을 찌르는 이준의 질문에 하야시 사장의 눈빛이 반짝거렸다.

"내가 그를 죽이기라도 한 것 같습니까?"

"이곳에 온 그를 보호해줬고, 마지막에 만난 것도 당신이라서 말이오."

"확신하시는 걸 보니까 고바야시 과장이 털어놓은 모양이군요."

고개를 끄덕거린 이준이 대답했다.

"재미있는 말을 많이 들었소. 처음 앙쥬르가 사라졌을 때는 동료들이 죽은 것에 겁이 나서 도망친 것으로 생각했소이다. 하지만 지금은 그가 더 의심스러운 상황이오."

"동료 프리메이슨을 죽이고 나한테 도망쳐왔다는 말을 하려는 겁니까?"

"사람을 죽이는 건 여기나 법국이나 모두 사형에 해당되는 중죄요. 그런데 아편에 푹 빠져 사는 자가 갑자기 살인자로 돌변할 이유를 찾지 못해서 말이오. 혹은 어쩔 수 없이 살인을 저지르고 도피했을지도 모르니까."

"저는 그를 오래전부터 알고 있었습니다."

테이블로 걸어온 하야시가 담배 상자에서 여송연을 꺼냈다. 그리고 성냥을 꺼내서 불을 붙였다. 장작을 태우는 것 같은 짙은 연기가 방 안에 감돌았다.

"조선 사람들은 지나치게 양인을 믿는 버릇이 있더군요. 법국과 미리견이 강화도에 쳐들어와서 분탕질을 했는데도 말입니다."

"운요호가 영종도를 쑥대밭으로 만든 일도 기억하고 있소."

머쓱한 표정을 지은 하야시가 담배 연기를 뿜어냈다.

"프리메이슨은 위험한 존재입니다. 조선을 집어삼킬 음모를 꾸미고 있으니까요."

"작년에 이 나라의 외교권을 가져가고 통감부를 설치한 당신들보다 더 위험하단 말이오?"

"세상을 그렇게 단순하게 보면 안 됩니다. 우리가 아니었다면 조선은 청이나 아라사의 손아귀에 진즉 넘어갔겠죠. 그리고 전쟁에 이긴 후에도 최대한 온건하게 국체를 보존해주지 않았습니까. 하지만 그들은 다릅니다."

"어떻게 말이오?"

이준의 물음에 하야시 사장이 창가를 등진 채 말했다.

"자신들이 꿈꾸는 세상을 만들기 위해 수단 방법을 가리지 않는 자들입니다. 그들은 스스로를 신사의 교류를 목적으로 하는 사교 모임이라고 합니다. 하지만 사교를 위해서 만나는 자들이 왜 괴상한 로고를 가지고 있고, 비밀스러운 의식을 치를까요?"

"그들이 어떤 단체인지에 대해서는 별로 관심이 없소."

"아뇨, 관심을 가져야 합니다. 그들은 자신들의 목적을 이루기 위해 곳곳에서 암약하고 있습니다. 우리 일본도 그들 덕분에 큰 혼란을 겪을 뻔한 적이 있었죠."

"일본에도 프리메이슨이 있소?"

하야시 사장은 이준의 물음에 폭소를 터트렸다.

"그들은 어디에나 존재합니다. 대정봉환 때 프리메이슨의 지령을 받은 불란서 정부가 막부 편을 들어서 무기를 공급해주는 바람에 싸움이 오래 갈 뻔했습니다. 이십여 년 전 조선에서 벌어진 갑신정변의 배후에도 그들이 있다는 증거가 있습니다."

"그들이 꿈꾸는 세계라는 것이 무엇이고, 이번 일과 무슨 연관이 있단 말입니까?"

"프리메이슨은 전 세계가 하나의 정권 아래 모이기를 바랍니다. 물론 그 정권의 핵심은 자신들이 잇는 것이고요."

이준은 그의 말을 듣고 어이없다는 듯 웃었다.

"전 세계에 나라가 몇인데 그게 가당키나 하겠소?"

"나라를 점점 줄이면 가능하죠. 그러다가 큰 나라들끼리 손을 잡으면 되는 것이고요. 말도 안 된다는 반응이 나오는 것이 당연합니다만 백 년 전과 지금을 비교해보십시오. 얼마나 많은 나라가 식민지가 되며 사라졌습니까?"

"그게 모두 프리메이슨의 음모란 말이오?"

하야시 사장이 단호하게 고개를 끄덕였다.

"무엇보다 그들은 나쁜 사상을 퍼트리고 있습니다."

"나쁜 사상이라니?"

"사람은 평등하다는 것 말입니다. 계몽주의라고 부르던가요? 하지만 그 안에는 백인들의 세상을 만들고자 하는 욕망이 숨어 있지요. 제 이마에 난 상처가 보이십니까?"

이마의 희미한 상처를 가리킨 하야시 무타로가 말을 이어갔다.

"몇 년 전 청국에서 일어난 의화단의 난에 출정했다가 생긴 상처입니다. 그때 우리나라를 포함한 8개국이 연합해 출병했는데 덕국의 황제가 출정하는 장수에게 황인종은 구라파 문명에 위협이 된다는 황화론을 제기한 적이 있습니다."

"음……."

이준의 표정을 말없이 살피던 하야시 사장이 여송연 연기를 내뿜었다.

"검사님이 누구보다 나라를 생각하는 애국자라는 사실은 잘 알고 있습니다. 저 역시 마찬가지고요. 그 때문에 우리는 숙명적으로 싸울 수밖에 없습니다. 하지만 더 큰 적이 나타난다면 일단 싸움을 멈추고 손을 잡아야 하지 않겠습니까."

"그런 식으로 큰 나라가 작은 나라를 잡아먹도록 유도하는 것이 그들의 계획이오?"

"맞습니다."

"그럼 한성에서 벌어진 양인들의 연쇄살인도 그것과 깊은 연관이 있다는 것이 저의 추측입니다."

"그렇게 보는 이유는 무엇이오?"

"조선의 황제 주변에 프리메이슨이 자리 잡고 있다는 것을 아십니까?"

"얘기는 들었소."

"그들은 황제에게 일본을 경계하고 조심하라고 말할 겁니다. 그러고는 더 은밀한 목소리로 속삭이겠죠. 나라를 지킬 좋은 방도가 있다고 말입니다."

"좋은 방도가 무어란 말이오?"

"올해 구라파에서 만국평화회의가 열릴 예정입니다. 서구의 열강이 모여 국제 질서를 논의하고 전쟁을 피하는 일을 논의하는 자리지요. 7년 전 아라사의 황제 니고랍(尼古拉)* 2세가 열었고, 조만간 두

---

* 니콜라이

번째가 열릴 것이오. 그 자리에서 조선의 황제가 선언을 한다는 소문이 있습니다."

"선언이라니?"

"조선을 서구의 열강에 위임통치하겠다는 선언 말입니다. 그렇게 되면 영길리와 미리견, 법국과 아라사가 손잡고 조선을 통치하게 될 것입니다."

"말도 안 되는 소리 하지 마시오!"

이준이 의자에서 벌떡 일어나며 외쳤다. 하야시 사장이 차가운 눈으로 그를 바라봤다.

"그 말도 안 되는 일이 지금 조선의 궁궐 안에서 벌어지고 있습니다. 황실 전례관인 손탁이 은밀히 들여보낸 프리메이슨이 번갈아가며 황제를 설득하고, 그들과 한패인 헐버트 박사가 곁에서 부추기면 황제가 넘어가지 말라는 보장도 없죠."

"그런다고 황제 폐하께서 나라를 팔아넘길 리 없소."

"단언하지 마십시오. 십 년 전 친러파인 이범진의 꾐에 빠져 아라사 공관으로 피신했던 적이 있지 않습니까? 조선이 우리 일본처럼 문명의 길로 나아가려면 황제와 그 주변의 양인들부터 몰아내야 합니다."

"그때는 어쩔 수 없는 사정이 있었고, 일 년 만에 환궁하셨소. 하지만 위임통치라니. 말도 안 되는 얘기요."

"바로 그 부분이 프리메이슨의 연쇄살인과 깊은 연관이 있습니다."

"어떻게 말이오?"

"그들 사이의 내분이죠."

"무엇을 두고 말입니까?"

"계획이 발설될 것을 두려워한 자들이 동료를 죽인 것으로 파악하고 있습니다. 그 말인즉 위임통치 계획이 거의 확정 단계까지 왔다고 봐야 하죠."

"왜 그렇게 생각하시오?"

"안 그렇다면 눈에 띄는 살인을 저지를 리 없으니까요. 많이 늘어났다고는 해도 한성의 양인은 기껏해야 수백 명에 불과합니다. 그들이 죽어 나간다면 눈에 띄는 건 당연합니다. 그런데도 살인을 저질렀다면 일이 거의 성사 단계라는 뜻이죠."

"억측이 심한 것 같소."

"저는 당사자에게 직접 그 이야기를 들었습니다."

"앙쥬르에게서 말이오?"

"진즉부터 그자를 주목해왔습니다. 아편쟁이에다 마음이 약한 편이라 입을 쉽게 열 것이라고 말이죠. 그래서 조선신보 기자로 변장해 그자에게 필요하면 도움을 주겠다고 명함을 건넨 적이 있지요. 그리고 며칠 전에 그가 제 눈앞에 나타났습니다."

"그가 왜 당신을 찾아온 것이오?"

"겁이 났다고 말하더군요. 그들에게 배신자로 낙인찍혀서 죽을지도 모른다면서 말입니다."

"그가 계획에 대해서 알려주었소?"

이준의 물음에 하야시 사장이 고개를 끄덕였다.

"보호해주는 대신 알고 있는 걸 전부 털어놓는 거래를 했습니다. 아편을 요구해서 골치가 아프긴 했지만 어쨌든 그들의 음모에 대해서는 파악할 수 있었죠."

"그럼 당신에게 보호를 요청했던 앙쥬르는 어떻게 해서 죽은 것이요?"

하야시 사장은 이준의 질문에 굳은 표정으로 대답했다.

"조사를 하다 보니 이상한 점이 있어서 추궁했더니 종적을 감춰버렸습니다. 백방으로 찾던 와중에 시신으로 발견되었죠."

"그럼 당신은 그의 죽음에 아무런 관련도 없다는 말이오?"

"그렇습니다. 아마 프리메이슨이나 그들이 보낸 자가 앙쥬르를 납치해 고문한 다음에 죽였을 겁니다. 그리고 제가 운영하는 회사 앞바다에 시신을 버린 거죠. 경고의 의미로 말입니다."

이준은 하야시 사장의 말에 혼돈을 느꼈다. 물증이나 다른 증인이 없으니 그대로 믿기에는 의심스러운 구석이 있었다. 하지만 앞뒤가 맞는 말이었다. 이준의 속마음을 읽었는지 하야시 사장이 여유로운 표정으로 말했다.

"직접적인 원인은 돈입니다."

"돈이요?"

"만국평화회의에 참석하고, 외교관과 교섭을 하려면 막대한 비용이 듭니다. 황제가 그걸 위해 청나라에 있는 외국 은행에 비자금을 저축해놨다고 합니다."

"비자금?"

"그렇습니다. 황제는 그 비자금의 관리를 프리메이슨에게 맡겼답니다. 비자금을 인출하기 위해서는 여덟 자리의 비밀번호를 알아야 하는데 프리메이슨 중 일부가 그 비밀번호의 숫자를 하나씩 나눠 가졌다고 합니다. 그중 두 명이 헐버트 박사와 배설인 것까지는 확인했는데 나머지는 몰랐습니다."

"굳이 그렇게 할 필요가 있단 말이오?"

"아마 한 사람이 멋대로 인출하지 못하도록 하기 위한 것 같습니다."

뜻밖의 이야기를 들은 이준이 얼떨떨한 표정으로 물었다.

"그렇다면 그 비자금을 차지하기 위해 살인이 벌어졌다는건가?"

"앙쥬르는 그 계획에 참여했던 프리메이슨 중 한명이라고 털어놨죠. 그리고 그가 다른 프리메이슨들을 죽이고 비밀번호를 알아냈던 것입니다."

"앙쥬르가 살인범이란 말이오?"

이준의 반문에 하야시 사장이 여송연을 한 모금 피우고는 대답했다.

"추궁하니 자백하더군요. 황제의 비자금을 가로채기 위해 다른 프리메이슨을 죽였는데 일이 커지니까 겁이 나서 도망쳤다고 말입니다."

"자백만으로는 그 말을 믿기 어려울 것 같소만……."

"죽은 프리메이슨은 모두 아는 자에게 당했다고 하지 않았습니까? 그들은 같은 프리메이슨이 아니면 믿지 않는답니다."

"그럼 앙쥬르를 죽인 자는 누구란 말이오?"

"아까 검사님과 같이 있었던 자가 제국익문사 통신원으로 알고 있습니다."

"그의 소행이란 말입니까?"

"황제가 양인들의 연쇄살인이 비자금을 둘러싼 것이라는 사실을 알게 되었다면 아마 사람을 시켜서 범인을 죽이라고 했을 겁니다. 비밀을 지켜야 할 테니까 말입니다."

하야시 사장의 말에 이준이 씁쓸하게 웃으며 대답했다.

"누군가 앙쥬르를 이용해 다른 프리메이슨을 죽이고 마지막에 그를 죽여서 입을 다물게 만들 수도 있소."

"그게 바로 저란 말이군요."

"지금으로서는 가장 유력한 것 같소."

"제가 만약 범인이었다면 검사님도 살아남지 못했을 겁니다."

"난 이용 가치가 있으니 살려둔 게 아니오. 그리고 당신의 말에 앞뒤가 안 맞는 게 있소."

"그게 뭡니까?"

이준은 심호흡을 하며 아까 들었던 말을 떠올렸다.

"법어학교 교장 마태을의 말에 따르면 앙쥬르는 힘이 약해서 펜이나 겨우 들 정도라고 했소. 그런데 다른 자의 손톱을 뽑고 뼈를 부러뜨리는 고문을 했다는 게 믿어지지 않소. 거기다 그자는 키가 컸단 말이오."

"그게 무슨……."

하야시 사장은 당혹스러운 얼굴로 말을 끝맺지 못했다.

"개천에서 죽은 하인즈는 나보다 키가 작았소. 그런데 칼에 찔린 상처를 보면 아래에서 위로 찔렸다 이 말이오."

"상처만 보고 그걸 어찌 압니까?"

"조선에는 신주무원록이라는 책이 있소. 그 책에는 상처의 크기와 형태를 통해 흉기의 종류와 찌른 방향을 알 수 있는 내용이 적혀 있지. 하인즈는 자신과 비슷한 키를 가졌거나 작은 자에게 살해당했소."

이준의 말을 들은 하야시 사장은 쓴웃음을 지었다. 이준은 심호흡을 하며 말을 이어갔다.

"또한 모든 정황은 다 설명하면서 앙쥬르가 사라졌다는 부분은 얼버무리고 넘어간 것도 이상하오. 내 추측대로라면 앙쥬르를 고문하고 죽인 것은 당신이오. 시신을 물에 빠트린 것도 범행을 감추기 위해서였고 말이오."

"시신을 우리 창고 앞에 버려 금방 들통 나게 했단 말입니까?"

하야시 사장이 어처구니없다는 표정으로 웃었다. 이준은 그런 그를 뚫어지게 바라보며 말했다.

"감추려고 했던 건 시신이 아니라 시간이었으니까."

"시간을 감춘다는 게 무슨 뜻입니까?"

"법어학교 교장 마태을에게 물었더니 앙쥬르는 별 말도 없이 세간도 챙기지 않고 갑자기 사라졌다고 했소이다. 만약 처음부터 계획했던 범행이라면 의심을 피하기 위해 마태을에게 거짓 변명을 해서 시간을 번 다음에 세간을 정리하고 도망쳤을 거요. 그런데 그걸 다 버려두고 갑자기 사라졌다는 건 무언가에 쫓겼거나 혹은 겁에 질려서 갑작스럽게 도망쳤다는 걸 의미하는 것이오. 그건 계획에 없던 일이라서 말이지."

"어떤 계획 말입니까?"

"지금 나에게 한 거짓말을 진짜로 믿게 할 계획 말이오. 프리메이슨끼리 서로 욕심을 내서 죽였고, 범인인 앙쥬르는 겁에 질려 이곳으로 도망쳐와 당신의 보호를 받다가 동료들에게 붙잡혀서 죽었다는 게 당신의 계획이었지. 하지만 앙쥬르가 생각보다 일찍 도망쳐오자 용궁각에 숨겨두고 하인즈의 죽음 이후에 온 것처럼 꾸민 것이오. 그가 제물포에 온 것이 하인즈가 죽었을 때 보다 먼저라면 살인자라고 볼 수 없지 않겠소? 물에 빠진 시신은 반나절이면 상해버려 언제 죽었는지 알 수 없으니 말이오."

핵심을 찌르는 이준의 말에 하야시 사장이 움찔했다. 그것도 잠시, 금세 감탄하는 눈빛을 보냈다.

"역시 듣던 대로 대단하십니다."

"그렇다면 범행을 인정했다고 생각해도 되겠소?"

"그게 중요한 문제가 아닙니다."

"사람을 죽이는 것도 모자라 누명을 씌우고 프리메이슨이라는 단체에 먹칠을 하고, 황제 폐하가 어리석은 자들에게 휘둘린다고 나를 속이려고 들지 않았소!"

이준의 호통에도 하야시 사장은 계속해서 말을 이어갔다.

"말씀드렸듯이 프리메이슨의 힘은 엄청납니다. 그들을 막지 못하면 조선의 운명은 조만간 파국을 맞이할 겁니다. 그러니 저와 손잡고 그들을 물리쳐야 합니다. 황제에게 프리메이슨의 음모에 대해서 고해주십시오."

"만약 황제 폐하를 알현할 수 있게 된다면 일본인의 음모에 속지 말라고 목숨을 걸고 간할 것이오!"

할 말을 다 한 이준이 팔짱을 끼고 눈을 감았다. 그러자 신경질적으로 여송연을 비벼 끈 하야시 사장이 벽에 걸린 일본도를 뽑아 들었다.

"말귀를 알아듣지 못하면……"

하야시의 말은 노크 소리에 의해 중단되었다. 고개를 돌린 그가 누구냐고 묻자 문이 열리고 한 남자가 들어섰다. 눈을 뜬 이준 역시 놀라기는 마찬가지였다.

"자네가 여긴 어쩐 일인가?"

감리서 서기관 김태정이 하얗게 질린 얼굴로 말했다.

"누가 이걸 전해주라고 했습니다."

김태정의 손에 들린 것은 나무로 만든 담배 상자였다. 그가 천천히 담배 상자의 뚜껑을 열자 펑 소리와 함께 온 세상이 하얗게 빛났다. 하야시 사장이 비명을 지르며 손에 든 일본도를 떨어뜨렸다. 손으로 눈을 가린 이준은 빛이 서서히 사라지는 와중에 누군가 방 안으로 들어왔다는 것을 깨달았다. 그 사람은 갑자기 터진 빛에 정신못 차린 일본인을 주먹질로 제압하고, 고바야시에게 다가갔다. 그 모습을 본 고바야시가 고함을 질렀다.

"너, 너는!"

그는 고바야시의 가슴팍을 몇 대 치더니 뒤돌려차기로 명치를 걸어찼다. 허공에 붕 뜬 고바야시가 창문을 와장창 부수며 밖으로 사라졌다. 이준은 난입한 자가 7호라는 걸 뒤늦게 깨달았다. 7호는 한쪽 구석에서 오들오들 떨고 있는 김태정의 뒷덜미를 잡아 일으켰다.

"어서 이 자를 끌고 나가!"

"아, 알겠습니다."

"문에 폭탄을 설치했다고 말하는 거 잊지 말고."

김태정이 벌벌 떨며 쓰러진 일본인을 질질 끌고 밖으로 나갔다. 복도에는 쓰러진 일본인이 여럿이었다. 걸쇠를 잠그고 문고리에 담배 상자에서 당긴 줄을 감아놓은 7호가 이준을 바라봤다.

"계획한 대로 잘 되었습니까?"

"막판에는 좀 지루했네."

"필요한 이야기는 들으셨습니까?"

"대충, 자네 말대로 양쪽 이야기를 들어보니 어느 정도 감이 잡히는군."

이준이 담담하게 말하며 하야시 사장을 바라봤다. 두 사람의 대화를 듣던 그의 얼굴이 붉어졌다.

"무슨 수작을 부린 거요?"

창가로 가 커튼을 닫은 7호가 담담한 목소리로 말했다.

"네가 배후인 것 같아서 말이야. 진짜 속내를 들어보고 싶어서 검사님과 머리를 좀 굴려봤지."

"뭐라고!"

하야시 사장이 7호와 이준을 번갈아 바라보다가 주먹으로 테이블을 내리쳤다. 이준은 낮에 7호와 나눈 이야기를 떠올리며 씩 웃었다. 이번 사건의 핵심은 대아해운의 하야시 무타로이고, 그의 진심을 듣는 것이 사건을 푸는 가장 좋은 방법이었다. 하지만 그가 순순히 입을 열게 할 수 있는지가 문제였다. 고민 끝에 7호가 해법을 내놨다.

"호랑이를 잡으려면 호랑이 굴로 들어가야죠."

7호의 설명을 들은 이준은 걱정됐다.

"들키지 않을 수 있을까?"

"그건 검사님 손에 달렸습니다. 하지만 계획대로 된다면 우린 이번 사건의 배후에 접근할 수 있을 겁니다."

"무엇보다 자네가 위험해질 수 있네."

"어차피 저는 매일 칼날 위에 서 있는 셈입니다. 오히려 검사님이 더 위험할 수 있습니다."

"내 걱정은 말게."

고바야시를 납치해 일부러 미행이 붙도록 하고, 심문을 하던 중 7호가 도망치고 이준이 혼자 남아서 붙잡힌 것 모두 사전에 계획된 것이었다. 두 사람의 대화와 눈빛을 통해 모든 것을 눈치 챈 하야시 사장이 7호를 향해 목소리를 높였다.

"운 좋게 여기까지 들어오긴 했어도 나가기는 쉽지 않을 거다."

"글쎄, 당신 부하들이 좀 바쁠 거야. 대부분 청국 조계지에 기세 좋게 쳐들어갔다가 갇혀버렸거든, 나머지는 밖에 뻗어있고."

"아무튼 곱게 나갈 생각은 하지 마라!"

"그런 걱정은 네가 해야 할걸. 이곳에서 눈알에 팔다리까지 없어지면 부하들 앞에 나설 체면이 서겠어?"

눈을 부라리던 하야시 사장이 일본도가 걸려있는 벽으로 몸을 날렸다. 하지만 7호가 던진 창수형 수리검이 좀 더 빨랐다. 손등에 수리검이 박힌 하야시 사장이 신음을 내며 풀썩 무릎을 꿇었다.

"여기서 일이 더 커지면 청국 패거리와 대아해운이 정식으로 한판 붙는 그림이 나올 거야. 그럼 너를 여기로 보낸 사람들이 별로 좋아하지 않을 것 같은데?"

"감히 날 협박하는 거야?"

"아니."

"짤막하게 대꾸한 7호가 그의 손등에 박힌 창수형 수리검을 뽑으며 덧붙였다.

"협박은 자신 없는 사람이나 하는 거고, 난 할 수 있는 게 아주 많거든. 그러니까 내가 하는 건 협박이 아니라 통보야."

7호의 으름장에 하야시 사장이 분한 표정을 감추지 못했다.

"용기 하나는 가상하군. 원하는 게 뭐냐?"

"검사님이 묻는 말에 순순히 대답하는 거, 그리고 우리를 곱게 내보내주는 거지."

하야시 사장이 아무런 대꾸도 못 하자 7호가 이준을 바라봤다.

"대답할 준비가 된 모양입니다."

헛기침을 한 이준은 마치 검사가 죄인을 취조하는 것 같은 말투로 물었다.

"앙쥬르를 처음 만난 게 언제였습니까?"

"엿새 전이었소."

"그자를 왜 죽였소."

"앙쥬르는 프리메이슨이 죽인 거요."

하야시 사장이 끝까지 버텼지만 이준은 바로 반박했다.

"거짓말. 앙쥬르의 시신을 보니 죽은 후에 옷을 입혀놨더군. 만약 프리메이슨이 죽었다면 굳이 그럴 필요가 없어서 이상하게 생각했지."

"뭐라고?"

"셔츠의 단추가 잘못 끼워져 있었어. 소매도 안쪽으로 구겨져 있는 게 자기 손으로 옷을 입었다면 있을 수 없는 일이지. 다른 옷을 입은 채 고문당하다가 죽은 것을 감추기 위한 눈속임이었지. 프리메이슨이라면 그렇게 복잡하게 할 필요가 없었을 테니."

"말도 안 되는 억측이오."

"난 평리원 검사일세. 그런 얕은 속임수에는 안 넘어가."

"증거도 없지 않소."

"그러니까 타협의 여지가 있는 거요. 당신은 비밀을 지켜야 하고 난 범인을 잡아야 하니까, 서로 필요한 것을 주고받읍시다. 안 그러면 저 친구가 당신에게 끔찍한 고통을 안겨줄 것이오."

이준이 7호를 힐끔 바라보자 하야시 사장이 이를 갈았다.

"처음부터 죽일 생각은 없었소."

"그자가 왜 당신에게 도망쳐 온 거요?"

"한성이 시끄러워서 잠시 몸을 숨기러 왔다고 했소. 그래서 용궁각으로 데려가 극진하게 대접하고 아편과 계집까지 안겼지. 하지만 내가 듣고 싶어 하는 말은 들려주지 않고 이상한 소리만 해서 손을 좀 봐준 거요. 그런데 아편 때문에 그런지 제대로 시작도 하기 전에 거품을 물고 발광을 하다가 저 스스로 죽었소."

"황제 폐하의 비자금에 관한 정보를 얻으려고 고문을 했군."

"정동의 양인들 중 황제의 총애를 받은 자들이 비자금을 몰래 관리한다는 정보를 입수했소. 그 비자금을 반일 활동에 쓸 게 분명했기 때문에 정보를 캐내던 중에 그자가 비자금 관리에 관여했다는 정보를 입수해서 접촉했던 것뿐이오."

"그런데 순순히 대답하지 않아 고문을 하다 죽였다, 이 말이군."

"처음에는 말로 해결하려 했소. 난 폭력을 좋아하지 않소이다."

"어련하시겠어. 그다음에 내가 나타나 앙쥬르의 죽음을 캐고 다니니 관 대인 패거리를 시켜 해코지하려고 했고 말이오."

"죽이라는 말은 하지 않았소. 그냥 겁만 줘서 쫓아버리라고 했지."

"앙쥬르가 한성에서 죽은 양인과 관련된 말을 한 건 없소?"

이준의 물음에 그가 고개를 저었다.

"나도 궁금해서 물어봤는데 굳게 입을 다물었소. 마치……."

잠시 뜸을 들인 하야시 사장이 덧붙였다.

"범인처럼 말이오."

"왜 그렇게 생각했지?"

"난 사람들을 많이 봐왔소. 겁에 질려있지만 그 안에는 죄책감도 들어 있었단 말이오. 그래서 잘 설득하면 말해줄 거라 생각했던 거요. 그런데 프리메이슨은 침묵의 서약을 해서 말할 수 없다고 했소. 다만 자기 탓이라는 말만 들었소."

이준은 마지막 의문이 풀리는 느낌을 받았다. 7호를 바라봤다.

"대충 궁금한 건 풀렸네."

"그럼 슬슬 움직일까요?"

7호가 다가오자 하야시 사장이 이빨을 드러냈다.

"조선은 프리메이슨의 손에 넘어가고 말 거야."

7호가 창수형 수리검에 묻은 피를 그의 뺨에 쓱쓱 닦으며 말했다.

"적어도 너희들이 할 말은 아니지. 자꾸 헛소리하면 이번 사건의 배후에 네가 있다고 잘 포장해서 기사로 뿌릴 거야. 대한매일신보가 영문판도 내는 거 알고 있지?"

7호의 도발에 하야시가 아랫입술을 질끈 깨물었다. 기세가 눌려 주저하던 그가 고개를 끄덕이자 7호가 말했다.

"밖에 있는 부하들에게 물러나라고 해. 안 그러면 널 인질로 삼아서 여길 빠져나가야 하는데 그런 모습을 보이고 싶지는 않겠지?"

피가 흘러나오는 손등을 다른 손으로 감싼 하야시가 비틀거리며 일어났다. 그리고 문 쪽으로 걸어가 큰 소리로 두 사람을 그냥 보내주라고 소리쳤다. 7호는 문고리에 걸어둔 담배 상자의 줄을 풀었다. 그리고 확 잡아당긴 다음 하야시에게 다가가 그의 두 손목에 묶었다.

"이게 조금 민감해서 여차하면 터지거든, 그러니까 천천히 조심스럽게 다뤄."

"날 못 믿는 거냐!"

"안 믿어. 그러니까 내가 지금까지 살아있지. 손목 날아가기 싫으면 얌전히 있어."

휘파람을 분 7호가 일어나서 문 쪽으로 걸어갔다. 이준이 분을 못 참하는 하야시에게 인사했다.

"얘기 잘 들었소. 하지만 여전히 나에게는 그들보다 당신들이 더 위험해 보입니다."

"반드시 후회하게 될 거다. 조센진."

"저런, 문명인답지 않군."

이준은 천천히 문을 닫았다. 복도에는 아직 구석에 쪼그린 채 벌벌 떨고 있는 김태정과 피범벅이 된 일본인들의 시신이 보였다. 계단에는 무기를 든 일본인들이 주춤거리며 서 있었다. 7호가 능숙한 일본어로 말했다.

"방에 있는 너희 사장에게 폭탄을 설치했다. 우릴 그대로 보내주지 않으면 죽게 될 거야. 그러니까 물러나라."

주저하던 일본인이 길을 비켜주고는 사장실로 뛰어갔다. 7호는 아무렇지도 않게 그들 사이를 지나 계단을 내려갔다. 1층 복도를 지나 밖으로 나온 그가 중얼거렸다.

"시간이 된 것 같은데?"

"무슨 시간?"

이준의 물음이 채 끝나기도 전에 대아해운 사무실에서 폭음이 들려왔다. 움찔했던 이준이 고개를 돌리자 방금 그들이 걸어 나온 사무실 창문에서 검은 연기가 새어 나오는 게 보였다.

"잘못 건드린 모양이군."

"아뇨. 일 분 뒤에 터지게 만들어놨습니다."

"약속을 지키지 않았군."

"말씀드렸듯이 제가 지금까지 살아남은 건 약속을 믿지 않았기 때문이죠."

두 사람은 청국 조계지에 도착했다. 2층 창문에서 대아해운이 불타는 것을 보던 청국인 하나가 큰 소리로 껄껄대는 소리가 들렸다. 거리에도 수십 명의 청국인이 모여서 대아해운을 향해 손가락질하며 기뻐했다. 그 모습을 보며 길을 걷던 7호는 마괘자 차림의 키 큰 사내와 눈이 마주치자 그대로 굳어버렸다. 사내가 따라오라는 눈짓을 하고는 골목길로 사라졌다. 7호는 서둘러 뒤를 따랐고, 이준 역시 허겁지겁 쫓아갔다. 마괘자 차림의 사내는 구불구불한 좁은 골목길 안으로 한참을 들어가서야 걸음을 멈췄다. 7호도 따라서 걸음을 멈추자 이준이 물었다.

"저자는 누군가?"

"제국익문사 독리 이용익 대감입니다."

"뭐라고?"

이용익이라면 몇 번 봤던 적이 있던 이준이 다시 그를 바라봤다. 그러자 품에서 장죽을 꺼낸 사내가 소매로 얼굴을 쓱쓱 닦고는 7호에게 말했다.

"역시 자네 눈은 못 속이는군."

260

품에서 성냥을 꺼낸 7호가 이용익의 장죽에 불을 붙여주며 대답했다.

"얼굴은 모르겠는데 키가 눈에 익었습니다."

그의 대답을 들은 이용익이 고개를 돌려 불길이 치솟는 대아해운 쪽을 바라봤다.

"이번에도 임무를 잘 수행한 모양이군."

"여기 계신 검사님 덕분입니다."

7호의 얘기를 들은 이용익이 이준에게 다가와 두툼한 손을 내밀었다.

"고생했네. 자네의 충심은 황제 폐하께서 아실 게야."

"아직 양인들을 죽인 범인을 잡지 못했습니다. 그리고 프리메이슨이라는 단체가 진짜 위험한 단체인지도 확인해봐야 합니다."

"이제 손 떼도 되네."

"그게 무슨 말씀이십니까?"

"우리 진짜 목적은 이뤘으니까."

"진짜 목적이요?"

이준의 반문에 이용익이 장죽을 손에 든 채 쓴웃음을 지었다.

"자네도 내가 재작년에 일본에 납치당해서 끌려갔다가 일 년 만에 돌아온 걸 알고 있지?"

"그렇습니다."

"당시 내 직책이 내장원경이었네. 그런데 내가 끌려갔음에도 조정

261

은 항의 한번 제대로 못했지. 황제 폐하는 이런 일본의 위협을 물리치고자 여러 가지 대비책을 세우셨지. 그중 하나가 바로 해아(海牙)*에서 열리는 만국평화회의에 대표를 보내 부당함을 알리는 것이지."

이용익의 말에 7호가 물었다.

"여기서 떠나시는 겁니까?"

"안 그래도 어떻게 떠날지가 걱정이었는데 이 사건을 조사하러 온다고 하면 별다른 의심을 사지 않을 것 같아서 말이야. 황제 폐하께서도 승낙하셨네. 배를 타고 청나라로 간 다음에 거기서 해아로 갈 계획이네."

두 사람의 이야기를 듣던 이준이 끼어들었다.

"그곳에서 무얼 하실 생각이십니까?"

"만국공법에 어긋난 을사늑약의 부당함을 규탄하고 열강의 도움을 호소할 계획이라네. 제국익문사에서는 그걸 동천 계획이라고 부르지."

"직접 가신다는 말씀입니까?"

"믿을 만한 사람도 없고 황제의 측근이 가야 하지 않겠나."

"저들이 가만있겠습니까?"

이준의 물음에 7호가 대신 대답했다.

"물론 아니죠. 지금도 주요 감시 대상이니까요. 하지만 이번에 벌

---

* 헤이그

어진 살인사건을 직접 조사하라는 황제 폐하의 엄명을 받고 진상 조사차 이곳에 오신 겁니다."

7호의 말뜻을 알아차린 이준이 고개를 절레절레 저었다.

"진상 조사차 왔다는 건 눈속임이군."

"맞습니다. 오늘은 늦게 도착했으니 하루 쉬고 내일부터 진상 조사를 할 것이라고 감리서에 통보하셨죠."

"감리서에 득실거리는 일본 첩자들에게 그 사실을 알렸다면 다들 방심하고 있겠군."

"거기다 대아해운이 박살나는 바람에 정신 못 차릴 겁니다."

7호의 말을 듣는 이준의 어깨를 이용익이 토닥였다.

"자네 덕분에 황제 폐하의 어명을 수행할 수 있게 되었네. 이제 나는 배를 타고 청나라로 가서 황제 폐하가 맡기신 비밀 예금을 찾아서 해아로 떠날 걸세."

"한 가지만 말씀해주십시오. 프리메이슨에게 돈을 찾을 수 있는 비밀번호를 알려주신 게 사실입니까?"

"사실이네."

"굳이 그렇게 번거롭게 할 필요가 있었습니까?"

"예금을 우리가 찾으러 가지 못하는 경우에 대비해서였네. 그렇다면 믿을만한 사람을 대신 보내야 하는데 헐버트 박사가 프리메이슨을 추천했네. 거기다 양인들이면 일본도 쉽사리 손을 대지 못할 것이라는 예측도 한몫했지."

"한성에서 프리메이슨이 연쇄적으로 죽은 건 결국 그 예금의 비밀번호 때문이었군요."

"아마도 그럴 걸세. 하지만 내가 가서 예금을 찾을 수 있게 된 이상 별로 중요한 문제는 아니지."

"그래도 사람이 여럿 죽었습니다."

"그건 나도 가슴이 아프다네. 하지만 내가 어명을 수행하지 못하면 더 많은 사람들이 죽게 될 거야. 아무튼 그동안 수고했네. 자네의 정직 명령은 풀어놨으니 이제 돌아가서 검사직을 계속 수행하게."

장죽을 깊이 빨아 연기를 내뿜은 이용익이 골목 반대편으로 걸어갔다. 그 모습을 지켜보던 7호가 이준의 손을 잡았다.

"그동안 수고하셨습니다. 여기서 헤어져야 할 것 같습니다."

"자네도 가는 건가?"

이준의 물음에 7호가 고개를 끄덕였다.

"일단 연태 항까지는 동행할 겁니다. 그다음은 어떻게 될지 모르니 또 뵐 수 있을지도 장담할 수 없습니다."

"잘 가게."

"검사님도 무사히 잘 지내십시오. 조만간 만날 날이 또 있을 겁니다."

이준이 7호와 손을 맞잡으며 말했다.

"그러길 바라겠네. 내 목숨을 여러 번 구해준 것을 잊지 않겠네."

"참, 깜빡 잊고 말씀드리지 않은 게 있었네요."

"뭔가?"

"마크 트래비스의 부인과 하인즈를 죽인 흉기는 같은 겁니다."

"그게 확실한가?"

눈이 번쩍 뜨인 이준의 물음에 7호가 고개를 끄덕였다.

"경무청의 검시 보고서를 본 거라 정확합니다. 둘 다 길이는 한 뼘 남짓에 폭은 새끼손가락 한 마디 정도의 곧은 칼이랍니다."

"숨기고 다니기 좋은 칼이군."

"아마 옷 속에 감추고 있다가 다가가서 찌른 것 같습니다."

그의 말을 들은 이준이 고개를 갸웃거렸다.

"마크 부부의 사건 현장에서는 흉기가 발견되지 않았으니 모르겠지만 하인즈가 죽은 모전교 아래에서 발견된 것은 커다란 식칼이었네."

"그 흉기는 눈속임이었던 것 같습니다."

"진짜 흉기를 숨겨서 용의 선상에서 빠지려고 했군."

"맞습니다. 현장에 칼이 떨어져 있으면 누구나 그렇게 생각할 겁니다. 범인은 생각보다 영리하고 교활한 놈입니다. 옆에서 도와드리고 싶지만 임무를 수행하러 가야 하는 게 안타깝습니다."

"그래도 자네 덕분에 여기까지 올 수 있었네."

"검사님을 오해했었습니다. 앞으로도 나라를 위해 애써주십시오."

"걱정 말고 어서 가게. 범인은 반드시 내 손으로 잡고야 말테니까."

"참, 제 이름은 고종욱입니다."

오랫동안 궁금했던 7호의 이름을 들은 이준이 힘차게 대답했다.

"잘 기억하겠네."

"안녕히 계십시오. 검사님."

고개를 숙여 인사를 한 고종욱이 서둘러 발걸음을 옮겨 이용익의 뒤를 따라갔다. 두 사람이 안개처럼 사라져버리자 허탈해진 이준은 한숨을 쉬며 돌아섰다.

6
범인에게 가는 길

    열차가 긴 기적 소리를 뿜어내며 멈췄다. 차창에 기댄 채 잠들었던 이준은 그 소리에 눈을 떴다. 승객들이 짐을 챙겨서 내리느라 열차 안은 소란스러웠다. 중절모를 고쳐 쓴 이준은 흐릿한 눈으로 창밖을 바라봤다. 한성과 제물포를 오가며 온갖 일을 겪었지만 여전히 범인은 안개 속에 파묻혀 있었다. 프리메이슨이 정말로 전 세계를 지배할 야심을 가진 비밀 결사인지 아니면 단순한 신사들의 사교 모임인지도 알 수 없었다. 천천히 열차에서 내린 이준은 바쁘게 오가는 열차 신호수 사이를 지나갔다. 역 앞에서 밀짚모자를 쓴 채 손님을 기다리던 인력거꾼을 부른 그는 집으로 향했다. 집에 도착하니 행랑채의 만덕 아범이 대문을 열어줬다. 반색한 그가 주인마님을 부르며 신이 난 목소리로 말했다.

"어제 평리원에서 사람이 왔었습니다. 징계가 풀렸으니 조속히 복직하라는 어명이 있으셨답니다."

"알겠네."

담담하게 대답한 이준은 부인이 기다리는 안방으로 들어섰다. 그동안 마음고생이 심했던 부인이 활짝 웃는 모습을 보자 마음 한구석이 아파왔다. 혼자 있고 싶다는 그의 말에 부인은 옷을 챙겨서 옷장 안에 넣은 후 방문을 닫고 나갔다. 담배 파이프를 꺼내 입에 문 그는 방 안을 서성거리며 생각에 잠겼다. 살인은 실타래처럼 엉켜 있었다. 담배 파이프를 내려놓은 이준은 방문을 열었다. 마당을 쓸고 있던 만덕 아범이 물었다.

"벌써 평리원에 출근하십니까?"

"아니, 잠깐 나갔다 오겠네."

서둘러 밖으로 나온 이준이 향한 곳은 마크 부부가 머물다가 죽은 곳이었다. 사고가 난 지 열흘 가까이 지난 탓인지 겉으로는 평온해 보였다. 문이 잠겨 있어서 주변을 돌아보는 것으로 만족해야 했다. 뒤쪽은 배재학당과 맞닿아 있어서 교복을 입은 학생들이 체조하는 모습이 보였다. 이준은 고개를 돌려 정동구락부 쪽을 바라봤다. 그리고 몇 군데를 더 둘러본 다음에야 저녁 늦게 집으로 돌아왔다. 가만히 앉아 기억을 하나씩 곱씹었다. 그러는 사이 머릿속 안개가 조금씩 걷혔다.

다음 날 아침, 이준은 양복을 차려입고 평리원으로 출근했다. 평리원 재판장은 자리를 비운 상태였기 때문에 따로 인사를 하지 않고 사무실로 들어섰다. 그러고는 명함을 하나 챙겨 들고 복도 중간에 있는 전신실로 향했다. 벽에 걸린 전화기를 집어든 그는 교환수에게 말했다.

"백이십육 번 바꿔주시오."

"잠시만 기다려주십시오."

신호가 연결되는 소리가 들려오고 잠시 후 낯익은 목소리가 들려왔다.

"모리시타 시게루 기자입니다."

"나, 이준 검사요."

"반갑습니다. 평리원에 복직하신 모양이군요."

"시간 되면 점심쯤 오실 수 있겠소? 마무리해야 할 게 있어서 말이오."

"프리메이슨 건 말씀이십니까? 그리하지요."

통화를 끝낸 이준은 사무실로 돌아와서 김 주사를 불렀다. 조심스럽게 문을 열고 들어선 그가 물었다.

"부르셨습니까? 검사님."

"장동에 사는 함춘택이라는 사람이 붙잡혀와 있나?"

"함춘택이요? 잘 모르겠습니다만 알아보겠습니다."

"만약 갇혀 있으면 사건 관련 서류를 좀 보여주게."

"그리하지요. 그런데 무슨 일 때문에 그러십니까?"

269

김 주사의 물음에 이준은 손탁빈관 보이의 절박한 얼굴을 떠올리며 대답했다.

"약속을 지켜야 해서 말이야."

뜻밖의 대답에 김 주사가 고개를 갸우뚱거리며 밖으로 나갔다. 그 모습을 보며 이준은 의자에 등을 기댄 채 생각에 잠겼다.

벽시계가 12시를 가리킬 무렵, 문을 두드리는 소리와 함께 모리시타 시게루 기자가 들어섰다.

"오랜만입니다, 검사님. 제물포는 잘 다녀오셨습니까?"

"우여곡절이 좀 있었지만 나쁘지 않았소."

"절 부르신 이유가 뭔지 궁금한데요."

"이번 사건의 범인을 알고 싶다고 해서 말이오."

"누군지 알아냈습니까?"

모리시타가 눈빛을 반짝거리며 묻자 이준이 의자에서 몸을 일으켰다.

"점심 먹으며 이야기합시다."

스틱을 든 이준이 문을 열고 밖으로 나갔고, 모리시타가 뒤를 따랐다. 야트막한 내리막길을 걷던 이준이 마크 부부가 살해당한 집이 있는 방향을 가리켰다.

"마크 부부가 죽은 집은 외부에서 침입한 흔적은 없었소."

"그런 걸로 알고 있습니다. 그래서 안면이 있는 자가 범인이라고

270

추정했죠."

"해답은 현장에 있었는데 그때는 미처 못 봤소이다."

"별다른 증거는 안 나온 걸로 알고 있습니다만……"

"마크 트래비스가 집으로 가는 와중에 순검들과 마주쳤었소. 순검들이 그를 본 시각은 해시 끝 무렵이라고 했으니까 대략 밤 열 시 삼십 분에서 열한 시 사이였을 거요."

"그게 중요한 단서가 됩니까?"

"물론이오. 경무관은 부부 싸움 끝에 자살을 한 것이라고 했지만 돌아가는 정황은 살인자가 먼저 침입해서 부인을 죽이고 기다리고 있다가 아무것도 모르고 들어선 마크 트래비스를 죽이고 자살로 위장한 겁니다."

"그래서 부인이 아무 의심 없이 문을 열어줄 사람이 범인이라고 생각한 것 아닙니까?"

"맞소. 하지만 중요한 걸 빼 먹었지."

"뭘요?"

"남자가 아니라 여자가 문을 열어줘야 했다는 거요."

"그게 무슨 뜻입니까?"

"그 늦은 시간에 찾아온 사람이 남자라면 부인은 아무리 남편과 가까운 사이라고 해도 문을 열어주지는 않았을 겁니다."

"아!"

모리시타가 감탄인지 신음인지 알 수 없는 소리를 냈다.

"그러니까 그날 밤 집을 찾은 살인자가 남성이 아니라 여성이었다는 뜻이오. 마크의 부인인 제니가 안심하고 문을 열어줄 수 있는 같은 여성 말이오."

"전혀 생각하지 못한 부분입니다."

언덕을 내려온 이준은 정동교회를 지나 아라사 공사관 방향으로 걸어갔다. 뒤따르던 모리시타 가 재차 물었다.

"그럼 그 여성이 하인즈도 죽였을까요?"

"가능성이 높소. 경무청의 기록을 봤더니 하인즈는 현장에 있던 흉기로 죽은 게 아니었소이다."

"그럼 다른 흉기에 의해 목숨을 잃었단 말입니까?"

"식칼보다 짧고 가느다란 칼에 찔렸는데 마크의 부인인 제니를 죽인 것과 같은 것이라고 하더군. 현장에 있던 건 범인이 따로 가지고 와서 놓고 간 것으로 보이네."

"혼선을 주려고 했던 모양이군요."

"그것도 있지만 여성이라는 걸 숨기려고 했던 것이 가장 컸던 것 같소. 하인즈를 밤늦게 따로 만날 수 있는 여성은 얼마 없으니까 말이오."

"그러게요. 조선인 여성이 따로 만날 리는 없고, 양인 여성들도 별로 없으니까요."

두 사람이 대화를 나누는 사이 정동구락부가 있는 양관에 도착했다. 이준과 모리시타가 안으로 들어서자 시끌벅적한 소리가 들렸다. 점심 즈음이라 커피와 샌드위치를 먹는 사람들이 보였고, 삼삼오오 모여서 포커를 치는 모습도 보였다. 손님들과 이야기를 나누며 빵을 썰던 나타샤가 이준을 보고 활짝 웃었다.

"어서 오세요. 식사하러 오신 건가요?"

"아니, 살인범을 만나러 왔네."

이준의 말을 들은 나타샤의 표정이 미묘하게 굳어졌다.

"이 클럽 안에 범인이 있다고요?"

그는 나타샤의 물음을 무시한 채 모리시타에게 말했다.

"생각해보면 나도 멍청한 구석이 많았소. 바로 범인을 눈치채거나 짐작할 수 있었던 상황을 맞이했는데도 몰랐거든."

"그게 언제였습니까?"

"여기로 처음 찾아왔을 때였소. 앙쥬르를 만나러 왔는데 하인즈가 시비를 걸어서 쫓겨난 적이 있소. 그런데 나는 앙쥬르를 만나러 왔다고 얘기한 적이 없었다오. 딱 한 명에게만 말했는데 그 사람이 하인즈와 얘기를 나눈 후에 나에게 와서 시비를 걸고 내쫓은 거지."

이준의 말을 들은 나타샤가 어이없다는 표정을 지으며 칼을 내려놨다.

"그때 마크와 친한 사람으로 앙쥬르를 가르쳐 준 게 바로 저예요."

"그거야 조사를 하면 금방 나올 테니까. 거짓말을 하면 오히려 의심을 받았을 거야."

"저는 그냥 클럽에서 일하는 여급이에요."

나타샤의 항변에 이준이 고개를 저었다.

"시작은 떠버리 하인즈였을 거야. 그가 황제 폐하의 비자금을 찾을 수 있는 비밀번호를 프리메이슨이 나눠 가지고 있다고 했겠지. 그 말을 듣고 몇 명만 족쳐서 비밀번호를 알아내면 신세를 바꿀 수 있다고 생각했을 것이고 말이야."

"말도 안 돼요!"

"마크 트래비스 부부의 집에 미리 찾아가서 부인에게 문을 열도록 했을 거야. 클럽의 여급이라고 신분을 밝히고, 아마 남편이 놓고 간 물건이 있다고 둘러댔으면 부인도 별 의심을 하지 않고 문을 열어줬겠지. 그리고 하인즈는 따로 만나자는 약속을 해서 처리했고. 하지만 프리메이슨이 계속 죽어 나가자 겁을 먹은 앙쥬르가 제물포로 도망쳤지."

"억지 쓰지 말아요!"

두 사람의 대화를 듣던 모리시타가 이준에게 물었다.

"저 여급이 들었던 칼이 흉기라는 겁니까?"

"아마 그럴 거요. 들킬까 봐 따로 가져간 커다란 식칼을 시체 곁에 던져놓은 거고."

"참으로 용의주도한 악녀로군요."

모리시타의 말에 이준이 나타샤를 똑바로 바라봤다. 그러고는 천천히 고개를 저었다.

"욕망이 컸던 것이지. 돈만 있으면 팔자를 고칠 수 있다고 생각했던 것이오. 그런데 겁먹은 앙쥬르가 제물포로 도망치며 일이 어긋나기 시작했지. 정확하게는 당신이 파놓은 함정이라고 할 수 있지만 말이오."

뜻밖의 말에 모리시타의 표정이 바뀌었다.

"제가 파놓은 함정이라니요?"

"앙쥬르에게 제물포로 가서 하야시 무타로 사장의 보호를 받으라고 한 게 당신이지 않소. 두 사람이 비밀번호를 알아내려고 계획한 것이 이번 살인의 시작이었으니."

이준의 추궁에 모리시타가 고개를 저었다.

"저는 저 여자를 본 적이 없습니다.

"자네가 먹던 인단을 나타샤도 가지고 있더군. 확인해보니까 아직 한성에서는 따로 팔지 않아서 제물포에서 가져오는 수밖에는 없는 물건인데 말이야. 그리고 아무리 나타샤가 욕심이 많다고 해도 비밀번호만 가지고 돈을 찾는다는 건 어려운 일이지. 그녀도 바보가 아닌 이상 그걸 알 테고 말이야."

이준의 말에 나타샤가 아랫입술을 질끈 깨물었다. 분위기가 심상치 않게 돌아가자 정동구락부 회원들도 하던 걸 멈추고 세 사람을 바라봤다. 이준이 두 사람을 번갈아 바라보며 말했다.

"당신이 옆에서 부추기면서 도와준다고 했겠지. 그리고 마지막 남은 앙쥬르는 제물포로 유인해서 제거하는 걸로 마무리를 지었고 말이야. 앙쥬르에게 종종 찾아가던 여성이 있다고 들었는데 그게 바로 나타냐 당신이었을 거 같군. 하인즈와 앙쥬르는 가까운 사이였고, 프리메이슨에 관한 내용 역시 두 사람을 통해 들었을 거고."

"검사님이 이번 일에 뛰어든 계기가 제 편지라는 거 잊었습니까?"

이준은 모리시타의 항변을 듣고 피식 웃었다.

"그건 프리메이슨의 존재를 부각시켜서 조사에 혼선을 주려고 했던 거잖소. 덕분에 난 살인사건 대신 프리메이슨이 어떤 단체인지 찾아 헤맸고 말이요. 마크 부부의 집 안에 피로 프리메이슨의 로고를 새긴 것도 당신 짓이지? 그렇게 해놓고 나한테는 프리메이슨이 음모를 꾸민다고 말해서 혼선을 주었지."

이준의 말에 두 사람은 나란히 침묵을 지켰다. 뿔테 안경을 벗었다가 다시 쓴 모리시타가 보란 듯이 주머니에서 인단을 꺼내 입에 털어 넣었다.

"조센징들은 역시 억지가 너무 심해."

"법국인 앙쥬르를 협박하고 위협해서 제물포로 가게 한 다음에 대아해운 사장 손에 넘겨줘서 죽게 한 건 자네야."

"내가 그랬다는 증거가 없잖아."

"미안하지만 하야시 무타로 사장이 자백했다네. 제물포로 온 앙쥬르를 고문하고 죽인 것도 털어놨고."

이준의 대답을 들은 모리시타가 쓴웃음을 지었다.

"바보 같은 놈……"

"하야시가 앙쥬르를 죽인 건 사실이지만 연쇄살인의 진짜 배후는 당신 두 사람이지."

"의도가 있다는 것은 인정하지만 살인은 나와 관련이 없어."

모리시타가 단호하게 대답하자 이준이 혀를 찼다.

"마크 부부를 죽인 게 당신 두 사람의 소행이라는 걸 숨기는군. 그 집을 찾아가 제니에게 문을 열어달라고 한 건 나타샤일 테고, 기다리고 있다가 그 집에 들어가서 일을 벌인 건 모리시타 당신이고."

"이봐, 증거가 없잖아."

모리시타가 고개를 저으며 부인하자 이준이 쓴웃음을 지었다.

"네가 이미 자백했던 걸 내가 깜빡했더군. 마크 부부 집에 피로 새겨진 로고가 프리메이슨의 상징이라는 건 바로 자네에게 들었다는 것을 말이야."

"젠장. 내가 쓸데없는 말을 했군."

"그 집에 로고가 새겨져 있다는 건 가본 사람이 아니면 알 수 없지. 그리고 그걸 봤다고 해도 프리메이슨의 상징이라고 알 수 있는 사람은 더더욱 없고."

클럽 안은 엄청난 침묵이 흘렀다. 조선말을 할 줄 아는 외국인이 궁금해하는 다른 회원에게 이준의 말을 옮겨주는 소리만 들렸다. 안경을 벗은 모리시타가 눈을 껌뻑거렸다.

"내가 조센징을 너무 얕잡아봤군. 처음 봤을 때만 해도 멍청이라고 생각했는데."

"예상대로 되지 않아서 미안하군."

"하지만 날 어쩌지는 못할 거야. 지금까지 한 말은 모두 정황 증거 뿐이니. 게다가 난 일본인이야. 네가 평리원 검사라고 해도 소용없어."

모리시타의 키득거림은 양인 사이에서 들려온 굵직한 목소리에 막혀버렸다.

"우리 정부에서 가만있지 않을 거요."

양인들을 헤치고 그의 앞에 선 것은 헐버트 박사였다. 이곳에서 미리 만나기로한 이준이 자신을 모르는 척 해달라고 부탁했을 때 헐버트 박사는 무슨 일이냐고 물었다. 이준의 설명을 들은 그는 바로 도와주겠다고 말했다. 이준과 가볍게 눈인사를 나눈 헐버트 박사가 단호하게 말했다.

"방금 당신이 우리 국민을 살해했다는 자백을 들었소. 우리 정부를 통해 일본 정부에 강력하게 항의할 거요. 이 항의에는 앙쥬르씨의 모국인 법국도 동참할 것이고 말이요."

헐버트 박사의 말에 클럽 안에 모인 양인들이 일제히 소리를 질렀다. 우락부락해 보이는 수염투성이의 양인이 팔뚝을 걷어붙이며 말했다.

"그 전에 따끔한 맛을 먼저 보여줘야지."

다른 양인들이 고개를 끄덕이며 일제히 몰려들었다. 그 광경을 본 모리시타의 얼굴이 파랗게 질렸다. 이준이 웃으며 그에게 말했다.

"내가 여기로 온 이유가 바로 이것 때문이었지."

뭐라고 대꾸하려던 모리시타는 누군가가 휘두른 스틱에 뒤통수를 맞았다. 비명을 지르며 쓰러진 그의 주변으로 양인들이 몰려들었다. 뒤이어 살려달라는 나타샤의 비명이 구락부 안에 울려 퍼졌다. 이준은 헐버트 박사에게 눈인사를 하고 밖으로 나왔다. 이렇게 처리하고 싶지는 않았지만 두 사람이 자백한다고 해도 대한제국의 현실에서는 제대로 처벌할 수는 없었다. 그래도 헐버트 박사가 두 사람을 죽이지는 않겠다고 했으니 그 말을 믿기로 했다.

새
로
운
길

다음날, 이준은 정식으로 평리원 검사로 복귀했다. 떨떠름한 표
정의 재판장이 복직 신고를 받았다. 말썽을 피우지 말라는 주의를
들은 이준은 사무실로 돌아왔다. 책상에 놓인 대한매일신보 1면에
는 황제의 측근이자 군부대신인 이용익이 제물포에서 몰래 배를 타
고 청나라 연태항에 도착했으나 그곳의 일본 관헌에게 발각되었다
는 기사가 실렸다. 신문에는 이용익의 최종 목적지가 법국이라는 소
문이 돌고 있으며, 이 소식을 들은 황제가 멋대로 나라를 떠났다는
이유로 이용익을 군부대신 직위에서 파직시키라는 지시를 내렸다는
내용도 함께였다. 이준은 기사를 읽으며 이용익을 따라간 고종욱을
떠올렸다. 하지만 이내 김 주사가 산더미 같은 서류를 들고 사무실
로 들어오며 잊어버리고 말았다.

그날 이후 이준의 검사 생활은 큰 난관에 부닥쳤다. 죄수들의 사면 문제를 두고 법부대신이자 친일파인 이윤용과 갈등을 빚은 것이다. 결국 말도 안 되는 중상모략 끝에 태형에 처해지고 말았다. 태형을 집행당하고 집에 돌아온 이준은 비참함과 분통함을 누른 채 요양에 들어갔다. 그러던 어느 날, 한밤중에 누군가 그의 집 대문을 두드렸다. 졸린 눈을 비비며 나간 만덕 아범이 사색이 되어서 안방으로 들어왔다. 만덕 아범이 떨리는 손으로 건넨 명함을 본 이준 역시 깜짝 놀라기는 마찬가지였다. 급하게 들어오라고 청하자 잠시 후 양복 차림의 키 큰 사내가 장지문을 열고 들어왔다. 이준이 권한 보료 위에 앉은 사내가 중절모를 벗고 묵직한 목소리로 말했다.

"불쑥 찾아와서 미안하네. 보는 눈들이 워낙 많아서 말일세."

이준은 아무 대답도 없이 눈만 껌뻑거렸다. 보료 위에 앉은 사내, 시종원경 이도재가 가볍게 웃었다. 이준보다 열 살 정도 많은 그는 백발이 된 머리에 구부정한 모습이었지만 눈빛만큼은 예사롭지 않았다.

"내가 왜 찾아왔는지 궁금한 얼굴이군."

"그야 당연한 거 아니겠습니까?"

이준의 대답을 들은 이도재가 슬며시 웃었다.

"폐하께서도 그리 말씀하셨네. 아마도 자네가 몹시 놀랄 것이라고 말이야."

"그럼 시종원경께서 오신 게 폐하의 뜻이라 이 말씀이십니까?"

한밤중에 황제의 최측근이라고 할 수 있는 시종원경이 찾아와 갑자기 황제 폐하를 거론하자 이준의 머릿속은 더욱 복잡해졌다. 그러다가 문득 고종욱이 한 말이 떠올랐다.

"기다리고 있으면 누군가 찾아갈 것이라더니……"

그렇게 생각에 잠긴 이준을 지켜보던 이도재가 갑자기 벌떡 일어났다.

"따르시게. 그럼 알 수 있을 것이야."

"무얼 알 수 있단 말입니까?"

40대 후반의 나이로 관직에 나서서 온갖 평지풍파를 겪고, 작년에는 프리메이슨에 속한 양인의 죽음을 캐다가 죽을 뻔한 위기도 겪었다. 그러면서 속내를 숨기는 방법도 터득했지만 지금 같은 상황에서는 평정을 유지하기 어려웠다. 그사이 중절모를 챙겨 쓴 이도재가 문 밖으로 나갔다. 작은 방에서 지켜보던 부인의 걱정스러운 눈길과 마주쳤다. 고민하던 이준은 중절모를 썼다. 안방으로 건너온 아내가 조끼를 입혀주며 말했다.

"괜찮으시겠어요?"

"설마 죽이기야 하겠소?"

찡긋 웃으며 아내에게 농담을 건넨 이준은 이도재를 따라 밖으로 나섰다. 시종이 따라온 줄 알았던 이준은 그가 혼자 왔다는 사실을 깨닫고는 흠칫 놀랐다. 놀란 이준의 모습을 본 이도재가 말했다.

"오늘 밤 이 일을 아는 사람은 대한제국 안에서도 서너 명에 불과

하네."

"그렇게 중한 일에 저 같은 미관말직의 관리를 부른 이유가 무엇입니까?"

이준이 의문을 표하자 이도재가 빙그레 웃었다.

"자네가 가장 적임자이기 때문이지. 황제 폐하께서 자네를 기다리고 계시니 어서 따르시게."

"그럼 지금 경운궁으로 가는 것입니까?"

이도재는 말없이 고개를 끄덕이며 앞장섰다. 골목을 벗어나자 그곳에서 기다리고 있던 시종 한 명이 남포등을 들고 앞장섰다. 언덕을 내려가던 중에 딱딱이를 든 야경꾼과 마주쳤지만 남포등을 든 시종이 조용히 나서서 한마디 하자 말없이 길을 내줬다. 경희궁을 지나 정동사거리로 접어들 때까지 세 사람 모두 입을 열지 않았다. 싸늘한 달빛 아래 경운궁의 담장이 모습을 드러냈다. 이준을 이끌고 온 이도재는 곧장 광명문으로 향했다. 남포등을 든 시종이 종종걸음으로 광명문 쪽으로 뛰어가는 사이 잠시 걸음을 멈춘 이도재가 이준에게 말을 걸었다.

"경운궁에 와 본 적이 있는가?"

"재작년에 평리원 검사로 임명되었을 때 왔었습니다."

"일본군 부상병을 돕기 위해서 모금을 하자고 할 정도로 일본을 믿고 의지하던 자네가 어찌하여 이번에는 일본과 가까운 대신들과 갈등을 일으킨 것인가?"

이도재의 물음에 이준이 대답했다.

"저도 한때는 러시아가 아시아를 모두 집어삼킬 것이고 그것을 막을 나라는 일본밖에 없다고 믿었습니다. 하지만 전쟁에서 이긴 저들이 을사늑약을 체결하고 나라를 집어삼키는 것을 보고는 뒤늦게 후회를 하였지요."

그때 일을 떠올린 이준은 얼굴이 화끈거렸다. 뒤늦게 일본의 속셈을 알아차리고 한일의정서와 을사늑약의 체결을 반대하는 운동을 펼쳤다. 그리고 작년 고종욱과 함께 프리메이슨에 속한 양인들의 죽음을 파헤치는 과정에서 일본의 음험한 속마음을 들여다보게 되면서 자신의 행동에 더욱 창피함을 느꼈다. 이준의 이야기를 들은 이도재가 고개를 끄덕거렸다.

"그래도 잘못된 것을 알고 바로잡으려고 노력하고 있으니 가상한 노릇이지. 왜구의 주구가 되어서 나라를 통째로 넘기려는 놈들이 득실거리는 판국에 말일세."

그사이 광명문이 조용히 열렸다. 문이 열리자 남포등을 든 시종은 옆으로 물러났다. 그 옆을 지나던 이도재가 낮은 목소리로 말했다.

"이따가 이 문으로 나오면 자네를 집까지 배웅해 줄 걸세."

경운궁 안은 한미전기에서 설치한 전등이 환하게 불을 밝히고 있었다. 이준이 대낮처럼 환한 경운궁의 모습에 어리둥절해 하자 이도재가 말했다.

"을미년의 참변을 겪으신 이후에 늘 밤늦게까지 침소에 드시지 않으시네."

"밤을 두려워하시는 겁니까?"

이준의 물음에 이도재가 고개를 저었다.

"밤을 틈타 음모를 꾸미는 자들을 경계하는 것이지. 중명전으로 갈 것이니 따르게."

"폐하께서 중명전에 계십니까?"

"황궁 안에 일본의 간첩 노릇을 하는 자들 천지일세. 석조전은 물론이고 정관헌도 안심할 수 없네."

앞장선 이도재를 따라 중명전으로 향하는 발걸음이 한층 무거웠다. 미국인 선교사 언더우드의 땅을 사들인 곳에 세운 2층짜리 양관인 중명전은 재작년 을사늑약이 체결된 장소였다. 멀리 중명전이 보이자 이준은 저도 모르게 침을 꿀꺽 삼키고 말았다. 양인들이 포치(Porch)라고 부르는 지붕이 있는 현관 앞에 그림자 하나가 보였다. 그림자는 이도재가 다가가자 나지막한 목소리로 외쳤다.

"태산!"

그러자 이도재가 굵직한 목소리로 대꾸했다.

"북두. 참새 하나 기러기 하나다."

그림자가 조용히 옆으로 물러났다. 이도재가 먼저 현관으로 들어갔다. 옆으로 물러난 그림자가 혹시 고종욱일까 싶어 살펴봤지만 짧은 콧수염에 양복을 입은 사내였다. 양옆에 방이 있는 좁은 복도를 따라 걷다가 2층으로 올라갔다. 그곳 복도에도 현관에 서 있던 사내와 같은 복장의 사내가 태산이라고 외쳤다. 이도재는 같은 대답을 하고는 뒤따르던 이준에게 말했다.

"복도 끝 연회실에 계시네. 절대로 황제 폐하의 용안을 똑바로 보지 말고 묻는 말에만 대답하게."

"알겠습니다."

잔뜩 긴장한 이준이 마른 목소리로 대꾸했다. 앞장서 걷던 이도재가 복도 끝에 문 앞에 서서 가볍게 노크를 했다. 그리고 조심스럽게 문고리를 열고 이준에게 눈짓을 보냈다. 이준은 천천히 연회실 안으로 들어갔다. 천정의 전기등에서 뿜어져 나오는 희뿌연 빛이 서양식으로 꾸며진 연회실을 비췄다. 황제는 연회실 중간에 놓인 원형의 탁자가 옆 의자에 앉아 있었다. 짧게 자른 머리에 양복을 입은 황제의 모습을 본 이준이 연회실 바닥에 엎드렸다. 이윽고 황제의 목소리가 들렸다.

"자리에 앉아라."

이준은 빈 의자에 앉았다. 이도재의 말대로 고개를 숙인 채 황제의 얼굴을 똑바로 보지 않았다. 등 뒤에서 이도재의 목소리가 들려왔다.

"가배를 대령할까요?"

"그리하여라."

황제의 대답을 들은 이도재가 문 밖의 누군가와 잠시 이야기를 나누고는 다시 돌아왔다. 황제와 이준 사이에 의자를 가져다 놓고 앉은 이도재가 말했다.

"주변은 익문사 요원들이 감시 중입니다."

"사방에 저들의 눈과 귀가 박혀 있다. 각별히 유의해야 하느니라."

황제의 말에 이도재가 고개를 깊이 숙였다. 이준은 고개를 숙이고 있음에도 황제의 시선이 자신에게 향한 것을 느꼈다.

"네가 평리원 검사 이준이 맞느냐?"

이준은 고개를 크게 끄덕거리며 대답했다.

"맞사옵니다."

"짐이 그대를 한밤중에 은밀히 부른 이유가 무엇인지 아느냐?"

"시종원경에게 폐하께서 신을 찾는다는 이야기만 들었사옵니다."

때마침 가져온 가배를 한 모금 마신 황제가 입을 열었다.

"짐이 듣기에 너는 강직하고 올곧은 성격이라 불의와 타협하지 않는다고 들었다."

"신은 마땅히 할 일을 했을 뿐입니다."

"그래서 짐이 그대에게 일을 맡기고자 한다. 재작년 을사늑약이 체결되고 외교권을 일본에게 빼앗긴 이래 나라의 운명이 풍전등화에 이르렀도다. 그리하여 짐은 만국공법에 의거해 부당함을 세계에 알리려고 한다. 그대가 짐의 특사가 되어주어야겠다."

뜻밖의 말을 들은 이준은 황제의 앞이라는 사실도 잊어버리고 깜짝 놀랐다.

"소신이 말이옵니까? 하오나 신이 어찌 그리 중차대한 일을 맡을 수 있겠습니까? 부디 거두어주시옵소서."

"짐이 왜 너에게 밀사의 임무를 맡겼는지 아느냐?"

이준은 아무 대답도 하지 못하고 고개를 조아렸다. 잔뜩 긴장한 이준의 귓가에 황제의 옥음이 들려왔다.

"작년에 양인들이 연쇄적으로 죽은 일도 잘 처리했다고 들었다. 덕분에 군부대신이 저들의 눈을 속이고 외국으로 나갈 수 있었지."

"황공하옵니다."

황제의 칭찬에 몸 둘 바를 모른 이준이 대답했다. 가배를 한 모금 더 마신 황제가 말했다.

"재작년 을사늑약으로 나라의 외교권을 왜놈들에게 빼앗기고 말았다. 그다음에는 이 나라의 주권을 빼앗으려고 할 것이니라. 이에 짐은 세계만방에 이 사정을 알려서 잘못을 바로잡을 결심을 하였도다. 그대는 짐과 나라를 위해 분골쇄신하여라."

"최선을 다하겠나이다."

이준의 말에 황제가 대답하려는 찰나, 다급하게 문을 노크하는 소리가 들렸다. 벌떡 일어난 이도재가 문을 살짝 열고 낮은 목소리로 대화를 나눴다. 그러고는 곧장 황제에게 말했다.

"폐하, 까마귀들이 온다고 하옵니다."

그 말을 들은 황제의 눈 밑이 파르르 떨렸다.

"또 어떤 놈이 오늘 일을 저들에게 고했단 말이냐?"

"일단은 자리를 파하시는 게 좋겠습니다. 신이 데려가며 자세한 사정을 알리겠습니다."

"그리하여라."

짧게 내뱉은 황제가 가배가 든 잔을 떨리는 손으로 집어 들었다. 이도재가 다가와 이준의 팔을 가볍게 잡았다.

"서두르세. 자칫하다가 눈에 띄기라도 한다면 곤란해질 것이야."

"알겠습니다."

연회실 밖으로 나온 이준은 서둘러 계단을 내려와 뒷문으로 향했다. 그곳은 전기등이 없어서 몹시 어두웠지만 이도재는 익숙한 걸음으로 어둠 속을 걸었다. 한참을 걷자 궁궐의 담장이 보였다. 그러자 한숨 돌린 이도재가 발걸음을 늦추고 이준에게 말했다.

"저들이 궁궐의 궁녀와 환관들을 빠짐없이 매수해놨네. 그래서 우리 일을 속속들이 들여다보는 중이지."

"저들이라 함은 일본인들을 말하는 것이옵니까?"

이준의 물음에 이도재가 고개를 끄덕거렸다.

"일본인뿐 아니라 그들과 결탁한 무리도 마찬가지지. 러일전쟁에서 승리한 일본은 우리나라를 집어삼킬 속셈을 드러내고 있다네. 폐하께서는 이들의 부당함을 알리기 위해 외국에 도움을 요청하고 있긴 하지만 다들 발을 빼고 있고."

"폐하께서 신에게 하명하신 일이 그것입니까?"

"재작년 을사늑약이 강제로 체결될 무렵 폐하께서는 선교사 헐버트에게 명하여 미국 대통령에게 도움을 요청하는 친서를 보냈다네.

하지만 미국은 우리에게 도움을 주지 않았지."

이도재가 침통한 표정으로 말을 이어갔다.

"다행스럽게도 아라사가 일본과의 원한을 잊지 못하고 도움의 손길을 내밀었네. 해아에서 열리는 만국평화회의에 우리를 초청한 것이지."

"만국평화회의라면 몇 년 전 아라사의 황제가 개최하려고 했다가 일러 전쟁 때문에 중단되지 않았습니까?"

작년, 제물포에서 이용익과 통신원 7호 고종욱에게 들었던 말이 떠오른 이준이 대답하자 이도재가 가볍게 고개를 끄덕였다.

"작년 8월에 열릴 예정이었다가 다시 올해로 미뤄졌네. 황제 폐하께서는 회의가 열리기만을 기다리고 계시는 중이지. 회의에 우리 쪽 특사가 참석해 일본의 부당함을 성토하고 도움을 요청한다면 틀림없이 도움을 받을 수 있으리라 생각하신다네. 하지만 이런 사실이 왜놈들의 귀에 들어간다면 황제 폐하를 가만히 놔두지 않을 걸세. 내가 왜 한밤중에 은밀히 자네를 찾아갔는지 알겠는가?"

속사정을 전해 들은 이준은 조심스럽게 물었다.

"무슨 일인지는 알겠습니다. 하지만 왜 하필 저에게 특사의 임무를 맡기시려고 합니까? 저는 외국 사정에 밝지도 않고 외국어를 하지도 못하는데 말입니다."

"일단 현직 관료는 위험하네. 자리를 비우는 순간 저들의 감시망에 걸려들 테니까 말이야. 헐버트가 적임자이긴 하지만 지난번 미국

행 때문에 다시 움직이기가 쉽지 않아. 거기다 외국인이 가서 우리의 부당함을 호소한다면 누가 귀를 기울이겠는가?"

"그렇긴 합니다."

이준이 수긍하는 눈치를 보이자 이도재가 낮은 목소리로 말했다.

"자네는 평리원 검사에서 물러나 현직 관료가 아니니까 일단 저들의 감시망에 들어가지 않을 걸세. 자네는 눈치채지 못했겠지만 우린 오랫동안 자네를 지켜봤네."

이도재의 말을 들은 이준은 고종욱을 떠올렸다. 이준이 가만히 고개를 끄덕이자 이도재가 말을 이었다.

"원래는 이용익 대감에게 특사의 임무를 맡기려고 했다네."

"이용익 대감이라면 올 초에 해삼위(海蔘威)*에서 병으로 돌아가시지 않았습니까?"

이준은 제물포에서의 소동이 사실은 이용익 대감의 탈출을 위한 눈속임이었다는 것을 떠올리며 쓴웃음을 지었다.

"병으로 해삼위에서 죽은 게 아니라 피득보(彼得堡)**에서 일본 자객의 손에 절명했다네."

"그게 사실입니까?"

놀란 이준이 반문하자 이도재가 쓴웃음을 지었다.

"원래는 작년에 개최될 예정이어서 그에 맞춰서 탈출한 것이지. 하

---

* 블라디보스톡
** 상트 페테르부르크

지만 회의가 연기되자 피득보로 가 아라사 황제에게 대한제국을 도와달라는 탄원을 준비했네. 하지만 모두 물거품이 되고 말았네."

이준은 작년 제물포에서 배를 타고 떠나며 조국이 일본의 손아귀에서 벗어나지 않으면 돌아오지 않겠다고 말하던 이용익을 떠올렸다. 그 모습을 기억했던 이준은 저도 모르게 중얼거렸다.

"간악한 놈들 같으니……."

"이제 남은 건 나와 몇몇 측근들, 그리고 제국익문사 요원들과 자네 같은 애국자들뿐일세."

우울함으로 가득한 이도재의 이야기는 궁궐의 담장 끝자락에 도달하며 끝났다.

"시간이 없으니 간단하게 말하겠네. 특사단은 자네와 의정부 참찬을 지낸 이상설, 그리고 러시아 공사 이범진의 아들 이위종으로 구성될 것일세. 이상설이 정사, 자네가 부사, 그리고 이위종이 참서관일세. 이상설은 지금 간도에서 서전서숙을 운영하고 있고, 이위종은 아라사의 피득보에 있으니 자네가 가서 그들과 합류하도록 하게."

"알겠습니다."

"이범진 공사에게 암호를 전보로 보내놨네."

"언제 떠나야 합니까?"

이준의 물음에 이도재가 곰곰이 생각하다가 말했다.

"만국평화회의는 올해 7월에 열린다네. 이런저런 준비를 해야 하니 가급적 빨리 떠나는 게 좋겠네."

"하지만 해아까지 가려면 적지 않은 경비가 듭니다. 거기다 특사로 참석하려면 황제 폐하의 친서가 필요하지 않겠습니까?"

"그건 우리가 알아서 할 테니 걱정 말게."

"어떻게 전달해주실 겁니까?"

"며칠 후에 자네 집으로 삼척 출신의 소씨 성을 가진 물장수가 찾아갈 것일세. 그자를 기다리게."

궁궐의 담장이 꺾이는 지점에 작은 쪽문이 보였다. 조끼 주머니에서 열쇠를 꺼낸 이도재가 직접 자물쇠를 열고 문을 열어주었다. 삐걱거리는 소리가 잠들어 있던 어둠 너머로 퍼져나갔다. 한 손으로 문고리를 잡은 이도재가 말했다.

"담장 사이로 난 길을 쭉 따라가면 상림원 뒷길이 나올 걸세. 거기서 큰길로 나가면 바로 신문로야. 당연한 얘기지만 누구에게도 말해서는 안 되네."

"명심하겠습니다."

이준이 대답하는 사이 쪽문이 닫혔다. 담장 너머 경운궁을 바라보던 이준은 힘없이 돌아섰다. 한 나라의 황제가 자신의 궁궐 안에서조차 은밀히 신하를 부르고 황급히 자리를 떠야만 했다. 참담한 심정을 가슴 속에 여민 이준은 어두운 길을 따라 터벅터벅 걸었다.

며칠 후, 안방에서 대한매일신보를 읽던 이준은 바깥에서 들려오는 떠들썩한 소리에 고개를 들었다. 행랑채를 지키는 만덕 아범의 목소리 너머로 굵직한 함경도 사투리가 들려왔다. 연락을 기다리느라 외출도 삼가고 있던 이준은 벌떡 일어나 마당으로 나갔다. 얼굴이 시뻘게진 만덕 아범이 지저분한 수건을 머리에 두르고 물지게를 짊어진 물장수와 삿대질을 하며 싸우는 중이었다.

"아니! 이 사람아. 엄연히 물을 길어다 먹는 물장수가 따로 있는데 다짜고짜 들어와서 물을 사라고 하면 어떡해? 거기다 물값을 선불로 내라니, 이 집 주인이 누군지 알기나 하고 행패를 부리는 것이냐?"

"내가 이 동네 수좌를 샀다고 하지 않았소. 피땀 흘려 모은 돈으로 샀단 말이외다."

물장수라는 말을 들은 이준이 끼어들었다.

"웬 소란이냐?"

그러자 화들짝 놀란 만덕 아범이 하소연했다.

"아이고, 검사 나리. 저놈이 갑자기 들이닥쳐서 자기가 이 동네 수좌를 샀다며 물값을 선불로 내야 한다고 하지 뭡니까?"

"아무리 그렇다고 해도 알아듣게 타일러야지 어찌 그리 목소리를 높이는가?"

만덕 아범은 이준이 뜻밖의 말을 하자 몹시 당황해서 어쩔 줄 몰라 했다. 이준은 수건을 두른 물장수에게 물었다.

"고향이 어디냐?"

"삼척입니다. 제 이름은 소능한이옵고 열다섯 살 때 올라왔습죠."

"이 동네의 수좌를 샀다고?"

"그렇습니다. 이제 이 동네 물은 제가 다 대주는 겁니다."

서른이 넘어 보이는 물장수의 검게 탄 얼굴이 억척스러워 보였다. 잠시 생각하던 이준은 입을 열었다.

"일단 방으로 들어오게. 내가 사정을 듣고 결정하겠네."

그러자 물장수는 만덕 아범을 향해 씩 웃어 보이고는 이준을 따라 안방으로 들어섰다. 먼저 자리에 앉은 이준이 미닫이문을 닫은 물장수를 바라봤다. 잠시 바깥 동정에 귀를 기울이던 물장수가 표정을 바꾸고 히죽 웃었다.

"오랜만입니다."

"맙소사!"

1년 만에 낯익은 얼굴을 본 이준이 입을 다물지 못했다. 고종욱이 조용히 하라는 손짓을 했다. 그러고는 차분한 목소리로 물었다.

"이제 나라의 운명이 검사님의 어깨에 걸려 있습니다. 준비 되셨습니까?"

이준은 잠깐의 고민도 하지 않고 대답했다.

"물론이지."

한성 프리메이슨

초판 1쇄 발행 2019년 6월 17일

지은이 정명섭
발행인 박영규
총괄 한상훈
편집장 김기운
기획편집 김혜영 정혜림 조화연 **디자인** 이선미 **마케팅** 신대섭

발행처 주식회사 교보문고
등록 제406-2008-000090호(2008년 12월 5일)
주소 경기도 파주시 문발로 249
전화 대표전화 1544-1900 **주문** 02)3156-3681 **팩스** 0502)987-5725

ISBN 979-11-5909-966-3 03810
책값은 표지에 있습니다.